10/29/10 6

Rebelión a medianoche

TERCIOPELO

Rebelión a medianoche

Lara Adrian

Traducción de Denise Despeyroux

TERCIOPELO

Título original: *Midnight Rising*
Copyright © 2009 by Lara Adrian

Primera edición: marzo de 2010

© de la traducción: Denise Despeyroux
© de esta edición: Libros del Atril, S.L.
Marquès de l'Argentera, 17. Pral.
08003 Barcelona
correo@terciopelo.net
www.terciopelo.net

Impreso por Brosmac, S.L.
Carretera de Villaviciosa - Móstoles, km 1
Villaviciosa de Odón (Madrid)

ISBN: 978-84-92617-39-5
Depósito legal: M. 2.236-2010

Todos los derechos reservados. Quedan rigurosamente prohibidas,
sin la autorización escrita de los titulares del copyright, bajo
las sanciones establecidas en las leyes, la reproducción total o parcial
de esta obra por cualquier medio o procedimiento, comprendidos
la reprografía y el tratamiento informático, y la distribución
de ejemplares de ella mediante alquiler o préstamos públicos.

Con mi humilde gratitud y mi
más profundo respeto a todos
los veteranos de la guerra.

Capítulo uno

$\mathcal{L}$a mujer parecía completamente fuera de lugar, con su blusa blanca inmaculada y pantalones de sastre color marfil. La melena larga y de color café oscuro le caía en cascada sobre los hombros en pobladas ondas y la espesa bruma del aire del bosque no le había despeinado un solo cabello. Sus elegantes tacones altos no le habían impedido subir por el camino arbolado que hacía que los otros excursionistas la siguieran malhumorados quejándose del húmedo calor de julio.

Al llegar a la cima de la pendiente, ella se detuvo a esperarlos a la sombra de una voluminosa formación rocosa cubierta de musgo, imperturbable mientras media docena de turistas pasaban junto a ella, algunos tomando fotografías. No repararon en ella. Por otro lado, la mayoría de gente no era capaz de ver a una mujer muerta.

Dylan Alexander tampoco quería verla. No había vuelto a ver una mujer muerta desde que tenía doce años. Encontrar una ahora, veinte años más tarde y en medio de la República Checa resultaba desde luego un poco sorprendente. Trató de ignorar la aparición, pero mientras Dylan y sus tres compañeros de viaje subían por el camino, la mujer de ojos oscuros la había encontrado y no se le despegaba.

Tú me ves.

Dylan fingió no oír el electrizante susurro que salía de los labios del fantasma, de aquellos labios que no se movían. No quería reconocer la conexión. Llevaba tanto tiempo sin tener uno de esos misteriosos encuentros que había olvidado del todo cómo eran.

Dylan nunca había comprendido su extraña habilidad de ver a los muertos. Nunca había sido capaz de confiar en ella o de controlarla. Podía hallarse en medio de un cementerio y no ver nada, y en cambio ahora, de repente, se encontraba relacionándose de forma íntima y personal con un difunto en medio de la montaña, a una hora de Praga.

Los fantasmas eran siempre femeninos. Generalmente de aspecto juvenil y brillante, como ése que ahora la miraba fijamente con una inconfundible expresión de desesperación en sus ojos exóticos de un marrón intenso.

Debes escucharme.

La afirmación sonó con un marcado acento hispano, y el tono era de súplica.

—Hey, Dylan. Ven aquí y déjame sacarte una foto junto a esta roca.

El sonido de una voz verdadera y terrenal sobresaltó a Dylan y le hizo desviar su atención de la hermosa difunta que se hallaba de pie junto a un desgastado arco de arenisca. Janet, una amiga de la madre de Dylan, Sharon, rebuscó en su mochila y sacó una cámara de fotos. El viaje de verano por Europa había sido idea de Sharon; podría haber sido su mayor aventura, pero el cáncer retornó en marzo y la última sesión de quimioterapia la había dejado demasiado débil para viajar. Últimamente, Sharon había estado entrando y saliendo del hospital con neumonía, y finalmente, ante su insistencia, Dylan había aceptado hacer el viaje en su lugar.

—Ya la tengo —dijo Jane, disparando una foto de Dylan y la altísima columna de rocas que se cernía sobre el frondoso valle—. Seguro que a tu madre le encantaría este lugar, cariño. ¿No te parece impresionante?

Dylan asintió.

—Le enviaremos las fotos por correo electrónico esta noche cuando regresemos al hotel.

Condujo a su grupo lejos de la roca, ansiosa por dejar atrás aquella presencia sobrenatural y susurrante. Caminaron hacia abajo por una pendiente a través de una hilera de delgados troncos de pino que crecían muy juntos. Las hojas rojizas y los nidos de coníferas crujían en el sendero húmedo bajo sus pies. Había llovido aquella mañana, y esa lluvia, añadida a un calor sofocante, había provocado que disminuyera considerablemente el número de turistas en la zona.

El bosque estaba callado y tranquilo... excepto por esos ojos fantasmales que seguían persiguiendo a Dylan mientras se adentraba en la espesura.

—Me alegro tanto de que tu jefe te haya dejado tiempo para venir con nosotras —dijo una de las mujeres que la seguía a través del sendero—. Sé lo mucho que trabajas en ese periódico, inventando todas esas historias...

—No se las inventa, Marie —la corrigió suavemente Janet—. Tiene que haber algo de verdad en los artículos de Dylan, o de lo contrario no los publicarían. ¿No es así, cariño?

Dylan se burló.

—Bueno, teniendo en cuenta que nuestra cubierta normalmente habla como mínimo de alguna abducción alienígena o posesiones demoníacas no solemos permitir que cuestiones relacionadas con la verdad interfieran en una buena historia. Publicamos artículos de entretenimiento, y no periodismo veraz.

—Tu madre dice que un día te convertirás en una reportera famosa —dijo Marie—. Una candidata al Woodward o al Bernstein, eso es lo que dice.

—Tiene razón —señaló Janet—. Me mostró un artículo que escribiste en tu primer trabajo en un periódico fuera de la escuela... tenía que cubrir un desagradable caso de asesinato. ¿Lo recuerdas, cariño?

—Sí —respondió Dylan, conduciéndolas hacia otra enorme agrupación de rocas de arenisca que se alzaba por encima de los árboles—. Lo recuerdo, pero eso fue hace mucho tiempo.

—Bueno, no importa lo que hagas, yo sé que tu madre está muy orgullosa de ti —dijo Marie—. Le das muchas alegrías.

Dylan asintió, esforzándose por sacar la voz.

—Gracias.

Janet y Marie trabajaban con su madre en un centro de acogida de Brooklyn. Nancy, la otra componente del grupo de viaje, era la mejor amiga de Sharon desde la época de la escuela superior. Las tres mujeres se habían convertido en una extensión de la familia para Dylan durante los últimos meses. Tres pares de brazos dispuestos a consolarla, e iba a necesitar mucho consuelo si finalmente perdía a su madre.

En el fondo de su corazón Dylan sabía que en realidad eso era sólo cuestión de tiempo. Durante años habían estado las dos solas. Su padre había estado ausente desde que ella era una niña, y no es que hubiera ejercido mucho de padre cuando estaba presente. Sus dos hermanos mayores también se habían ido, uno de ellos había muerto en un accidente de coche y el otro había roto todos los lazos con la familia al unirse al servicio militar hacía unos años. Dylan y su madre habían tenido que arreglárselas por sí solas y eso habían hecho. Cada una ayudaba a levantarse a la otra cuando caía, y celebraban los más pequeños triunfos.

Dylan no podía soportar pensar lo vacía que le resultaría la vida sin su madre.

Nancy se acercó y dedicó a Dylan una cálida, aunque triste, sonrisa.

—Para Sharon significaba mucho que tuvieras la experiencia de este viaje. Lo estás viviendo por ella, ¿lo sabes?

—Lo sé. No me lo hubiera perdido por nada.

Dylan no les había contado a sus compañeras de viaje ni a su madre que haberse tomado esas dos semanas probablemente le costaría su empleo. A una parte de ella en realidad no le importaba. En cualquier caso odiaba rebajarse y trabajar para la prensa sensacionalista. Había intentado venderle a su jefe la idea de que regresaría de Europa con algún material decente... tal vez la historia de algún yeti de Bohemia o una experiencia con Drácula fuera de Rumanía.

Pero vender un bulo así a un tipo que trafica con mentiras como modo de vida no era tarea fácil. Su jefe había dejado muy claras sus expectativas: o Dylan regresaba de aquel viaje con algo grande o haría mejor en no regresar en absoluto.

—Hace mucho calor aquí —dijo Janet, quitándose la gorra de béisbol para dejar al descubierto sus pequeños rizos plateados y pasarse la mano por la frente—. ¿Soy la única debilucha del grupo o hay alguien más que quiera descansar un poco?

—Yo también me tomaría un respiro —se mostró de acuerdo Nancy.

Se quitó la mochila y la dejó en el suelo bajo un alto pino. Marie se unió a ellas, abandonando el camino y tomando un buen trago de su botella de agua.

Dylan no estaba ni remotamente cansada. Quería continuar moviéndose. Aún les quedaban por delante los ascensos y las formaciones rocosas más impresionantes. Sólo habían reservado un día para aquella parte del viaje y Dylan quería aprovecharlo al máximo.

Y además estaba aquella bella mujer muerta un poco más adelante en el sendero. Miraba fijamente a Dylan, con su energía adoptando una forma visible y luego desapareciendo.

Mírame.

Dylan apartó la mirada. Janet, Marie y Nancy estaban sentadas en el suelo, mordisqueando barritas de proteínas y cereales.

—¿Quieres un poco? —le preguntó Janet, agitando una bolsa de plástico con frutos secos, nueces y semillas.

Dylan negó con la cabeza.

—Estoy demasiado inquieta como para descansar o comer ahora. Si no os importa creo que iré a dar una vuelta por mi cuenta mientras os quedáis aquí. Volveré enseguida.

—Claro, cariño. Al fin y al cabo tus piernas son más jóvenes que las nuestras. Pero ten cuidado.

—Lo tendré. Volveré pronto.

Dylan evitó el lugar donde parpadeaba la imagen de la muerta. Abandonó el sendero señalado y se adentró por la espesura de la ladera. Caminó durante unos minutos, sencillamente disfrutando de la tranquilidad del lugar. Había una cualidad misteriosa y salvaje en las cumbres sobresalientes de arenisca y basalto. Dylan se detuvo a tomar fotos, con el deseo de capturar algo de aquella belleza y poder mostrársela a su madre.

Escúchame.

Al principio Dylan no vio a la mujer, únicamente oía el sonido metálico de su voz espectral. Pero de repente un brillo blanco llamó su atención. Se hallaba más arriba en la pendiente, de pie sobre una cadena de rocas, subida en uno de los peñascos.

Sígueme.

—Mala idea —murmuró Dylan, echando un vistazo a la peliaguda pendiente. Era muy pronunciada y el terreno no estaba desde luego en las mejores condiciones. Y a pesar de que la vista desde allí arriba probablemente sería espectacular sin duda no era su deseo unirse a su nueva amiga fantasma en el Más Allá.

Por favor... ayúdalo.

¿Ayudarlo a él?

—¿Ayudar a quién? —preguntó, consciente de que el espíritu no podía oírla.

Nunca podían. La comunicación con los difuntos era siempre en una sola dirección. Simplemente aparecían cuando querían y decían lo que se les antojaba, si es que hablaban. Luego, cuando les resultaba demasiado difícil seguir manteniendo su forma visible, sencillamente desaparecían.

Ayúdalo.

La mujer de blanco comenzó a volverse transparente encima de la ladera. Dylan trató de mantenerla a la vista poniendo su mano en forma de escudo sobre sus ojos para protegerlos de la luz brumosa que se colaba a través de los árboles. Con cierta aprensión, comenzó el difícil ascenso, usando los gruesos troncos de pinos y las ramas para ayudarse en aquel difícil terreno.

Cuando llegó a la cima donde estaba de pie la mujer fantasma, ésta había desaparecido. Dylan caminó con cuidado por el saliente de la roca y se dio cuenta de que era más ancho de lo que parecía desde abajo. La arenisca estaba desgastada y oscurecida por las inclemencias del tiempo, tan oscurecida que una hendidura vertical excavada en la roca le había pasado hasta el momento desapercibida.

Fue desde aquel estrecho espacio sin luz que Dylan oyó el fantasmal susurro de nuevo.

Sálvalo.

Miró a su alrededor y sólo vio rocas y tierra salvaje. Por allí no había nadie. Y ahora ni siquiera el rastro de la etérea figura que la había atraído para subir sola hasta allí.

Dylan volvió la cabeza para mirar la oscura grieta de la roca. Metió la mano en el hueco y sintió que un aire frío y húmedo le resbalaba por la piel.

En el interior de aquella profunda grieta negra todo estaba inmóvil y silencioso.

Tan silencioso como una tumba.

Si Dylan fuera de aquellas personas que creen en los espeluznantes monstruos de las leyendas populares podría haber imaginado que uno de ellos vivía en aquel lugar. Pero ella no creía en los monstruos, nunca lo había hecho. Al margen de ver ocasionalmente personas muertas, que nunca le provocaban ningún daño, Dylan era tan práctica como podía, e incluso cínica.

Era la reportera que había en su interior lo que le hacía sentir curiosidad por saber qué era lo que se ocultaba realmente en el interior de esa roca. Suponiendo que pudiera dar credibilidad a la palabra de una mujer muerta, ¿quién allí dentro podría necesitar ayuda? ¿Habría alguien herido? ¿Alguien se habría perdido subiendo hasta aquel empinado peñasco?

Dylan sacó una pequeña linterna de uno de los bolsillos exteriores de su mochila. Enfocó la abertura de la roca y sólo entonces advirtió que había unas marcas cinceladas alrededor y en el interior de la grieta, como si alguien hubiera trabajado para ensancharla. Aunque no de manera reciente, a juzgar por lo desgastadas que estaban las marcas.

—¿Hola? —gritó hacia la oscuridad—. ¿Hay alguien ahí?

Sólo obtuvo silencio por respuesta.

Dylan se quitó la mochila y la sujetó con una mano, mientras que con la otra mano sostenía el delgado tubo de la linterna. Avanzando de frente, casi no pudo pasar a través de la grieta; cualquiera de mayor tamaño que ella se hubiera visto obligado a pasar de lado.

Sólo era tan estrecho el corto trayecto del principio, luego el espacio se ensanchó, abriéndose cada vez más. De pronto se halló en el interior de la gruesa roca de la montaña, alumbrando con su linterna las lisas y redondeadas paredes. Era una cueva, una cueva vacía, excepto por algunos murciélagos susurrando agitados por encima de su cabeza

Y a juzgar por el aspecto de aquel lugar, había sido enteramente construido por la mano del hombre. El techo se alzaba al menos unos seis metros por encima de la cabeza de Dylan. En cada pared de la pequeña cueva había pintados interesantes símbolos. Parecía algún extraño tipo de jeroglíficos: una mezcla de llamativas marcas tribales y de diseños geométricos entrelazados con elegancia.

Dylan se acercó a una de las paredes, fascinada ante la belleza de esas extrañas pinturas. Enfocó su pequeña linterna hacia la derecha, ansiosa por descubrir cómo continuaban los elaborados dibujos decorativos. Se colocó en el centro de la cueva.

La punta de sus botas de montaña chocó contra algo que había en el suelo de tierra. Fuera lo que fuese hizo un ruido apagado al salir rodando. Dylan enfocó el suelo con la linterna y ahogó un grito.

«Oh, mierda.»

Era una calavera. Los huesos blancos brillaron en la oscuridad y la cabeza humana parecía mirarla sin verla, con las cuencas de los ojos vacías. Si aquel era el hombre a quien el espectro quería que ayudase su petición había llegado unos cien años tarde.

Dylan enfocó la linterna más lejos, sin saber lo que estaba buscando, pero demasiado fascinada como para darse la vuelta e irse. La luz se deslizó por encima de otro grupo de huesos... Dios, eran más restos humanos esparcidos en la cueva.

Dylan sintió que se le ponía la carne de gallina por una corriente de aire salida de no se sabe dónde.

Y entonces fue cuando lo vio.

Al otro lado de la oscuridad había un gran bloque de piedra rectangular. Y ese objeto estaba pintado con marcas como aquellas que cubrían las paredes.

Dylan no tenía que acercarse para saber que se hallaba ante una cripta. Encima de la tumba había sido colocada una gruesa losa. Estaba movida hacia un lado, ligeramente torcida encima de la tumba de piedra como si hubiera sido movida por unas manos increíblemente fuertes.

¿Habría alguien o algo descansando allí dentro?

Dylan tenía que saberlo. Avanzó sigilosamente, notando un sudor frío que le recorría los dedos con los que sostenía la linterna. A tan sólo unos pasos de distancia, Dylan enfocó el haz de luz sobre el agujero de la tumba.

Estaba vacía.

Y por razones que no era capaz de explicar, eso le resultó más escalofriante que la idea de encontrar un cadáver convertido en polvo en el interior.

Por encima de su cabeza, los residentes nocturnos de la cueva se estaban despertando. Los murciélagos agitaron las alas, luego salieron disparados para pasar ante ella en una ráfaga de movimiento. Dylan se agachó para dejarlos pasar, diciéndose que a ella también le convenía salir inmediatamente de aquel lugar.

Mientras se volvía para buscar la grieta de salida, oyó a sus espaldas otro ruido provocado por algún extraño movimiento. Aquel era de algo más grande que un murciélago, un aullido grave seguido del ruido de una roca que se soltaba en algún lugar de la cueva.

Oh, Dios. Tal vez no estaba sola en aquel sitio.

Sintió un escalofrío en la nuca y antes de poder recordarse a sí misma que no creía en monstruos, el corazón empezó a latirle a un ritmo enloquecido.

Se guió a tientas hacia el exterior de la cueva, con el pulso martilleándole en los oídos. Cuando asomó a la luz del día, jadeaba en busca de aire. Subió la cresta con agilidad y luego corrió a reunirse con sus amigas al resguardo de la brillante luz del día.

Había estado soñando con Eva otra vez.

No era suficiente con que esa mujer lo hubiera traicionado en vida... ahora, estando muerta, invadía su mente mientras dormía. Todavía hermosa, todavía traidora, le hablaba de cuánto se arrepentía y de cuánto deseaba arreglar las cosas.

Todo mentira.

El fantasma de Eva visitándolo era sólo una parte del largo viaje de Rio hacia la locura.

Su compañera muerta se colaba en sus sueños, suplicándole que la perdonara por el engaño que había cometido un año atrás. Lo lamentaba. Todavía lo amaba y siempre lo amaría.

Ella no era real. Era tan sólo el burlón recuerdo de un pasado que él desearía poder dejar atrás.

Confiar en aquella mujer le había salido muy caro. Su rostro había quedado arruinado por la explosión en el almacén. Su cuerpo estaba hecho pedazos, todavía recobrándose de heridas que habrían causado la muerte de cualquier hombre mortal.

¿Y su mente...?

La cordura de Rio se había resquebrajado, poco a poco, empeorando durante el tiempo en que había estado solo en aquel agujero de la montaña de Bohemia.

Él podía acabar con eso. En tanto que miembro de la estirpe, una raza híbrida de humanos con genes de vampiros alienígenas, podía arrastrarse hasta la luz del día y dejar que los rayos UV lo devorasen. Había considerado la idea de hacerlo, pero aún le quedaba la tarea de cerrar aquella cueva y destruir la maldita prueba que contenía.

No sabía cuánto tiempo llevaba allí dentro. Los días y las noches, semanas y meses, en algún momento se habían fundido en una interminable suspensión de tiempo. No estaba seguro de cómo había ocurrido. Había llegado allí con sus hermanos de la Orden. Los guerreros tenían la misión de localizar y destruir un viejo demonio escondido en las rocas siglos atrás.

Pero era demasiado tarde.

La cripta estaba vacía; aquel ser maléfico ya había sido liberado.

Fue Rio quien se prestó voluntariamente a quedarse atrás y sellar la cueva mientras los demás regresaban a su hogar en Boston. No podía regresar con ellos. No sabía a qué lugar pertenecía. Pretendía encontrar su propio camino, tal vez regresar a España, su tierra natal.

Eso es lo que les había dicho a los otros guerreros, que eran como hermanos para él. Pero no había llevado a cabo ninguno de sus planes. Los había retrasado, atormentado por la indecisión y el peso del pecado que había contemplado.

En su corazón, sabía que no tenía ninguna intención de abandonar aquella tumba. Pero había retrasado lo inevitable con débiles excusas, esperando el momento adecuado, las condiciones óptimas para hacer lo que tenía que hacer. Pero esas excusas eran sólo eso, excusas. Y para lo único que servían era para hacer que las horas se convirtieran en días, y los días en semanas.

Ahora, meses más tarde, merodeaba en la oscuridad de la cueva como los murciélagos que compartían el frío y húmedo espacio con él. Ya no cazaba, ya no tenía el deseo de alimentarse. Se limitaba a existir, consciente de su rápido descenso hacia un infierno que él mismo se estaba construyendo.

Para Rio, ese descenso finalmente había demostrado ser demasiado.

Junto a él, en el hueco de una roca que se hallaba a tres metros por encima del suelo de la cueva descansaba un detonador y un pequeño alijo de C-4. Era suficiente explosivo como para sellar la cripta oculta para siempre. Rio pretendía hacerlo aquella noche... desde el interior.

Aquella noche acabaría con todo.

Cuando sus aletargados sentidos se despertaron de repente de un profundo sueño por el ruido de un intruso, él creyó que se trataría de otro fantasma que venía a atormentarlo. Captó un aroma humano, el de una mujer joven, a juzgar por el cálido almizcle que emanaba de su piel. Abrió los ojos en la oscuridad, inspirando profundamente para llenar sus pulmones de aquella fragancia.

Ella no era un truco de su locura.

Era de carne y sangre, el primer ser humano que se había adentrado a través de la oscura boca de la cueva desde que él se hallaba allí. La mujer recorrió con una linterna el interior de la cueva, cegándolo por un momento, incluso desde su escondite en el techo, por encima de su cabeza. Oyó sus pisadas en el suelo de la cueva. Y también oyó su grito contenido cuando chocó contra uno de los esqueletos que había dejado allí el original habitante del lugar.

Rio se deslizó hacia el borde de la roca que lo ocultaba, preparado para saltar al suelo. El movimiento del aire hizo que unos murciélagos del techo echaran a volar, pero la mujer siguió allí. Examinó la caverna con la linterna y luego se dirigió hacia la tumba abierta.

Rio pudo sentir su curiosidad y su miedo mientras se acercaba a la cripta. Incluso sus instintos humanos debían de estar captando algo del ser maléfico que había dormido en aquel bloque de piedra.

Pero ella no debería estar allí.

Rio no podía dejarla ver más de lo que ya había visto. Se sorprendió al oír su propio aullido mientras se disponía a saltar. La mujer lo oyó también. Se puso tensa en señal de alarma. La luz de su linterna recorrió enloquecidamente las paredes mientras corría presa del pánico en dirección a la salida de la cueva.

Antes de que Rio pudiera ordenar a sus miembros que se moviesen ella ya estaba fuera.

Se había ido.

Había visto demasiado, pero pronto eso ya no importaría.

En cuanto cayera la noche, no quedaría rastro de la cripta, ni de la cueva ni del propio Rio.

Capítulo dos

«¡*U*na cripta escondida encierra secretos de una antigua civilización!»

Dylan frunció el ceño y apretó la tecla de retroceso de su ordenador portátil. Necesitaba un título diferente para el artículo en el que estaba trabajando... algo más atractivo, menos tipo *National Geographic*. Hizo un segundo intento, buscando algo que pudiera resultar tan llamativo como las noticias de las jóvenes estrellas de Hollywood en la portada de cualquier suplemento semanal.

«¡Se descubren restos de sacrificios humanos en el escondite de Drácula!»

Sí, eso estaba mejor. El asunto de Drácula se remontaba en la República Checa a miles de años atrás, desde que el sanguinario Vlad Tepes reinara en Rumanía, pero era un principio. Dylan estiró las piernas sobre la cama de su habitación de hotel, equilibró el ordenador en su regazo y comenzó a redactar la primera versión de la historia. Cuando llevaba dos párrafos se detuvo. Apretó la tecla de retroceso hasta que la página estuvo de nuevo en blanco.

Simplemente no le salían las palabras. No podía concentrarse. La visita del fantasma en la montaña le había alterado los nervios, pero era la llamada telefónica a su madre lo que realmente la había distraído. Sharon había intentado parecer alegre y fuerte, hablándole acerca de un crucero por el río para recaudar fondos al que estaba ansiosa por acudir.

Después de perder a otra chica entregada a la vida de la calle, una joven llamada Tony que se había escapado de su casa y en quien Sharon había puesto verdaderas esperanzas, tenía ideas para un nuevo programa y quería contar para ello con el fundador del refugio para chicas de la calle, el señor Fasso. Esperaba tener una entrevista privada con él y admitía que era un hombre con quien había flirteado un poco en más de una ocasión. Eso no era una sorpresa para nadie, y menos para su hija.

La vida romántica de Dylan contrastaba completamente con la de su madre, quien estaba siempre preparada e incluso ansiosa por enamorarse. Dylan en cambio había tenido algunas relaciones, pero nada significativo y nada que ella hubiera querido prolongar. Una parte de ella un tanto cínica dudaba completamente de un amor que durara para siempre, a pesar de los intentos de su madre para convencerla de que lo encontraría algún día cuando menos lo esperara.

Sharon era un espíritu libre con un corazón grande y abierto que había sido pisoteado a menudo por hombres que no valían la pena, y ahora por la injusticia del destino. Sin embargo, continuaba sonriendo y seguía al pie del cañón. Había soltado unas risitas adolescentes al confesarle a Dylan que se había comprado un vestido nuevo que estaba ansiosa por estrenar, escogido por su corte favorecedor y por el color, parecido al de los ojos del señor Fasso. Pero aunque Dylan bromeó con su madre recomendándole que no coqueteara demasiado descaradamente con aquel filántropo soltero y al parecer atractivo, tenía el corazón roto.

Sharon intentaba conservar su actitud positiva habitual, pero Dylan la conocía demasiado bien. Su voz sonaba sofocada, y no podía justificarse por el servicio telefónico de larga distancia desde la pequeña ciudad de Bohemia de Jiein, donde Dylan y sus compañeras de viaje pasaban la noche. Había hablado con su madre tan sólo veinte minutos, pero cuando iban a colgar la voz de Sharon ya sonaba completamente agotada.

Dylan suspiró débilmente mientras apagaba el ordenador y lo colocaba junto a ella en la estrecha cama. Tal vez debería haber salido a tomar cerveza y entretenerse con gente en el bar junto con Janet, Marie y Nancy, en lugar de quedarse para trabajar. Últimamente no tenía muchas ganas de socializar, pero cuanto más permanecía en su diminuta litera más cuenta se daba de lo sola que estaba. En aquella calma le resultaba difícil pensar en otra cosa que no fuera el aterrador silencio que llenaría su vida cuando su madre...

Oh, Dios.

Dylan ni siquiera estaba preparada para dejar que esa palabra cobrara forma en su mente.

Sacó las piernas de la cama y se puso en pie. La ventana del primer piso, que daba a la calle, estaba abierta para que entrara el aire, pero Dylan se sentía sofocada. Deslizó más el cristal de la ventana y respiró profundamente, contemplando a los turistas y lugareños que pasaban caminando.

Y la condenada y etérea mujer de blanco estaba allí otra vez.

De pie en el medio de la calle, sin dejarse perturbar por los coches ni los transeúntes que pasaban a su lado. Su imagen era translúcida en la oscuridad, su forma mucho menos definida que cuando la había visto por primera vez aquella tarde, y se oscurecía por segundos. Pero sus ojos estaban clavados en Dylan. El fantasma no habló esta vez, se limitaba a contemplarla con una sombría resignación que le hizo sentir un dolor en el pecho.

—Vete —le dijo en voz baja a la aparición—. No sé lo que quieres de mí y realmente no puedo tratar contigo ahora.

Una parte de ella se burló de sí misma, porque teniendo en cuenta cuál era su empleo, tal vez no debería estar tan ansiosa por sacarse de encima a los visitantes del Más Allá. Nada complacería más a su jefe, Coleman Hogg, que tener en su plantilla a una reportera capaz de comunicarse con personas muertas. Diablos, aquel bastardo oportunista probablemente insistiría en abrir una nueva linea de negocios con ella como atracción principal.

Sí, seguro. Así que eso no ocurriría.

Ya había permitido que un hombre la explotara por el peculiar y poco fiable don con el que había nacido, y mira cómo había terminado. Dylan no veía a su padre desde que tenía doce años. Las últimas palabras que Bobby Alexander dirigió a su hija antes de marcharse de la ciudad y de su vida habían sido un torrente de blasfemias y comentarios repugnantes.

Aquel había sido uno de los días más dolorosos de la vida de Dylan, pero le sirvió para aprender una dura lección: había muy pocas personas en las que poder confiar, así que si quería sobrevivir la regla número uno era irse con cuidado.

Era una filosofía que le había resultado muy útil, menos con relación a su madre. Sharon Alexander era la roca de la vida de Dylan, su suelo más firme, y la única persona con la que estaba segura de poder contar. Ella conocía todos los secretos de Dylan, todas sus esperanzas y sueños. Conocía también todos sus problemas y sus miedos... excepto uno. Dylan todavía intentaba mostrarse valiente delante de Sharon, estaba demasiado asustada como para dejarle saber hasta qué punto la vuelta del cáncer la había petrificado. No quería reconocer ese miedo justo ahora, no tenía fuerzas suficientes para expresarlo en voz alta.

—Mierda —susurró Dylan irritada al sentir que los ojos le empezaban a arder por las lágrimas.

Deseaba vencer esas lágrimas con la misma fuerza de acero que lo había sostenido durante la mayor parte de su vida. Dylan Alexander no lloraría. No lo había hecho desde aquel día en que se le rompió el corazón, aquel día en que era apenas una niña y se sintió traicionada al ver cómo su padre desaparecía en la noche.

No, autocompadecerse por su propio dolor no la llevaría a nada bueno. La ira era una estrategia mucho más útil. Y cuando la ira fallaba, había pocas cosas que no pudieran arreglarse con una buena dosis de rechazo.

Dylan se apartó de la ventana y metió sus pies desnudos en un par de botas de montaña. No se atrevía a dejar el ordenador solo en la habitación, así que lo guardó en su correspondiente funda, cogió también su cuaderno de notas electrónico y se fue dispuesta a reunirse con Janet y las demás. Tal vez un poco de compañía y parloteo no estaría mal después de todo.

Al anochecer, la mayoría de los humanos que caminaban a través del bosque y por los senderos de la montaña habían desaparecido. Ahora que en el exterior de la cueva reinaba la oscuridad, no había ni un alma que pudiera oír la explosión que Rio estaba a punto de perpetrar.

Tenía suficiente explosivo C-4 a mano como para sellar de modo permanente la entrada de la cueva, pero no tanto como para derribar la montaña entera. Nikolai se había asegurado de eso antes de que la Orden dejara allí a Rio para proteger el terreno. Gracias a Dios, porque Rio estaba condenadamente seguro de que su cerebro maltrecho no recordaría los detalles.

Soltó una maldición mientras manipulaba torpemente uno de los diminutos cables del detonador. La visión se le estaba empañando, y eso lo irritaba aún más. El sudor le corría por la frente empapando los mechones de pelo demasiado largos que le caían encima de los ojos. Con un rugido, se pasó la mano por la cara apartándose el pelo y miró ferozmente los trozos de pálido material explosivo que tenía frente a él.

¿Ya había metido la pólvora detonadora dentro de los moldes?

No lo recordaba.

—Concéntrate, idiota —se reprendió a sí mismo, impacientándose ante la idea de que algo que antes de aquella explosión en el almacén de Boston le resultaba fácil, ahora le llevara literalmente horas de preparación. Si añadía a eso la debilidad surgida como consecuencia de haberse privado del sustento vital de la sangre era una auténtica proeza. Un condenado desastre, eso es lo que era.

Impulsado por una oleada de desprecio hacia sí mismo, Rio puso el dedo en uno de los pequeños moldes de C-4 y tiró para abrirlo.

Bien. La carga estaba allí, como tenía que ser.

No importaba que él no recordara haberla puesto allí o el hecho de que, a juzgar por el aspecto retorcido de otro de los moldes, lo más probable era que él ya hubiera hecho esta misma comprobación por lo menos una vez. Reunió los suministros de C-4 y los llevó hasta la estrecha grieta de entrada de la cueva. Los colocó en huecos labrados en la arenisca, exactamente como le había explicado Niko. Luego regresó al interior de la cueva para buscar el detonador.

¡Maldita sea!

Los cables de esa cosa estaban todos estropeados.

Él los había echado a perder. ¿Cómo? ¿Y cuándo?

—¡Hijo de puta! —gruñó, mirando fijamente el artefacto, ciego por una repentina y rápida ira.

Se sentía aturdido por la rabia, la cabeza le daba vueltas de tal forma que tuvo que dejarse caer de rodillas. Se acostó sobre el duro suelo como si su cuerpo estuviera hecho de plomo. Oyó que el detonador se deslizaba en alguna parte, pero no pudo alcanzarlo. Los brazos le pesaban demasiado y tenía la cabeza ingrávida, la conciencia le flotaba, separada de la realidad, como si su mente quisiera separarse de esa jaula que era su cuerpo demolido para volar lejos y escapar.

Sintió fuertes náuseas y supo que si no conseguía sostenerse iba a morir.

Había sido una estupidez dejar de cazar desde hacía tantas semanas. Él pertenecía a la estirpe. Necesitaba sangre humana para cobrar fuerzas, para vivir. La sangre lo ayudaba a detener el dolor y la locura. Pero ya no confiaba en ser capaz de cazar sin matar. Había estado demasiado cerca, demasiadas veces, desde que había llegado a aquel altísimo peñasco del bosque.

Demasiado a menudo esas pocas veces en las que se había aventurado a salir al exterior, presa del hambre, había estado a punto de ser visto por los humanos que vivían en las ciudades y pueblos de los alrededores. Y desde que sobrevivió a aquella explosión en Boston un año atrás su rostro no era fácil de olvidar.

«Maldito.»

La palabra lo alcanzó desde algún lugar distante. No venía del exterior, de la noche, sino de algún profundo lugar de su pasado, en la lengua de su madre, el español.

«Manos del diablo.»

«Comedor de sangre.»

«Monstruo.»

Incluso a través de la niebla de su mente atormentada, reconoció los insultos. Nombres que había oído desde su infancia más temprana. Palabras que lo herían, incluso ahora.

El maldito.

Manos del diablo.

Comedor de sangre.

Monstruo.

Y eso es lo que era, ahora más que nunca. Qué ironía que su vida hubiera comenzado en un escondite, oculto como un animal saliendo por las noches a los bosques oscuros y las montañas, y terminara de la misma manera.

—Madre de Dios —susurró, mientras intentaba, débilmente, agarrar el detonador—. Por favor, déjame acabar con todo.

Dylan apenas acababa de terminar su vaso de cerveza cuando le pusieron otro delante. Era la tercera ronda de la mesa desde que había llegado a la taberna a encontrarse con sus compañeras de viaje. Esta última ronda había sido servida con una enorme sonrisa por parte del joven que atendía en la barra.

—Con mis cumplidos, damas —anunció con un marcado acento inglés, siendo uno de los pocos lugareños de aquel pueblo que hablaban algo más que alemán o checo.

—¡Oh, cielos! Gracias, Goran —exclamó Janet, soltando una risita mientras entregaba su vaso vacío para recibir uno nuevo lleno de cerveza fresca, ámbar y espumosa—. Qué encantador eres, hablándonos de tu adorable ciudad y trayéndonos ahora bebidas gratis. De verdad no tenías por qué hacerlo.

—Es un placer —murmuró.

Sus agradables ojos marrones se detuvieron en Dylan un poco más, lo cual hubiera sido un cumplido mayor si sus acompañantes no fueran todas candidatas a la jubilación. Probablemente, Dylan debía de ser cinco o diez años mayor que el guapo camarero, pero eso no iba a impedirle sacar partido de la evidente atracción que sentía por ella. No es que estuviera interesada en bebidas o en citas. Era la charla de Goran acerca de las montañas de los alrededores y sus tradiciones lo que había cautivado a Dylan. El joven checo había crecido en aquel lugar y había pasado una buena cantidad de tiempo explorando precisamente la zona que Dylan había estado escalando aquella mañana.

—Esto es tan hermoso —le dijo Nancy—. Los folletos turísticos no mentían; es verdaderamente un paraíso.

—Y ese terreno tan particular y tan extenso... —añadió Marie—. Creo que necesitaríamos un mes entero para ver todo lo que hay. Es una pena que tengamos que regresar a Praga mañana.

—Sí, es una verdadera lástima —dijo Goran, dirigiendo el comentario directamente a Dylan.

—¿Y qué hay de las cuevas? —Había estado tratando de reunir los detalles de su historia sin llamar demasiado la atención, consciente de que los lugareños probablemente no apreciarían el hecho de que se aventurara fuera de los senderos para escalar las montañas por su cuenta—. Vi algunas cuevas señaladas en nuestro mapa, pero imagino que debe de haber muchas más. Incluso algunas que aún no hayan sido descubiertas, de las que no se abren al público, ¿verdad?

El joven asintió.

—Oh, sí. Hay cientos de cuevas y también varios precipicios. La mayoría de ellas todavía no están documentadas.

—Dylan ha visto un viejo ataúd de piedra en una de las cuevas —soltó Janet inocentemente mientras bebía su cerveza.

Goran soltó una risita con una expresión dubitativa.

—¿Eso viste?

—No estoy segura de lo que vi. —Dylan se encogió de hombros despreocupadamente, pues no quería delatarse si realmente había descubierto algo significativo—. Estaba terriblemente oscuro ahí dentro y creo que el calor me jugó una mala pasada.

—¿En qué cueva entraste? —preguntó el joven—. Tal vez la conozca.

—Oh, no recuerdo dónde estaba exactamente. Realmente no importa.

—Dijo que había sentido una presencia —intervino de nuevo Janet—. ¿No es así como lo describiste, cariño? Como... una presencia oscura que se despertó cuando tú estabas en el interior de la cueva. Creo que eso es lo que dijiste.

—No fue nada, estoy segura. —Dylan le frunció el ceño a través de la mesa a modo de reproche a esa bienintencionada pero irritante mujer. Aunque no sirviera para nada. Janet le guiñó el ojo con la actitud de una casamentera cuando Goran se acercó más a Dylan en la mesa.

—Verás, se dice que hay algo diabólico en esas montañas —dijo él, bajando la voz a un tono confidencial aunque también divertido—. Muchas leyendas antiguas advierten que hay demonios viviendo en los bosques.

—¿Es eso cierto? —preguntó ella con curiosidad.

—Oh, sí. Bestias terribles con aspecto de seres humanos pero que no son humanos en absoluto. Los aldeanos están convencidos de que viven entre monstruos.

Dylan tosió ligeramente mientras levantaba su vaso.

—Yo no creo en los monstruos.

—Yo tampoco, por supuesto —dijo Goran—. Pero mi abuelo, sí. Igual que su abuelo antes que él y el resto de la familia que vivía en esta zona, desde hace cientos de años. Mi abuelo tiene una propiedad en los límites del bosque. Él dice que vio a una de esas criaturas hace tan sólo unos meses. Atacó a uno de sus trabajadores del campo.

—¿Y qué pasó? —Dylan miró al camarero, esperando un remate que no llegaba.

—Según mi abuelo, fue justo al caer la noche. Él y Matej estaban llevando algunos equipamientos al establo cuando mi abuelo oyó un ruido extraño que provenía del campo. Fue a mirar y vio a Matej en el suelo. Otro hombre estaba doblado encima de él y sostenía el cuello de Matej, que estaba sangrando, cerca de la boca.

—¡Dios santo! —ahogó un grito Janet—. ¿Y sobrevivió el pobre hombre?

—Sí, sobrevivió. Mi abuelo explicó que él entró corriendo de nuevo al establo en busca de algún arma para luchar contra la criatura y cuando salió Matej ya estaba allí solo. No tenía ninguna marca, a excepción de una mancha de sangre en la camisa, y tampoco recordaba el ataque en absoluto. El hombre que atacó a Matej, o el demonio, si damos crédito al testimonio de mi abuelo, nunca ha vuelto a ser visto.

Janet chasqueó la lengua.

—¡Y menos mal! Porque parece una criatura salida de una película de terror, ¿verdad?

Nancy y Marie parecían igual de aterradas. Era evidente que las tres mujeres se creían la historia de Goran a pies juntillas. Dylan en cambio permanecía como mínimo escéptica. Pero en el fondo de su mente se preguntaba si su historia acerca de una cripta en el interior de la montaña cubierta con viejos restos humanos no tendría más jugo si se completaba con un relato de primera mano acerca del ataque de un vampiro. No importaba el hecho de que la presunta víctima no pudiera corroborarlo con ningún recuerdo o evidencia física; su jefe del periódico no vacilaría a la hora de publicar una historia supersticiosa basándose únicamente en un relato un poco tosco por parte de un anciano que probablemente hasta tendría dañada la vista. Qué demonios, habían sacado artículos teniendo aún mucho menos que eso.

—¿Crees que podría hablar con tu abuelo acerca de lo que vio?

—Dylan es periodista. —A nadie le sorprendió que Janet, siempre tan servicial, completara la explicación—. Vive en Nueva York. ¿Has estado alguna vez en Nueva York, Goran?

—Nunca he estado allí, pero me gustaría mucho ir algún día —respondió él, mirando de nuevo a Dylan—. Entonces eres periodista, ¿en serio?

—No, en serio no. Tal vez algún día. Hoy por hoy las cosas que escribo son... supongo que podríamos llamarlas historias que interesan a la gente. —Sonrió al camarero—. Entonces, ¿crees que tu abuelo estaría dispuesto a hablar conmigo?

—Lamento decirte que está muerto. Tuvo un infarto mientras dormía el mes pasado y ya no llegó a despertarse.

—Oh. —Dylan sintió una oleada de auténtico arrepentimiento, su ansiedad por vender una historia pasó inmediatamente a un segundo plano—. Siento mucho tu pérdida, Goran.

Él asintió con dolor.

—Fue un hombre afortunado. Ojalá todos pudiéramos llegar a los noventa y dos años, como mi abuelo, ¿verdad?

—Sí —dijo Dylan, sintiendo que las amigas de su madre la miraban con compasión—. Ojalá.

—Tengo nuevos clientes —anunció al ver que un pequeño grupo de hombres entraba en la taberna—. Ahora debo irme. Cuando vuelva tal vez podrías contarme algo sobre Nueva York, Dylan.

Mientras se alejaba, y antes de que Janet pudiera entusiasmarse con lo maravilloso que sería que Dylan invitara al adorable y joven Goran a Estados Unidos, se casara con él y tuviera hijos, Dylan dejó escapar un aparatoso y enorme bostezo.

—Supongo que he tomado demasiado aire fresco por hoy. Estoy realmente destrozada. Creo que me retiraré pronto. Todavía tengo que trabajar un poco esta noche y necesito revisar el correo electrónico antes de acostarme.

—¿Estás segura, cariño?

Dylan dedicó a Janet una débil inclinación de cabeza.

—Sí, ha sido un día largo. —Se levantó y recogió su bolso, que estaba colgado en el respaldo de la silla de madera. Puso sobre la mesa unas monedas, suficientes para pagar lo que había tomado en el bar y dejar una generosa propina para su anfitrión—. Os veo en la habitación.

Mientras recorría el breve trayecto de la taberna hasta el hotel, los dedos de Dylan estaban ansiosos por tocar el teclado. Se encerró en la habitación, encendió el ordenador y trató de reproducir la historia. Dylan sonrió al ver que el artículo cobraba forma. Ya no era simplemente un reportaje acerca de la vieja tumba de una caverna y unos esqueletos polvorientos, sino un relato espeluznante acerca de un demonio que vivía y respiraba y podía perfectamente seguir existiendo en la tierra baldía sobre una ciudad europea aparentemente tranquila.

Ya tenía el texto.

Ahora lo único que necesitaba eran algunas fotos de la guarida del demonio.

Capítulo tres

*E*ra de madrugada muy temprano en la región montañosa, demasiado temprano para la mayoría de grupos de turistas y excursionistas. Sin embargo, Dylan evitó salir por la entrada principal y se adentró sola en los bosques. Pronto comenzó a caer una débil lluvia, una suave lluvia de verano que descendía desde las nubes de color gris plomizo.

El calzado de montaña de Dylan se hundió en las agujas de pino bajo sus pies, mientras aligeraba el paso y localizaba el sendero de la montaña que había recorrido con sus compañeras el día anterior.

Hoy no había ninguna señal de la mujer de blanco y cabello oscuro, pero Dylan no necesitó la ayuda del fantasma para encontrar el camino hacia la cueva. Guiada por su memoria y por el pulso creciente de sus venas, escaló la empinada y difícil pendiente hasta el saliente de arenisca que había en el exterior de la cueva oculta.

Con todo cubierto de bruma, la estrecha grieta de la cueva parecía ese día todavía más oscura, y la arenisca tenía un aroma viejo y terrenal. Dylan se descolgó la mochila que llevaba a la espalda y sacó la pequeña linterna de uno de los bolsillos con cremallera. Hizo girar el delgado tubo de metal y envió un rayo de luz al estrecho pasadizo de la cueva.

«Entra, saca una pocas fotos de la cripta y de las pinturas de las paredes y luego sal de allí como perseguida por el diablo.»

No es que tuviera miedo. ¿Por qué debería tenerlo? Tenía que tratarse de algún viejo lugar donde enterrar a los muertos, abandonado hacía muchísimo tiempo. No había absolutamente nada que temer.

¿Y acaso no era exactamente eso lo que decían esas estúpidas actrices de cine de terror justo antes de morir con todo lujo de grotescos detalles?

Dylan se burló de sí misma mentalmente. Después de todo, aquello era la vida real. La probabilidades de que apareciera un lunático blandiendo una motosierra o un zombi devorador de carne fresca en la oscuridad de esa cueva eran exactamente las mismas que las de encontrarse cara a cara con el monstruo chupador de sangre que el abuelo de Goran decía haber visto. En otras palabras, eran nulas.

Con la lluvia cayendo suavemente tras ella, Dylan se adentró entre las estrechas paredes de roca y avanzó cuidadosamente hacia el interior de la cueva, iluminando el camino con el haz de luz de su linterna. Tras varios pasos, el pasadizo se ensanchó y la oscuridad se hizo más intensa. Dylan movió la linterna alrededor del perímetro de la cueva, tan atemorizada como el día anterior, iluminando las elaboradas pinturas de las paredes y el bloque de piedra rectangular que había en el centro del espacio.

No vio al hombre que yacía tirado en el suelo de cualquier forma hasta que estaba prácticamente encima de él.

—¡Dios!

Ahogó un grito y dio un salto hacia atrás, haciendo rebotar la luz de la linterna frenéticamente durante los segundos que le llevó recobrarse del susto. Enfocó de nuevo la linterna hacia donde yacía el hombre... y no vio nada.

Pero había estado allí. Todavía tenía en su mente la imagen de su cabello castaño oscuro y despeinado y su ropa negra raída y cubierta de polvo. Sin duda se trataba de un mendigo. Probablemente no sería inusual que los pobres vagabundos de la región transitaran por aquella zona.

—¿Hola? —dijo ella, moviendo la linterna alrededor de todo el suelo de la cueva. Había varios cráneos y huesos diseminados en un morboso desorden, pero eso era todo. No había señal de nada vivo ni de nada que llevara muerto menos de cien años.

¿Dónde se había metido? Deslizó la mirada hacia la cripta abierta que estaba a unos pocos metros de distancia.

—Mira, sé que estás ahí. Está bien. Yo no pretendía asustarte —añadió, a pesar de que le resultaba absurdo que fuera ella quien tratara de tranquilizarlo. Aquel tipo debía de medir más de dos metros, y aún con lo poco que lo había visto había advertido que sus brazos y sus piernas eran muy musculosos. Pero su cuerpo tirado y abandonado a su suerte en el suelo de la cueva sugería dolor y desesperación—. ¿Estás herido? ¿Necesitas ayuda? ¿Cómo te llamas?

No hubo respuesta. Ningún tipo de sonido.

—*Dobrý den?* —le preguntó, tratando de llegar a él con sus limitadísimos conocimientos del checo—. *Mluvite ánglicky?*

No hubo suerte.

—*Sprechen zie Deutsch?*

Nada.

—Lo siento, pero eso es todo lo que sé, a menos que me obligues a rescatar los rudimentarios conocimientos de español que obtuve en la escuela y me hagas pasar vergüenza. —Se dio la vuelta con la linterna, inclinándola hacia arriba para escudriñar la parte superior de las paredes de la cueva—. Creo que me sería difícil llegar más lejos de «¿cómo está usted?»

Al dar la vuelta lentamente la luz topó con un saliente a modo de cornisa justo encima de su cabeza. Unos metros más arriba había un fino arco de arenisca. Era imposible que alguien pudiera subir hasta allí arriba.

¿O acaso estaba allí...?

Tan pronto como le vino a la cabeza aquella idea el débil chorro de luz comenzó a parpadear. De pronto se atenuó y luego se hizo la oscuridad total.

—Mierda —susurró Dylan por lo bajo. Golpeó el tubo con la palma de la mano un par de veces antes de intentar frenéticamente encender de nuevo el maldito aparato. A pesar de que había colocado pilas nuevas antes de salir de Estados Unidos, la luz estaba muerta—. Mierda, mierda, mierda.

Envuelta en una oscuridad total, Dylan sintió la primera punzada de malestar.

Al oír el roce de algo contra una roca todos los nervios de su cuerpo se tensaron. Hubo un momento de largo silencio, seguido del repentino golpe de unas botas sobre el suelo de tierra. Fuera lo que fuese ese o eso que había estado oculto en las sombras ahora se hallaba en el suelo de la cueva ante ella.

Υ

Ella olía a enebro y a miel y a la cálida lluvia de verano. Pero debajo de ese aroma, había una nota cítrica de adrenalina ahora que notaba que él estaba cerca. Rio circuló alrededor de la mujer en la oscuridad de la cueva, viéndola perfectamente mientras ella vacilaba por la repentina falta de luz. Retrocedió unos pasos, sólo para topar con una pared de piedra.

Maldita sea.

Tragó saliva de manera perceptible, dando la vuelta para intentar otro camino, luego soltó otra maldición y su inútil linterna se le resbaló de los dedos hasta chocar contra el suelo de la cueva. Rio había gastado una valiosa energía para apagar el aparato con la fuerza de su mente. Manipular objetos con el pensamiento era una habilidad sencilla para los de la estirpe, pero en su actual estado de debilidad Rio no sabía cuánto tiempo podría resistirlo.

—Probablemente no estás de humor para recibir compañía —dijo la mujer, abriendo mucho los ojos en la oscuridad de un lado a otro tratando de localizarlo—. Así que ahora voy a irme, ¿de acuerdo? Simplemente... caminaré hacia la salida. —Se le escapó un gemido nervioso—. Dios, por favor, ¿dónde está la maldita salida de este sitio?

Dio un paso hacia la derecha, apoyándose en la pared de la cueva. Se alejaba de la salida, pero Rio no veía la razón de advertírselo todavía. Él continuó moviéndose y la dejó que se adentrara cada vez más profundamente en la cueva, mientras trataba de decidir qué hacer con su reincidente intrusa. Nada más despertarse, sorprendido de seguir todavía con vida y no estar solo, había reaccionado instintivamente, como una bestia indefensa que huye a esconderse en la seguridad de las sombras.

Pero luego ella empezó a hablarle.

Trató de persuadirlo para que saliera, si bien ella no podía saber lo peligrosa que era la proposición que le estaba haciendo. Estaba furioso y medio enloquecido, una combinación lo bastante mortífera ya de por sí, pero ahora además se hallaba cerca de una hembra, y eso le recordaba que a pesar de estar accidentado todavía tenía mucho de macho.

Todavía seguía siendo hasta el tuétano un miembro de la estirpe.

Rio volvió a inspirar el aroma de esa mujer y le resultó difícil resistirse a tocar su pálida piel mojada por la lluvia. El ansia lo inundó, un ansia que no sentía desde hacía mucho tiempo. Los colmillos le salieron de las encías, y las afiladas puntas le pincharon la suave carne de la lengua. Tenía cuidado de mantener los párpados cerrados, pues sabía que los iris de color topacio pronto se inundarían de un feroz brillo ámbar y sus pupilas adelgazarían hasta convertirse en dos hendiduras verticales cuando la sed de sangre emergiera en él.

El hecho de que ella fuera joven y bella no hacía más que aumentar su deseo de probarla. Deseaba tocarla...

Dobló las manos y luego cerró los puños.

«Manos del diablo.»

Esas manos podrían herirla. La fuerza que le otorgaban sus genes de vampiro era inmensa, pero era la otra habilidad de Rio, ese terrible don con el que había nacido, lo que más daño podía hacerle. Concentrando su pensamiento y simplemente con tocarla podía arrebatarle la vida en un instante. Una vez había llegado a comprender su poder, Rio lo había manejado con un estricto y rígido control. Pero ahora la ira gobernaba su mortífero don y las lagunas mentales que sufría desde la explosión del almacén le imposibilitaban confiar en no hacer daño a nadie contra su voluntad.

Esa era una de las razones por las que había abandonado la Orden y también una de las razones por las que había dejado de cazar para alimentarse de sangre. Los de la estirpe nunca o muy raras veces mataban a sus huéspedes humanos al alimentarse; ése era uno de los rasgos que los distinguía de la peor clase de vampiros: los renegados. Era la adicción a la sangre que sufrían los renegados lo que los hacía perder completamente el control.

Rio contemplaba con ojos feroces y sedientos a la mujer que deambulaba en su infernal guarida y era únicamente el miedo a perder el control lo que lo mantenía a raya.

Eso y el simple hecho de que se había mostrado amable con él.

No parecía asustada, aunque sólo fuera porque no había llegado a ver la bestia que era realmente.

Ella abandonó la pared y avanzó hacia el centro de la cueva. Rio se hallaba ahora justo detrás de ella, tan cerca que las puntas rizadas de su cabello rojo fuego rozaban su camisa andrajosa. Esos suaves hilos de seda lo tentaron profundamente, pero Rio mantuvo las manos a los lados. Cerró los ojos, deseando hallarse arriba en la cornisa. Tal vez entonces ella seguiría hablándole, en vez de estar allí tensa y jadeante, cada vez más preocupada.

—No deberías estar aquí —dijo él finalmente. Su voz sonó como un brusco rugido en la oscuridad.

Ella ahogó un grito, dándose la vuelta en cuanto localizó de dónde provenía el sonido. Retrocedió, apartándose de él. Rio debería alegrarse de eso.

—Hablas inglés —dijo ella tras una larga pausa—. Pero tu acento... ¿no eres americano, verdad?

Él no vio ninguna razón para afirmar lo contrario.

—Tú sí lo eres, evidentemente.

—¿Qué es este lugar? ¿Qué estás haciendo aquí?

—Ahora tienes que irte —le dijo. Las palabras le sonaban espesas, le costaba que salieran de la boca por la obstrucción de sus colmillos—. Aquí no estás a salvo.

El silencio se instaló entre ellos tras el peso de esa advertencia.

—Déjame verte.

Rio frunció el ceño ante el rostro pecoso y de durazno que lo buscaba en la penumbra. Ella estiró las manos como para palparlo. Él retrocedió escapándose de su alcance, pero sólo por poco.

—¿Sabes lo que dicen en la ciudad? —preguntó ella, con una nota desafiante en la voz—. Dicen que hay un demonio viviendo aquí en las montañas.

—Tal vez lo haya.

—Yo no creo en los demonios.

—Tal vez deberías. —Rio la miró fijamente a través de su cabello excesivamente largo, esperando que los tupidos mechones ocultaran el brillo de sus ojos—. Tienes que irte. Ahora.

Ella levantó lentamente su mochila y la sostuvo ante ella como una armadura.

—¿Sabes algo sobre esta cripta? Porque eso es lo que es, ¿verdad? Alguna clase de antigua cripta y cámara de sacrificio. ¿Y qué son los símbolos de las paredes? ¿Algún tipo de lenguaje antiguo?

LARA ADRIAN

Rio permaneció muy quieto y silencioso. Si creía que podía limitarse simplemente a dejarla marchar se había equivocado. Ya era bastante malo que hubiera visto la cueva una vez, ahora había regresado y estaba haciendo presuposiciones demasiado cercanas a la verdad. No podía dejarla marchar... al menos no dejando intacto su recuerdo de él y del lugar.

—Dame tu mano —le dijo con toda la suavidad que pudo—. Te mostraré el camino para salir de aquí.

Ella no se movió, aunque él no esperaba que obedeciera.

—¿Cuánto tiempo llevas viviendo en esta montaña? ¿Por qué te escondes aquí? ¿Por qué no me dejas verte?

Ella hizo las preguntas una tras otra, con una curiosidad que bordeaba el interrogatorio.

Él oyó que abría la cremallera de su mochila.

Ah, mierda. Si sacaba otra linterna él no tendría la fuerza suficiente para apagarla... no ahora que iba a necesitar toda su concentración para borrarle los recuerdos.

—Vamos —dijo él, esta vez un poco más impaciente—. No voy a hacerte daño.

Haría todo lo posible por no hacérselo, pero el simple hecho de permanecer en posición vertical ya le estaba resultando agotador. Necesitaba conservar toda la energía que pudiera para lograr dinamitar la cueva sin desmayarse antes de conseguirlo. Pero justo ahora tenía que resolver el problema más inmediato que tenía frente a él.

Rio comenzó a avanzar hacia ella y ella permaneció inmóvil. Él se colocó fuera de su alcance, con la intención de agarrar su mochila y quitársela, pero antes de que sus dedos pudieran tocarla ella sacó algo de uno de los bolsillos del bolso y lo puso delante.

—De acuerdo, ya me voy. Sólo que... hay algo que necesito hacer antes.

Rio frunció el ceño en la oscuridad.

—¿Qué vas a...?

Luego hubo un débil ruido metálico y a continuación un potente chorro de luz.

Rio rugió, retrocediendo instintivamente. Hubo una rápida sucesión de otras explosiones de luz.

La lógica le decía que era el *flash* de una cámara digital lo que lo estaba cegando, pero en un alarmante instante retrocedió en el tiempo... se hallaba de nuevo en aquel almacén de Boston, de pie bajo una bomba que estaba a punto de detonarse en el aire.

Oyó el súbito estallido de la explosión, la sintió vibrar dentro de sus huesos y quitarle el aire de los pulmones. Sintió la lluvia de calor en la cara, la sofocante nube espesa de ceniza que lo engullía como una ola.

Sintió el ardiente golpe de la metralla desgarrándole el cuerpo.

Era una agonía, y él estaba allí, viviéndola, sintiéndola de nuevo.

—¡Nooooo! —bramó, con una voz que ya no era humana sino que se había transformado en otra cosa, al igual que él, por la furia que corría por sus venas como un ácido.

Sus piernas se hicieron más pesadas y él cayó al suelo, cegado por la insistente luz y por los despiadados recuerdos.

Oyó unas pisadas que pasaban veloces junto a él y a través del imaginario hedor de humo, metal y carne quemada, advirtió el débil y fugaz rastro de enebro, miel y lluvia.

Capítulo cuatro

$\mathcal{A}$ última hora de la mañana, el corazón de Dylan todavía seguía latiendo aceleradamente, después de que ella y sus compañeras se hubieran subido al tren que las llevaría de Jiein a Praga. Le parecía ridículo estar tan alterada por el vagabundo de quien había huido en la cueva, a pesar de que probablemente debía de estar un poco loco para vivir allí como una especie de hombre salvaje. Pero después de todo no le había hecho ningún daño.

A juzgar por su extrañísima reacción cuando ella había intentado sacar algunas fotos de la cueva antes de que lograra echarla gracias a su fuerza bruta, probablemente él estaba mucho más asustado que ella.

Dylan se echó hacia atrás en su asiento del tren, con el ordenador sobre las piernas. Pequeñas imágenes de su cámara digital aparecieron en la pantalla descargándose en el ordenador a través del delgado cable negro que conectaba las dos máquinas. La mayoría eran de los últimos dos días del viaje, pero el último puñado eran las que más interesaban ahora a Dylan.

Hizo doble clic sobre la oscura imagen de la cueva, la primera de la secuencia. La foto se amplió, llenando la pequeña pantalla del ordenador. Dylan examinó el rostro que estaba casi oculto por un cabello excesivamente largo y despeinado. Las ondas de un color café apagado colgaban mustias sobre las afiladas mejillas y los feroces ojos que se reflejaban en la lente con un extrañísimo tono ámbar que no había visto jamás. La mandíbula era tan rígida como el acero y los gruesos labios se separaban en un feroz gruñido que no quedaba del todo oculto por la enorme mano que había colocado delante del rostro para protegerse del disparo.

Dios, no haría falta mucho Photoshop en la oficina de Nueva York para lograr que ese tipo pareciera claramente un demonio. El efecto ya estaba más que logrado.

—¿Cómo quedaron tus fotos, querida? —La cabeza de rizos plateados de Janet se inclinó junto a Dylan en el mullido asiento.

—¡Dios bendito! ¿Qué es eso?

Dylan se encogió de hombros, incapaz de apartar los ojos de la fotografía.

—Es un disparo que le hice a un ocupante de la cueva que visité esta mañana. Él aún no lo sabe, pero va a convertirse en la estrella de mi próxima historia para el periódico. ¿Qué te parece? Sólo mira este rostro y dime si no ves un salvaje bebedor de sangre que se esconde en las montañas aguardando a encontrar a su próxima víctima inocente.

Janet se estremeció y volvió a concentrarse en su crucigrama.

—Vas a tener pesadillas con una historia como ésa.

Dylan se rio mientras hizo un clic sobre la siguiente imagen de la pantalla.

—Yo no. Yo nunca tengo pesadillas. De hecho nunca sueño. Mi mente es una pizarra en blanco, absolutamente todas las noches.

—Bueno, considérate afortunada —dijo la mujer mayor—. Yo siempre tengo sueños de lo más intensos. Cuando era jovencita, solía soñar de manera recurrente con un caniche blanco con las uñas pintadas al que le gustaba cantar y bailar a los pies de mi cama. Yo le rogaba que parase y me dejara dormir, pero él seguía cantando. ¿Te imaginas? La mayoría de las veces cantaba viejas melodías, ésas eran sus favoritas. Yo siempre he disfrutado de las viejas melodías...

Dylan oía la voz de Janet junto a ella, pero la escuchaba a medias, mientras revisaba el resto de las fotografías de la cueva. Después de todos sus frenéticos disparos había obtenido una imagen decente de la cripta de piedra y un par de fotos de las elaboradas pinturas de las paredes. Los diseños eran todavía más impresionantes ahora que tenía la oportunidad de examinarlos bien.

Elegantes arcos entrelazados y líneas que se arremolinaban a lo largo de toda la pared de la caverna, trazados con tinta de un marrón rojizo. Tenían una apariencia tribal pero a la vez extrañamente futurista... no había visto nunca nada parecido. Todavía más símbolos y líneas entrelazadas decoraban la zona de la cripta, pero uno en particular hizo que a Dylan se le erizara el vello de la nuca.

Amplió la imagen del extraño diseño.

«¿Qué demonios?»

El símbolo de la lágrima cayendo sobre la luna creciente era inconfundible, arropado dentro de una serie de líneas curvas y diseños geométricos. Dylan lo contempló atónita y de lo más confundida. Aquella marca le resultaba completamente familiar. La había visto antes, en incontables ocasiones. No en una fotografía, sino en su propio cuerpo.

«¿Cómo diablos era posible?»

Dylan se llevó la mano a la nuca, desconcertada ante lo que estaba viendo. Pasó los dedos sobre la piel suave y por la parte superior de la columna. Sabía que allí tenía una diminuta mancha de nacimiento, de color carmesí. Era exactamente igual a aquella que estaba viendo en la pantalla.

Manteniendo la mirada firme y fría en el hueco de la cueva, Rio le dio al botón del detonador de C-4. Hubo un suave pitido cuando el aparato con mando a distancia se puso en marcha, apenas medio segundo antes de que los explosivos metidos en la roca estallaran. La explosión fue fuerte y ruidosa, un temblor que retumbó como un trueno en los alrededores del bosque nocturno. Un grueso polvo amarillo y arenisca pulverizada salieron despedidos a través del pasadizo, derribando las paredes de la entrada de la cueva, sellando la cámara y manteniendo todos sus secretos en el interior.

Rio lo contempló desde el suelo, más abajo, sabiendo que debía haber estado dentro, y hubiera estado dentro de no haber sido por su debilidad y por la intrusión de aquella mujer.

Se había tenido que esforzar mucho para bajar de la montaña al anochecer. La determinación lo había impulsado la mayor parte del camino; la rabia lo había ayudado a concentrarse y mantener la claridad mental a la hora de asumir su posición bajo la cueva y pulsar el detonador.

Mientras el humo y los escombros se disipaban en la brisa, Rio ladeó la cabeza. Su agudizado oído captó un movimiento en el bosque. No era un movimiento animal, sino humano, los pasos ligeros y enérgicos de un excursionista que se había quedado rezagado mientras caía la noche.

Los colmillos de Rio se alargaron ante la idea de una presa fácil. Su visión se agudizó y sus pupilas se estrecharon al tiempo que volvía la cabeza para examinar la zona.

Allí estaba, bajando la cadena de montañas justo al sur de donde él se encontraba. Un hombre delgado con una mochila colgada a la espalda, pasando a través de los matorrales. Su pelo rubio y corto brillaba como un faro en la oscuridad de la noche. Rio contempló al excursionista derrapando y trotando por una pendiente arbolada hasta bajar al camino. En apenas unos minutos pasaría justo ante el lugar donde se hallaba Rio.

Estaba demasiado agotado para cazar, pero todas las cualidades de su raza estaban en estado de alerta, preparadas y a la espera de la oportunidad de atacar. Para alimentarse, algo que necesitaba hacer desesperadamente.

El humano se acercó, sin ser consciente de que el depredador lo observaba entre los árboles. No vio venir el golpe, no hasta que Rio se abalanzó contra él dando un gran salto. El humano entonces dejó escapar un grito de puro terror. Se sacudió y luchó, pero fue un intento inútil.

Rio trabajó rápido, tirando al joven al suelo e inmovilizándolo boca abajo con la enorme mochila todavía a la espalda. Mordió el cuello desnudo del humano y se llenó la boca con la sangre caliente y fresca repentinamente derramada. Se nutrió inmediatamente, sintió renovarse la fuerza de sus músculos, de sus huesos y de su mente.

Rio bebió de su huésped nada más que lo necesario. Con un lametazo selló la herida y pasando la mano por la frente del humano, empapada en sudor, borró la memoria del ataque.

—Vete —le dijo.

El hombre se levantó, y pronto la cabeza rubia y la abultada mochila desaparecieron en la noche.

Rio miró la luna creciente por encima de su cabeza, y sintió cómo su cuerpo y el fuerte latir de su pulso absorbían el don de la sangre del humano.

Necesitaba esa fuerza porque su noche de caza apenas acababa de empezar.

Rio echó la cabeza hacia atrás e inspiró el aire nocturno a través de sus colmillos y dientes, para que entrara en lo profundo de sus pulmones. Sus sentidos se habían agudizado y buscaban el aroma de su verdadera presa. Ella había estado en ese camino horas atrás, partiendo las ramas al huir presa del miedo. Aquella belleza de pelo rojo no tenía ni idea del secreto que se escondía en la cueva. Ni de la bestia que ella había despertado.

La boca de Rio se curvó en una sonrisa mientras olfateaba el aire del bosque y finalmente registraba el aroma que buscaba. Olisqueó el rastro, la persistente fragancia que ella había dejado. Era un rastro de hacía unas horas, que se extinguía rápidamente con el viento húmedo de la noche, pero Rio podía captarlo de todas formas.

La encontraría.

No importaba lo lejos que escapase.

Capítulo cinco

Como remate de un día que había empezado de manera rara y se había vuelto todavía más raro, Dylan probablemente no debería de haberse sorprendido al encontrar un correo electrónico de Coleman Hogg esperándola al encender el ordenador después de la cena de aquella noche en Praga. Ella le había enviado la historia y unas fotos de la cueva de las montañas en cuanto había llegado al hotel a mediodía, pero no esperaba tener noticias de su jefe hasta regresar a casa dentro de un par de días.

Sin embargo, él estaba interesado en lo que ella había descubierto en las montañas de las afueras de Jiein, tan interesado, de hecho, que había contratado a un fotógrafo de Praga para que regresara a la cueva con Dylan y sacara una cuantas fotos más.

—Debes de estar de broma —refunfuñó Dylan mientras leía el mensaje de su jefe.

—Será mejor que hagas el equipaje, cariño. No queremos perder nuestro tren. —Janet metió una colección de botellitas de productos de baño medio vacías en un bolsito de plástico y cerró la cremallera—. ¿Alguien quiere la crema de manos del baño del hotel o me la puedo quedar? Y también hay una pastilla de jabón que no está abierta...

Dylan ignoró la conversación de sus compañeras de viaje mientras el trío continuaba preparando las cosas para partir de Praga aquella noche.

—Mierda.

—¿Qué ocurre? —preguntó Nancy mientras cerraba su pequeña maleta y la colocaba sobre una de las literas de la habitación compartida.

—Mi jefe no ha comprendido que si digo que me marcho de Praga esta noche significa que me marcho de Praga esta noche.

O tal vez sí lo había entendido y no le importaba. Según su correo se suponía que Dylan tenía que encontrarse con el fotógrafo checo al día siguiente para volver a Jiein.

Mary se acercó y miró el ordenador.

—¿Tiene que ver con tu historia?

Dylan asintió.

—Cree que puede ser interesante sacar más fotografías. Quiere que me encuentre con un fotógrafo mañana por la mañana. Ya ha concertado la cita.

—Pero tenemos que estar en la estación de tren en menos de una hora —señaló Janet.

—Lo sé —dijo Dylan, mientras comenzaba a teclear un mensaje con esa respuesta.

Explicó que ella y sus compañeras tomaban el tren nocturno a Viena, su último destino antes de regresar a Estados Unidos. No podría encontrarse con el fotógrafo porque a las diez de la noche tenía que marcharse.

Dylan terminó de escribir la respuesta, pero cuando puso el cursor en el botón de enviar, dudó en hacerlo. Coleman Hogg ya le había reservado un asiento. Si ella cancelaba la cita, por la razón que fuese, no tenía la menor duda de que la despediría.

Y por más tentadora que resultara esa opción, ser despedida era algo que en aquel momento no podía permitirse.

—Maldita sea —murmuró, moviendo el ratón hacia el botón de suprimir—. Es demasiado tarde para cancelar esta reunión, y aunque no lo fuera probablemente no debería hacerlo. Tendréis que continuar hasta Viena sin mí. Tengo que quedarme y ocuparme de esta historia.

Rio llegó hasta Praga en un tren repleto de humanos. Gracias a la sangre que había consumido y la rabia que recorría cada terminación nerviosa de su cuerpo, sus instintos de criatura de la estirpe estaban completamente despiertos cuando bajó al andén de la ajetreada estación. Por lo visto su presa había huido allí, a Praga, después de la confrontación que habían tenido. Él había conseguido seguir el rastro de su aroma desde las montañas hasta Jicin. Y allí, con un poco de persuasión mental, logró que el empleado del pequeño hotel cooperara lo suficiente para comunicarle que la mujer estadounidense y sus acompañantes se dirigían a Praga, para realizar el último tramo de su estancia en el extranjero.

El humano, todavía en estado de trance, también había sido persuadido para proveer a Rio con un impermeable de la sección de objetos perdidos del hotel. Aunque la prenda marrón estaba pasada de moda y le quedaba varias tallas pequeña, le servía para ocultar los harapos mugrientos y manchados de sangre que llevaba debajo. No le importaba lo más mínimo su aspecto o su estilo, ni tan siquiera le molestaba desprender mal olor, pero no le interesaba llamar la atención apareciendo en público como una especie de náufrago en estado de conmoción.

Rio trató de disimular su gran masa muscular y su altura, encorvándose y arrastrando los pies mientras cruzaba tranquilamente la abarrotada estación. Nadie le dedicaba más que una mirada pasajera, lo despreciaban de manera inconsciente suponiendo que era uno más entre la docena de vagabundos que merodeaban por los andenes o dormían en los rincones de la estación, mientras los trenes chirriaban y rugían a través de la terminal.

Con la cabeza inclinada hacia abajo para ocultar la cicatriz que atravesaba el lado izquierdo de su rostro y los ojos de un brillo intenso tapados por el pelo largo y despeinado, Rio se dirigió a la salida que lo llevaría directamente al corazón de la ciudad, donde reanudaría la búsqueda de aquella mujer y sus malditas fotografías.

La rabia lo mantenía concentrado, incluso cuando la cabeza comenzó a darle vueltas por el ruido y la luz excesiva de la estación. Ignoró las sensaciones de vértigo y confusión que lo inundaban, reprimiéndolas para poder seguir su rumbo.

Esforzando la vista, avanzó a través de un grupo de hombres jóvenes que mantenían una discusión acalorada en medio de la terminal. Las agresiones dejaron de ser verbales para volverse físicas cuando él pasó a su lado. Un muchacho flacucho del grupo fue empujado contra un turista inglés bien vestido que parloteaba por un teléfono móvil mientras corría hacia el tren. Éste frunció el ceño mientras se recobraba del golpe tan sólo en apariencia involuntario y continuaba su camino, ignorando que acababa de perder su billetera en manos de un carterista profesional. Los ladrones se apartaron con su botín, dispersándose entre la multitud, para probablemente practicar el mismo truco una cuantas veces más en el transcurso de la noche.

En otro momento y otro lugar, Rio hubiera ido tras los delincuentes juveniles, sólo para enderezarlos. Para demostrarles que la noche tiene ojos... y también dientes si se ponían demasiado gallitos como para aceptar un consejo.

Pero ya había pasado la época de desempeñar el papel de ángel oscuro ante los seres humanos que vivían junto a su raza. Ahora dejaría que se engañaran y se asesinaran los unos a los otros. Francamente, no le importaba. Últimamente no había muchas cosas que le importaran, salvo el juramento de honor que había hecho a sus hermanos de la Orden.

Había hecho un trabajo muy poco fino con aquella promesa.

Les había fallado al no sellar la cripta de la montaña meses atrás, tal como había prometido. Ahora el mal ya estaba hecho. Existía un testigo. Con fotografías.

Sí, un trabajo ejemplar era el que había hecho.

Ahora la situación estaba tan jodida como él mismo.

Rio se dirigió a paso rápido hacia la salida de la estación, inhalando los incontables aromas que llenaban el aire a su alrededor y procesándolos con implacable y decidida concentración.

Sus pies se detuvieron ante el primer rastro de miel y enebro.

Volvió la cabeza siguiendo el cosquilleo de su nariz como haría un perro de caza con su presa. El aroma que él buscaba era fresco... demasiado fresco para no provenir de un cuerpo presente.

Madre de Dios.

La mujer que se disponía a cazar estaba allí, en la estación de tren.

Υ

—¿Estás segura de que vas a estar bien, cariño? Me siento mal dejándote aquí.

—Estaré bien.

Dylan dio unos abrazos rápidos a Janet y a las otras dos mujeres mientras su grupo se dirigía hacia el tren en la estación de Praga. Estaba repleta incluso a aquella hora de la noche. El edificio modernista estaba lleno de viajeros, mendigos y un buen número de vagabundos durmiendo.

—¿Y si te pasa algo? —preguntó Janet—. Tu madre nunca nos lo perdonaría, y yo tampoco me lo perdonaría a mí misma si te haces daño o te pierdes o te asaltan.

—Treinta y dos años en Nueva York no me han matado. Estoy segura de que puedo sobrevivir un día por mi cuenta.

Marie arrugó la frente.

—¿Y qué me dices de tu vuelo de vuelta a casa?

—Ya está todo resuelto. Lo cambié todo por internet al volver al hotel. Volaré desde Praga pasado mañana.

—Podemos esperarte, Dylan. —Nancy se quitó la mochila de los hombros—. Tal vez deberíamos olvidarnos de Viena y cambiar nuestros vuelos también, así regresaríamos a casa juntas.

—Sí —asintió Marie—. Eso es lo que deberíamos hacer.

Dylan negó con la cabeza.

—Rotundamente, no. No voy a permitir que ninguna de vosotras pase el último día del viaje haciendo de niñera cuando no es de ningún modo necesario. Ya soy una niña crecidita. No va a ocurrirme nada. Marchaos, estaré perfectamente bien.

—¿Estás segura, cariño? —preguntó Janet.

—Completamente. Disfrutad en Viena. Os veré cuando regrese a Estados Unidos dentro de un par de días.

Hubo que darle a la lengua un poco más antes de que las tres mujeres decidieran dirigirse por fin al andén de partida. Dylan fue junto a ellas y esperó a que subieran al tren. Las vio partir y luego se alejó junto al resto de personas que habían acudido a despedir a sus seres queridos aquella noche.

Mientras caminaba hacia la salida de la estación no podía quitarse de encima la sensación de estar siendo observada. Sin duda se trataba de una paranoia, debida a la preocupación que había demostrado Janet. Pero sin embargo...

Dylan echó un vistazo a su alrededor revisando la zona con actitud despreocupada, tratando de no parecer ansiosa o perdida, ya que no quería atraer al tipo de gente que busca turistas estúpidos por ser presa fácil. Mantuvo su bolso delante de ella sujetándolo con un brazo y apretándolo contra su cuerpo. Sabía que las zonas de transportes públicos eran las preferidas de los ladrones, igual que en Estados Unidos, y no le pasó inadvertido un grupo de jovencitos apoyados en las cabinas telefónicas cerca de la salida que escudriñaban la multitud y luego se dispersaban. Lo más probable es que fueran carteristas. Ella había oído que a menudo actuaban en grupo en lugares como estos.

Sólo para estar más segura, se mantuvo alejada y los evitó, dirigiéndose hacia la puerta que estaba más separada del grupo.

Se estaba sintiendo una astuta conocedora de las calles cuando advirtió que un guardia de seguridad uniformado iba hacia los chicos y les señalaba la puerta. Salieron y Dylan optó por la puerta de cristal que tenía más cerca.

Vio entonces reflejado en el vidrio un rostro que le resultaba familiar... un rostro que le paralizó el corazón dentro del pecho.

Detrás de ella, casi tan cerca como para poder tocarla, había un hombre enorme que se abalanzaba hacia ella desde los andenes del tren. Sus ojos feroces parecían brasas ardientes detrás de su pelo oscuro.

Y su boca...

Dios santo, no había visto una expresión más terrorífica en toda su vida. Una hilera de dientes perfectamente blancos asomaban a través de los labios, que estaban separados en un feroz gruñido, mientras los músculos de su rostro delgado se contraían en una máscara descarnada y letal.

Era él... el hombre que había encontrado en la cueva de la montaña a las afueras de Jiein.

¿La habría seguido? Era evidente que sí. Al verlo aquella mañana había pensado que tal vez estaba loco, pero ahora no le cabía la menor duda. Por la forma en que la estaba mirando tenía que tratarse de un psicópata.

Y se dirigía hacia ella como si quisiera partirla en dos con sus propias manos.

Dylan dio un chillido; no pudo contener el grito ahogado de miedo. Se escabulló hacia la salida, girando a la izquierda y corriendo, con la esperanza de apartarse de su camino. Al lanzar atrás una mirada rápida sólo consiguió que su pulso se acelerara aún más.

—Oh, Dios —murmuró, atravesada por el miedo.

No podía ser él. No podía haber ido allí en su búsqueda... Pero sí era él.

Y con el nudo de terror que sentía en la garganta no estaba dispuesta a encararlo y preguntarle qué quería de ella.

Corrió hacia el guardia de seguridad de la estación y lo agarró del brazo.

—¡Ayuda, por favor! Alguien me persigue. —Miró por encima del hombro, señalando tras ella—. Está allí detrás, lleva un impermeable claro y su pelo es largo y oscuro. ¡Tiene que ayudarme!

El hombre checo de uniforme frunció el ceño, pero tenía que haber entendido sus gestos llenos de pánico. Con la mirada afilada, escudriñó la estación.

—¿Dónde? —preguntó, con un acento marcadamente inglés—. Muéstreme cuál es el hombre. ¿Quién la está molestando?

No sé quién es, pero estaba justo detrás de mí. No puede pasarle inadvertido... mide más de dos metros, tiene los músculos de los brazos enormes y el pelo oscuro y sucio le cae sobre la cara.

Ahora que se sentía a salvo se dio la vuelta, dispuesta a encararse al lunático y con la esperanza de verlo arrastrado a un psiquiátrico.

Sólo que no estaba allí. Dylan buscó entre la multitud al hombre que debería estar allí parado rugiendo como un lobo rabioso en medio de un rebaño de ovejas. No había ni la más mínima señal de él. La gente caminaba tranquila y en orden, no había nada fuera de lo normal, ninguna señal de revuelo en ninguna parte.

Era como si simplemente hubiera desaparecido.

—Tiene que estar en alguna parte —murmuró, aunque se diera cuenta de que no podía encontrarlo, al menos no entre la muchedumbre que entraba y salía de la terminal ni entre la gran cantidad de vagabundos de la estación—. Estaba justo aquí, lo juro. Me perseguía.

Se sintió como una estúpida cuando el guardia la miró y le sonrió educadamente.

—Ahora ya no. ¿Se encuentra bien?

—Sí, claro. Sí, supongo que sí —dijo Dylan, sintiéndose cualquier cosa menos bien.

Se dirigió con cautela hacia la entrada principal de la estación. Aunque era una hermosa noche de verano, con el cielo claro y mucha gente caminando por los alrededores del parque y por las calles que se adentraban en la ciudad, Dylan detuvo un taxi para recorrer las pocas manzanas que la separaban del hotel.

Continuó diciéndose a sí misma que debía tratarse de una trampa de su imaginación, que no era posible que hubiera visto al hombre de la cueva persiguiéndola en la estación de tren. Sin embargo, mientras salía del taxi y entraba apresuradamente al elegante vestíbulo del hotel, continuaba sintiendo un cosquilleo de ansiedad en la nuca. La sensación persistía estando ante la puerta de su habitación, buscando la tarjeta electrónica para entrar.

Cuando al fin consiguió abrir la puerta, un ruido la hizo detenerse. Miró a su alrededor pero no vio nada, a pesar de que la aprensión paranoica continuaba atenazándola. Entró de golpe en la habitación como si su vida dependiera de ello, advirtiendo que una ráfaga de aire helado parecía envolver la estancia.

—Es el aire acondicionado —se dijo en voz alta mientras encendía la luz. Tuvo que reírse de su propia paranoia cuando se apresuró a echar el cerrojo de la puerta.

No logró verlo hasta que no se adentró en la habitación iluminada con una luz tenue.

El hombre de la cueva de la montaña, el demente de la estación de tren, por más imposible que pareciera, se hallaba de pie frente a ella.

Dylan se quedó con la boca abierta de la conmoción.

Y luego gritó.

Capítulo seis

Cuando el primer grito agudo y aterrorizado estalló en la habitación, Rio le tapó la boca con la mano. Se movió demasiado rápido para ser percibido por ojos humanos, empleando la misma habilidad de la estirpe que le había servido para seguirla cuando fue en taxi desde la estación hasta la habitación del hotel. Probablemente ella lo habría sentido pasar cuando entró antes que ella, registrándolo como una repentina ráfaga de aire helado y ahora él se daba cuenta de que la mente de ella estaba luchando por encontrar algún tipo de explicación para aquello que sus ojos estaban viendo.

Ella retorció la cabeza, tratando de liberarse. Otro grito surgió en el fondo de su garganta pero se sofocó contra la palma de Rio. El esfuerzo no sirvió para nada. El apretón de los dedos de Rio lo silenció todo menos el lejano temblor de un grito.

—Calla —se apresuró a advertirle, clavando en ella una mirada que exigía obediencia—. No hagas ni un sonido más, ¿lo has entendido? No voy a hacerte daño.

Aunque era cierto que no pretendía hacerle daño, al menos por el momento, ella parecía muy lejos de estar convencida. Temblaba terriblemente, su cuerpo entero estaba tenso y rígido, y el miedo emanaba de ella como en oleadas vibrantes. Por encima del borde de la mano con que él le tapaba la boca, sus ojos de un verde brillante parecían enormes y salvajes. Los delgados orificios de la nariz se abrían hueco con cada respiración corta y asustada.

—Haz lo que te diga y no te haré ningún daño —le dijo, mirando esos ojos grandes y desconfiados. Muy lentamente, comenzó a aligerar la presión sobre la boca. El calor húmedo de sus labios y su respiración le mojaron la palma de la mano mientras ella se adaptaba a la diminuta parcela de libertad que él le ofrecía—. Ahora voy a apartar mi mano. Necesito que te quedes callada. ¿Entendido?

Ella pestañeó lentamente. Hizo un débil y tembloroso asentimiento con la cabeza.

—Está bien. —Rio comenzó a separar la mano—. Muy bien, eso es.

La mujer no gritó.

Lo mordió.

Tan pronto como Rio relajó la presión, sintió repentinamente la fuerza de sus dientes desafilados clavándose en la delgaza zona de carne entre el pulgar y su dedo índice. Él escupió un grosero insulto, más cabreado por no haber visto venir el ataque que por el dolor del mordisco.

Ella se apartó con la misma rapidez con que lo había atacado. Se precipitó hacia la puerta cerrada, pero no logró dar ni un paso. Rio la agarró desde atrás, envolviéndola con sus brazos como si estos fueran de hierro.

—¡Oh, Dios, no! —gritó ella, cayendo de rodillas, demasiado rápido como para que él pudiera amortiguar su caída.

Ella calló de bruces en el suelo. Rio oyó que la respiración se le escapaba como un zumbido a causa del abrupto impacto y supo que sus pulmones necesitarían llorar. Pero eso no la hizo desistir de seguir luchando. Maldita sea, era tenaz.

Hizo un último y frenético movimiento tratando de arrastrarse sobre la alfombra para escapar de él. Pero no tenía ninguna posibilidad, desde luego no con uno de los de su raza.

Rio se puso encima de ella, atrapándola bajo el peso de su cuerpo. Ella jadeaba mientras él la hacía volverse de espaldas y se sentaba a horcajadas encima de ella. Dylan se retorció, todavía luchando con todas sus fuerzas, pero no iba a ninguna parte. Rio la tenía apresada debajo y mantenía sus brazos inmóviles a los lados con la fuerza de sus musculosos muslos.

Se hallaba totalmente a su merced en aquel momento, y por la forma en que sus ojos lo miraban fijamente no esperaba que él mostrara mucha piedad.

Rio imaginaba el aspecto que debía de tener... Dios, y además el olor. A esa distancia no podía esperar que su cabello ocultara las cicatrices. Vio que su mirada aterrorizada se fijaba en el lado izquierdo de su rostro, allí donde las llamas y la metralla habían dejado sus marcas un año atrás. La franja de piel enrojecida y destrozada debía de ser especialmente espantosa debajo de tanta mugre. Debía de parecer una especie de monstruo medio enloquecido...

Sí, lo parecía, porque eso era exactamente lo que era.

Y a la vez era tan consciente de la suave y cálida mujer atrapada debajo de él. Mientras que él iba vestido de una forma que ofendía, con ropas desgarradas que tenían demasiados meses como para ser harapos decentes, ella en cambio llevaba un jersey con un bonito escote en forma de V. Olía limpia y fresca, infinitamente femenina.

Y era hermosa.

Jamás había visto ojos de ese color, de un verde intenso salpicado de brillos de un dorado pálido. Una tupidas pestañas de color marrón oscuro enmarcaban esos inteligentes y cautivadores ojos, que ahora lo miraban con tanto recelo. Sus pómulos eran delicados y altos y acentuaban la elegante línea de su mandíbula. Tenía el tipo de belleza que la hacía parecer a la vez inocente y sabia, pero era la sombra de sus increíbles ojos lo que más intrigaba a Rio.

Aquella mujer había conocido el desengaño y el dolor en su vida. Tal vez incluso la traición. Había sido herida en algún momento de su pasado, y ahora él añadía una nueva dosis de terror a las experiencias de su vida.

Y lo que era aún peor, ella lo excitaba.

No sólo el hecho de saber que la tenía atrapada entre sus piernas, sino también la visión de su bonita boca, teñida con una mancha de sangre del mordisco que le había dado. Todos los atributos masculinos de Rio estaban en tensión por sentirla debajo de él. Todas sus cualidades de la estirpe estaban concentradas en esa mancha escarlata de sus tentadores labios... y en el pulso que latía aceleradamente en su cremosa garganta.

La deseaba.

Después de meses de exilio en aquella cueva dejada de la mano de Dios, después de la traición de Eva, que lo había matado en tantos sentidos, Rio miraba a aquella mujer y se sentía... vivo.

Se sentía hambriento, y probablemente ella se daba cuenta

de ese hecho por la erección que no podía contener. Sintió que su mirada se agudizaba y que las pupilas comenzaban a estrecharse por su excitación. Las encías le dolían mientras los colmillos comenzaban a alargarse detrás de los tensos labios apretados.

Y su sexo estaba de repente completa y dolorosamente erecto. No había manera de ocultar ese hecho, ni siquiera aunque soltara a su cautiva.

—Por favor, no lo hagas —dijo ella, mientras una lágrima se deslizaba por su mejilla y caía en su sedoso pelo rojo—. Sea lo que sea lo que estés pensando... por favor, déjame ir. Si necesitas dinero, cógelo. Mi billetera está allí...

—No te quiero ni a ti ni a tu dinero —soltó Rio con rudeza. Se separó de ella, furioso consigo mismo por las reacciones físicas que llevaba tanto tiempo manteniendo a raya y ahora no había podido controlar—. Vamos, levántate. Lo único que quiero es tu cámara.

Lentamente ella se puso en pie.

—¿Mi qué?

—La cámara que llevabas en la cueva, y las fotos que tomaste. Las necesito, todas.

—¿Quieres las fotos? No lo entiendo...

—No necesitas entenderlo. Simplemente, dámelas. —Ella no se movió y él la miró desafiante—. Dámelas. Ahora.

—De acuerdo —tartamudeó, y se dirigió apresuradamente hacia un gran bolso que estaba en un rincón de la habitación. Rebuscó en él y sacó la delgada cámara digital.

Cuando la encendió para buscar las imágenes, Rio la interrumpió.

—Yo lo haré. Dámela a mí.

Ella le entregó la cámara con dedos temblorosos.

—¿Me has seguido todo el camino hasta Praga para esto? ¿Por qué son tan importantes esas fotos? ¿Y cómo me encontraste?

Rio ignoró las preguntas. Dentro de unos minutos nada de eso tendría importancia. Tenía las imágenes y ahora borraría de la memoria de la mujer toda la cadena de acontecimientos.

—¿Están todas aquí? —le preguntó mientras revisaba las imágenes—. ¿Las has descargado en otros aparatos?

—Esto es todo —se apresuró a responder—. Ahí está todo, lo juro.

Él revisó el puñado de imágenes de la cueva, las que lo mostraban a él parcialmente transformado y las que mostraban la cámara de hibernación del Antiguo y los símbolos pintados con sangre humana en las paredes.

—¿Se las has mostrado a alguien?

Ella tragó saliva y luego negó con la cabeza.

—Todavía sigo sin entender de qué se trata.

—Y así es como seguirás —le dijo Rio.

Caminó hacia ella y se situó sólo a tres pasos. Ella retrocedió, pero topó con la ventana de la habitación.

—Oh, Dios mío. Dijiste que no ibas a hacerme daño...

—Cálmate —le ordenó—. Terminaré pronto.

—Oh, mierda. —Un gemido estrangulado se hizo audible desde el fondo de su garganta—. Oh, Dios mío... realmente vas a matarme...

—No —dijo Rio con severidad—. Pero necesito tu silencio.

Fue hacia ella. Todo lo que necesitaba era colocar brevemente la mano en su frente para borrar de su recuerdo lo que sabía acerca de él y de la cueva de la montaña.

Pero cuando su mano descendía hacia ella, ella tomó aire y dejó salir un torrente de palabras que lo dejaron helado en el sitio.

—¡No soy la única que lo sabe! —jadeó asustada. Las palabras salieron de su boca en una ráfaga—. Hay otra gente que sabe dónde estoy. Saben dónde he estado y lo que he estado haciendo. Así que sea lo que sea que signifiquen esas pinturas, matarme no te protegerá porque no soy la única que las ha visto.

Le había mentido. La ira de Rio se encendió ante el engaño.

—Dijiste que nadie más las había visto.

—Y tú dijiste que no ibas a hacerme daño.

—Dios. —No tenía sentido discutir con ella o defender sus intenciones—. Tienes que decirme a quién has mostrado las fotos. Necesito sus nombres y saber dónde están.

Ella se burló, con demasiado atrevimiento.

—¿Para qué? ¿Para que puedas ir también tras ellos?

Rio cambió su mente al modo de reconocimiento. Echó un

vistazo a las pertenencias de ella y vio un bolso bandolera colgado de una silla. Tenía pinta de contener un ordenador portátil. Fue hasta él y extrajo el delgado aparato.

Lo abrió y le dio al botón de encendido. La mujer a todo esto tuvo la idea de efectuar otro intento de huida. Alcanzó el pomo de la puerta, pero Rio le impidió abrirla. Se situó de pie frente a ella, con la espalda apoyada contra el pesado panel, antes de que ella tuviera tiempo siquiera de imaginar su libertad.

—Maldita sea —jadeó, cerrando los ojos sin poder dar crédito—. ¿Cómo has conseguido...? Estabas en el otro extremo de la habitación...

—Sí, estaba. Y ahora no lo estoy.

Rio se alejó unos pasos de la puerta, obligándola a retroceder. Ella retrocedía mientras él continuaba avanzando, obviamente inseguro ante el próximo paso a seguir.

—Siéntate —le ordenó—. Cuanto antes cooperes más pronto terminaremos.

Ella se sentó en el borde de la cama y observó cómo él volvía junto a la computadora y encendía la conexión a internet. El correo resultó ser una revelación. Aparte de las tonterías personales y un cambio reciente del billete aéreo, Rio encontró varios mensajes en su carpeta de envíos dirigidos a algún tipo de agencia de noticias, algunos con fotos adjuntas. Abrió uno de ellos y rápidamente revisó el contenido.

—Ah, Dios. Me has estado tomando el pelo —murmuró. Le lanzó una mirada rabiosa por encima del hombro—. ¿Eres una maldita periodista?

Ella no respondió, permaneció allí sentada mordiéndose el labio sin estar muy segura de si responder que sí haría que la mataran más rápido o no.

Rio dejó el ordenador y comenzó a caminar de arriba abajo con tensión.

Si antes creía que la situación era jodida ahora resulta que se hallaba ante un desastre nuclear. Una periodista. Una periodista con un cámara, un ordenador y conexión a internet. No iba a bastar con borrar los recuerdos de su cabeza para resolver aquello.

Necesitaba ayuda, y la necesitaba inmediatamente.

Rio cogió el ordenador y envió un mensaje instantáneo. Escribió con una identificación secreta enviada al laboratorio de tecnología del recinto de la Orden, en Boston.

Esa dirección estaba vigilada las venticuatro horas del día de los siete días de la semana por Gideon, el genio de la informática que vivía en el recinto de los guerreros. Rio introdujo un mensaje encriptado usando un código que lo identificaba, su localización y exponiendo la necesidad que tenía de contactar.

La respuesta de Gideon fue casi inmediata. Lo que fuera que Rio necesitara, la Orden se lo proporcionaría. Gideon esperaba detalles.

—¿Tienes un teléfono móvil? —preguntó a la periodista que permanecía sentada en silencio cerca de él. Cuando ella negó con la cabeza, él fue hasta el teléfono del escritorio y marcó la línea del hotel.

—¿Qué habitación es ésta? ¡El número, maldita sea!

—Hum, es la 310 —respondió ella—. ¿Por qué? ¿A quién vas a llamar? ¿Vas a decirme de qué va esto?

—Control de daños —dijo él, justo un segundo antes de que el teléfono empezara a sonar.

Levantó el auricular, sabiendo que era Gideon aun antes de oír el ligero acento inglés al otro lado de la línea.

—Estoy hablando por una línea segura, Rio, así que habla con libertad. ¿De qué se trata? Y lo que es más importante, ¿dónde demonios has estado metido todo este tiempo? Por Dios santo, han pasado cinco meses. No escribiste, no llamaste... ¿es que ya no me quieres más?

Dios, era bueno escuchar una voz familiar. Rio hubiera sonreído al pensarlo, pero las cosas se habían puesto demasiado complicadas.

—Tengo una situación difícil por aquí, no va nada bien, amigo.

El tono jocoso de Gideon desapareció y el guerrero se puso serio para ocuparse del trabajo.

—Explícamelo.

—Estoy en Praga. Hay una periodista conmigo, estadounidense. Tiene fotos de las montañas, Gideon. Fotos de la cámara de hibernación y de los glifos de las paredes.

—Dios... ¿Cómo se metió ahí para sacar las fotos? ¿Y cuándo? La cueva está sellada desde que fuisteis allí en febrero.

Ah, demonios. No había forma de evitarlo. Iba a tener que contar toda la verdad.

—La cueva no estaba sellada. Hubo ciertos retrasos... No hice explotar la maldita cueva hasta hoy. Después de que las fotos fueran tomadas.

Gideon soltó una maldición.

—Muy bien. Supongo que le has borrado la memoria, ¿pero qué pasa con las fotos? ¿Las tienes?

—Sí, las tengo. Pero ahí es donde la cosa se complica, Gid. Ella no es la única que las ha visto. Ya las ha enviado por correo electrónico al periódico para el que trabaja y a otras personas. Si hubiera podido controlar esto borrándole la memoria ya lo habría hecho. Desgraciadamente, es más complicado que eso, amigo.

Gideon permaneció en silencio durante un momento, sin duda calculando el alcance del desastre que había provocado Rio, aunque al menos Gideon era el más diplomático de todos los guerreros.

—Lo primero que tenemos que hacer es sacarte de ahí y llevarte a un lugar seguro. A la mujer también. ¿Crees que puedes retenerla hasta que mande a alguien para recogeros?

—Lo que tú digas. Esto es un desastre, te aseguro que estoy dispuesto a hacer todo cuanto haga falta con tal de arreglarlo.

Rio oyó de fondo el débil ruido de un teclado de ordenador.

—Estoy contactando con Andreas Reichen, en Berlín. —Hubo una pausa de unos segundos y luego Gideon comenzó a hablar por otra línea de teléfono desde Boston. Al poco tiempo volvió a dirigirse a Rio—. Ya lo he arreglado para que os recojan y os trasporten al Refugio Oscuro de Reichen, pero su contacto tardará más o menos una hora.

—No hay problema.

—Ya está confirmado —respondió Gideon, manejando hábilmente los problemas logísticos como si salvar el pellejo de Rio fuera pan comido—. De acuerdo, todo en orden. Te volveré a llamar cuando el transporte esté en su sitio.

—Estaré preparado. Hey, Gideon..., gracias.

—No es nada. Me alegro de tenerte de vuelta, Rio. Te necesitamos, amigo. Las cosas no son lo mismo por aquí sin ti.

—Comunicaré un informe desde Berlín —dijo, pensando

que probablemente aquel no era el momento de decirle a Gideon que no pensaba volver al redil.

Su cita con la muerte había sido pospuesta, pero tan pronto como tuviera la actual situación bajo control se encargaría de volver a convocarla.

Capítulo siete

*D*ylan, sentada inmóvil en la cama, observaba cómo el misterioso extraño confiscaba su ordenador y su cámara, y luego revisaba el resto de sus pertenencias. No tenía más elección que mantenerse al margen. Cada vez que hacía el menor movimiento llamaba su atención, y después de la maniobra alucinante que había hecho para impedirle salir de la habitación, ya no se atrevía a intentar otra huida.

No tenía ni idea de qué pensar de él.

Era peligroso, eso sin duda. Probablemente letal si quería, aunque le parecía que el asesinato no era lo que tenía en mente en aquel momento. Si hubiera querido herirla ya había tenido muchas oportunidades de hacerlo. Como cuando estaba atrapada en el suelo debajo de él, muy consciente del hecho de tener a un hombre de más de noventa kilos de dura masa muscular encima de ella y pocas esperanzas de poder sacárselo de encima. En aquel momento él podría haberla estrangulado, allí mismo en el suelo de esa habitación.

Pero no lo había hecho.

Y tampoco había obedecido al otro impulso que obviamente también lo había asaltado. A Dylan no le había pasado inadvertida la forma en que ese hombre la miraba, con los ojos fijos intensamente en su boca. La respuesta masculina de su cuerpo a horcajadas sobre el de ella había sido rápida e inconfundible, y sin embargo no le había puesto ni un dedo encima. De hecho parecía casi tan alarmado por su excitación como lo estaba ella. Así que por lo visto no era un psicópata asesino a sangre fría, ni tampoco un violador, a pesar de que la hubiera estado siguiendo desde Jiein hasta Praga.

Entonces, ¿qué era?

Se movía demasiado rápido y era demasiado preciso y ágil como para ser el tipo de loco obsesionado con una posible catástrofe o algún vagabundo normal y corriente. No, tampoco era ninguna de esas cosas. Es cierto que estaba sucio y harapiento, y en un lado de su cara tenía una cicatriz que hacía pensar en algún suceso horrible, pero por debajo de toda esa mugre... había algo más.

Aquel hombre, fuese quien fuese, era grande y fuerte y estaba peligrosamente alerta. Su mirada afilada y sus oídos atentos no se perdían nada. Sus sentidos parecían afinados a una frecuencia mucho más alta de lo humanamente posible. Incluso si estaba medio loco, se comportaba como si fuera muy consciente de su propio poder y supiera cómo usarlo.

—¿Eres un militar o algo parecido? —preguntó ella, adivinando en voz alta—. Hablas como si lo fueras. Y también actúas como si lo fueras. ¿Perteneces a algún tipo de fuerzas especiales? Ex militares, tal vez. ¿Qué hacías en esa montaña cerca de Jiein?

Él le lanzó una mirada de odio mientras guardaba el ordenador y la cámara en la bolsa, pero no respondió.

—Verás, harías bien en explicarme qué está pasando. Soy periodista... —bueno, había que reconocer que eso no era un punto a favor—, pero soy una persona razonable. Si esas fotos son delicadas o secretas o tienen que ver con una cuestión de seguridad nacional sólo tienes que decirlo. ¿Por qué te preocupa tanto que la gente vea lo que hay en esa cueva?

—Haces demasiadas preguntas.

Ella se encogió de hombros.

—Lo siento. Supongo que es deformación profesional.

—Ése no es el único peligro de tu profesión —dijo él, mirándola de soslayo con una expresión de advertencia—. Cuanto menos sepas acerca de esto mejor.

—¿Te refieres a la cámara de hibernación? —Fue evidente que él se puso tenso, pero Dylan continuó—. ¿Así es como la llamaste, verdad? Eso es lo que le dijiste a tu amigo Gideon. Parece que algún tipo de asunto va a arruinarse porque saqué fotos de esa cámara de hibernación y de esos *glifos*, como los llamaste.

—Dios santo —soltó él—. No tendrías que haber oído nada de eso.

—Era difícil no hacerlo. Cuando eres retenida contra tu voluntad y estás prácticamente segura de que te van a matar es difícil no prestar atención.

—Nadie te va a matar.

Su tono frío y práctico no era exactamente tranquilizador.

—A mí me parecía que estabas pensando en eso. A menos que «borrar» a alguien signifique algo diferente para ti y no lo que suele significar en las películas de la mafia.

Él se burló y negó bruscamente con la cabeza.

—¿Qué había en esa cueva?

—Olvídalo.

Eso era difícil. Sobre todo cuando él se mostraba tan protector con la información.

—¿Qué significado tienen todos esos extraños símbolos de las paredes? ¿Es algún tipo de lenguaje antiguo? ¿Algún tipo de código? ¿Qué es lo que intentas ocultar tan desesperadamente?

Él se situó ante ella tan rápido que ni siquiera lo vio moverse. Pestañeó y de pronto todo su cuerpo se cernía sobre ella, haciéndola echarse hacia atrás en la cama.

—Escúchame bien, Dylan Alexander —dijo él con tensión. El sonido de su nombre en los labios de él tenía una nota discordante de intimidad—. Esto no es un juego. No se trata de un rompecabezas en el que tengan que encajar las piezas. Y te aseguro que es una historia que no te voy a permitir que cuentes. Así que haznos un favor tanto a ti como a mí y deja de hacer preguntas sobre algo que no te incumbe.

Los ojos de él estaban enfurecidos, el color topacio brillaba de la rabia. Era esa mirada ardiente y penetrante lo que más la asustaba, incluso más que su fuerza arrolladora o las terribles cicatrices que atravesaban el lado derecho de su rostro haciéndolo aún más aterrador.

Pero se equivocaba cuando decía que la cueva y los secretos que ésta pudiera contener no eran de su incumbencia. Estaba personalmente involucrada en la historia, y no únicamente porque empezara a creer que podía ser el tipo de historia capaz de salvar su carrera.

El interés de Dylan por la cueva y las extrañas pinturas de sus paredes se había vuelto muy personal desde el momento en que reconoció el símbolo de la lágrima y la luna creciente, exactamente igual que la marca de nacimiento que tenía en la nuca.

Se puso a reflexionar acerca de esa curiosa coincidencia mientras el teléfono del hotel comenzó a sonar. Su invitado levantó el auricular y mantuvo un breve intercambio confidencial. Colgó, se colocó el maletín del ordenador en el hombro y cogió el bolso que contenía el resto de las pertenencias de ella. Recogió también la cartera de la mesita de luz y se la entregó.

—Es nuestro transporte, tenemos que irnos —dijo mientras ella cogía el pequeño bolso de mano.

—¿Qué quieres decir con nuestro transporte?

—Tenemos que irnos, ahora.

Una oleada de miedo la recorrió, pero trató de parecer valiente.

—Olvídalo. Realmente estás loco si piensas que voy a ir a alguna parte contigo.

—No tienes elección.

Avanzó hacia ella y Dylan supo que no tenía posibilidades de forcejear con él o de salir huyendo. Pero desde luego podía gritar pidiendo ayuda, y lo haría, en cuanto llegaran al vestíbulo del hotel.

Sólo que él no la llevó al vestíbulo para que pudiera emprender su intento de huida.

Ni siquiera abrió la puerta para dejarla salir al pasillo.

Con la misma velocidad y la misma fuerza que no dejaba de resultar increíble, la agarró por la muñeca y la llevó hasta la ventana que se hallaba a unos cuantos metros de la calle. Abrió la ventana y se subió a la escalera de incendios. Todavía la agarraba del brazo y la atrajo hacia él.

—¿Qué demonios estás haciendo? —Dylan mantuvo clavados sus talones, con los ojos abiertos por el miedo—. ¿Estás loco? Los dos nos vamos a partir el cuello si...

No la dejó ni terminar de decirlo y mucho menos de pensarlo.

Antes de que Dylan se diera cuenta de lo que ocurría, se halló fuera del edificio y sobre la sólida masa de sus hombros. Oyó el ruido de sus botas aterrizando con una fuerte vibración sobre la plataforma de hierro de la escalera de incendios.

Cayeron en el oscuro pavimento tres pisos más abajo.

No se quebraron todos los huesos como ella anticipaba, sino que los pies de él conectaron de forma elegante contra el suelo. Ella estaba todavía tratando de averiguar cuanto fuera posible cuando de pronto fue empujada hacia el interior de una furgoneta de entregas aparcada cerca de donde estaban.

Dylan cayó dentro y su raptor subió tras ella. Desorientada y totalmente confundida, fue incapaz de articular una sola palabra mientras él cerraba la pesada puerta trasera y quedaban sumidos en la oscuridad.

El motor se puso en marcha y con un chirrido de neumáticos el vehículo arrancó llevándose su cargamento.

En Boston eran casi las cinco de la mañana cuando el último de los guerreros de la Orden regresaba de su patrulla nocturna. Lucan, Tegan y Dante, que eran los que tenían pareja, igual que Gideon, habían vuelto ya hacía una hora y se habían encontrado con sus mujeres, que los esperaban en el recinto. Sterling Chase, ex agente de las fuerzas del orden de los Refugios Oscuros, que se había unido a la Orden un año atrás y había demostrado ser un guerrero formidable y letal, también estaba presente y reunido junto a los demás.

Ahora, mientras los tres miembros de la Orden entraban, Gideon no se sorprendió de encontrar a Nikolai a la cola. Aunque era el más joven de los guerreros, Niko era también el luchador más implacable que Gideon había visto jamás. Adicto a la adrenalina y un combatiente despiadado, el vampiro nacido en Rusia nunca regresaba hasta que el sol ya se cernía sobre el horizonte, obligándolo a abandonar las calles.

Y cuando se trataba de armas de alto voltaje, Niko era un auténtico demonio.

Esa noche, mientras el guerrero vestido de negro con el cabello de un rubio dorado y los ojos de un azul glacial entraba tranquilamente detrás de los dos miembros más nuevos del cuadro, Kade y Brock, Gideon advirtió que iba armado con algunas de las últimas creaciones. Sujeta a la cadera llevaba una nueve milímetros semiautomática cargada de balas huecas rellenas de titanio, y, colgado del hombro con una correa, un rifle de francotirador con un visor láser.

Incluso a través del cristal del laboratorio tecnológico del recinto, Gideon advertía en el guerrero el olor a muerte reciente. No de humanos, pues los de la estirpe en general procuraban convivir con sus primos los homo sapiens de la manera más pacífica posible. Se alimentaban de los humanos para sobrevivir, pero era extraño que un vampiro matara a su huésped. Después de todo era una cuestión de simple lógica. No tenía sentido acabar con tu fuente de comida, o mostrarte ante ellos como una amenaza mortal para de ese modo alentarlos a eliminarte.

Pero había un pequeño porcentaje en la nación de vampiros a quienes la lógica les traía sin cuidado. Eran los renegados, vampiros que se habían vuelto adictos a la sangre, convirtiéndose en fieras, viviendo sólo para alimentar esa adicción.

La Orden había estado luchando contra aquella minoría problemática de la estirpe desde la Edad Media, y esa tarea había hecho que los guerreros se ganaran la reputación de asesinos mercenarios entre la nación de los vampiros. No es que Gideon ni ninguno de los otros pretendiera recibir elogios o la adoración del público. Tenían un duro trabajo que hacer, y lo hacían muy bien.

Gideon se reunió fuera del laboratorio con los tres guerreros que acababan de llegar a través del pasillo, arrugando la nariz por la peste a renegado que despedía Nikolai.

—Deduzco que la caza no ha ido mal esta noche.

Niko sonrió.

—Acabó bien en todo caso. Rastreamos y calcinamos a un chupasangre que había atacado a una mujer que caminaba con su perro en Beacon Hill.

—Mis hombres siguieron al renegado sesenta kilómetros a pie —añadió Brock, alzando sus ojos de un marrón oscuro—. Tenía el coche cargado de gasolina y esperando en la esquina. Podríamos haber acabado con ese cabrón en tres minutos, pero Jackie Joyner decidió que había que ir a pie.

Niko se rio.

—Así fue más interesante. Y además había sido una noche muy tranquila hasta entonces.

—Más bien un mes muy tranquilo —replicó Kade, más que quejándose como anunciando una cuestión de hecho.

Las cosas en la ciudad habían estado bastante tranquilas desde el febrero pasado, cuando la Orden había matado por fin al vampiro responsable de la oleada de violencia alrededor de Boston. Marek ya no existía, y después de su muerte los guerreros habían cazado y eliminado a muchos de aquellos que lo servían. En cuanto a los secuaces humanos de Marek, éstos no representaban un problema. Sus mentes absorbidas no podrían sobrevivir sin su amo; donde quiera que estuviesen simplemente habrían dejado de respirar al mismo tiempo que él, y aunque la muerte de ellos sería abrupta y repentina parecería deberse a causas naturales.

El séquito personal de renegados de Marek, por otra parte, no sería tan fácil de manejar como sus equivalentes humanos. Los vampiros adictos a la sangre que habían sido recluidos, y a veces forzados, bajo las órdenes de Marek como guardaespaldas y tenientes ahora estaban entregados a sus propias leyes. Sin Marek para mantenerlos rectos y proporcionarles las víctimas que necesitaban para saciar su lujuria de sangre, los renegados se habían dispersado entre las poblaciones humanas para cazar como los depredadores insaciables que eran.

Desde el invierno, la Orden había calcinado a diez chupasangre entre Boston y los últimos cuarteles conocidos de Marek en la región de Bershires, dos horas al este. Once renegados, contando el que Niko había eliminado esa noche.

Y a pesar de ser cierto lo que Kade había dicho acerca del actual periodo de tranquilidad, Gideon había vivido el tiempo suficiente como para saber que no duraría mucho. Era tan sólo la calma que precedía a una infernal tormenta.

Dado lo que la Orden había descubierto en esa montaña de Bohemia el pasado febrero, no había ninguna duda de que se avecinaba una tormenta de proporciones épicas. Un antiguo demonio había estado durmiendo en la cripta de esa montaña, un vampiro diferente a todos aquellos que hoy existían. Ahora esa poderosa criatura alienígena estaba suelta en alguna parte, y para los más nuevos de la Orden la misión más crítica era encontrarlo y destruirlo antes de que el terror se desatara en el mundo.

Esa tarea se volvería mucho más dura si el secreto sobre el reino de la estirpe, y los crecientes problemas dentro de éste, de pronto se veían expuestos a los ojos de la humanidad por culpa de una periodista curiosa que quién sabe cómo se hallaba en medio de todo esto.

—Hemos tenido una llamada interesante de Praga esta noche —dijo Gideon—. Rio se ha puesto en contacto.

Nikolai alzó sus cejas rojizas hasta que se tocaron.

—¿No estaba en España? ¿Cuándo regresó a Praga?

—Parecería que nunca llegó a marcharse. Se ha metido en algunos problemas allí relacionados con una periodista estadounidense. Ella conoce la cueva. Ha estado dentro de la cámara de hibernación del Antiguo. Y además ha sacado un puñado de fotos, por supuesto.

—¿Qué demonios...? ¿Cuándo ha ocurrido todo eso?

—Todavía no tengo los detalles. Rio está trabajando para controlar la situación. Él y la mujer van de camino hacia el refugio de Reichen en Berlín mientras nosotros hablamos. Nos llamará en cuanto llegue para que podamos decidir cuál es la mejor manera de contener este desastre potencial.

—Mierda —soltó Brock, pasándose una mano por la frente—. Así que Rio todavía respira. Quién lo diría, estoy sorprendido. Como estuvo fuera de servicio tanto tiempo yo no esperaba que regresara, ¿sabes a qué me refiero? Un tipo con los nervios de punta como él me parecía el primer candidato para suicidarse.

—Tal vez debería haberlo hecho —señaló Kade con una risita—. Quiero decir... demonios, ya tenemos bastante con contener a Chase y a Niko. ¿Realmente la Orden necesita otro lunático en sus filas?

Nikolai saltó sobre el otro guerrero como una víbora. No hubo ninguna advertencia, ni un indicio de que Niko fuera a agarrar a Kade de la garganta para empujarlo contra la pared del pasillo. Estaba absolutamente furioso mientras sostenía a Kade con fuerza mortal.

—¡Dios santo! —dijo entre dientes Kade, tan sorprendido como todos los otros ante la inesperada reacción—. ¡Era sólo una broma, joder!

Nikolai gruñó.

—¿Acaso me ves reír? ¿Tengo pinta de que me haya parecido jodidamente divertido?

Los ojos plateados de Kade se afilaron, pero no dijo nada más para no provocarlo.

—Me importa una mierda lo que digas sobre mí —gruñó Niko—, pero si valoras tu pellejo no te metas con Rio.

Gideon tendría que haber comprendido que aquella reacción no tenía que ver con la ofensa no intencionada a Niko, sino con la amistad que Niko compartía con Rio. Los dos guerreros habían sido tan íntimos como verdaderos hermanos antes de la explosión en el almacén que dejó a Rio roto y lleno de cicatrices. Después de eso, fue Niko quien se ocupó de alimentar a Rio, quien lo sacó de la enfermería para que pudiera entrenarse con armas en el recinto tan pronto como el guerrero herido fue capaz de mantenerse en pie.

Era Niko quien discutía con la mayor vehemencia cada vez que Rio declaraba que se había convertido en un inútil y quería abandonar la Orden. Durante los casi cinco meses que Rio había estado paralizado no pasaba una semana sin que Niko preguntase si había dicho alguna palabra.

—Niko, maldita sea, amigo, déjalo —dijo Brock.

El enorme guerrero de negro se movió como si fuera a despellejar a Kade, pero Gideon lo contuvo con una mirada. Aunque Niko lo soltó, su ira todavía era una fuerza palpable que llenaba el pasillo.

—No sabes una mierda sobre Rio —le dijo a Kade—. Ese guerrero tiene más honor que todos nosotros juntos. Así que ésta es la última vez que te oigo decir algo malo de él, ¿entendido?

Kade asintió con tensión.

—Sí. Pero ya te lo he dicho, era sólo una maldita broma. No pretendía ofender a nadie, de verdad.

Nikolai lo miró fijamente durante un largo momento, y luego se alejó en silencio.

Capítulo ocho

*E*staba casi amaneciendo cuando la furgoneta de Praga se adentró en una finca frente al lago, totalmente cercada y con fuertes medidas de seguridad, en las afueras de Berlín.

Aquel Refugio Oscuro era liderado por un vampiro de la estirpe llamado Andreas Reichen, un ciudadano civil, pero también un aliado de confianza para la Orden desde que había ayudado en el descubrimiento de la cueva de la montaña meses atrás. Rio lo había conocido brevemente ese febrero pasado, pero el alemán lo saludó como a un viejo amigo dirigiéndose a la parte posterior de la furgoneta y abriendo la puerta.

—Bienvenido —le dijo. Luego dirigió una mirada ansiosa al cielo rosado sobre sus cabezas—. Llegáis justo a tiempo.

El hombre iba vestido con un traje impecable y una camisa de un blanco inmaculado con el cuello sin abrochar. El tupido cabello castaño le caía sobre los hombros, y las perfectas ondas quedaban bien con sus llamativas y angulosas facciones. Parecía que Reichen acabara de salir de la foto de un diseñador famoso.

Alzó ligeramente una ceja cuando vio el aspecto negligente de Rio, pero continuó comportándose como un consumado caballero. Hizo un gesto con la cabeza y le ofreció la mano para saludarlo mientras bajaba de la furgoneta.

—Espero que no haya habido problemas por el camino.

—Ninguno. —Rio le dio un breve apretón de mano al vampiro—. Nos pararon en la frontera de Alemania, pero no revisaron la furgoneta.

—Si se paga el precio adecuado no lo hacen —dijo Reichen, sonriendo amablemente. Lanzó una mirada por detrás de Rio, en la oscuridad de la furgoneta, donde se hallaba Dylan Alexander tendida en el suelo. Estaba acurrucada y descansaba plácidamente, con la cabeza apoyada cómodamente en su mullida bolsa de viaje—. Está en trance, supongo.

Rio asintió. La había dormido una hora después de iniciar el viaje, cuando sus interminables y sagaces preguntas junto con el balanceo constante del vehículo habían sido demasiado para él. A pesar de que aquella noche se había alimentado, su cuerpo todavía estaba falto de nutrientes y no funcionaba al ciento por ciento de su capacidad. Por no decir nada de sus otros problemas.

Se había pasado la mayor parte de las más de cinco horas de viaje luchando contra el mareo y el desmayo, una debilidad que no estaba dispuesto a exhibir ante la mujer que acababa de raptar a la fuerza. Mejor que ella pasara el trayecto en un ligero sueño inducido antes que arriesgarse a que hiciera algún intento desesperado de vencerlo e intentara escapar.

—Es atractiva —dijo Reichen, en un tono casual que no hacía justicia ni por asomo a la belleza de la mujer—. ¿Por qué no la llevas dentro? He preparado una habitación para ella en el piso de arriba. Y una para ti también. En el tercer piso, al final del pasillo a la derecha.

Reichen hizo un gesto de rechazo con la mano cuando Rio le dio las gracias.

—Puedes quedarte todo el tiempo que quieras, por supuesto. Cualquier cosa que necesites sólo tienes que pedirla. Yo llevaré ahora sus cosas, tan pronto como compense a mi amigo checo por hacerme este favor tan rápidamente.

Mientras el alemán se dirigió a la parte delantera de la furgoneta para pagarle al conductor, Rio subió detrás para coger en brazos a la durmiente cautiva. Ella se agitó ligeramente cuando él la levantó y la bajó del vehículo. Caminó a paso rápido hasta la mansión y subió el corto tramo de escaleras que conducía al opulento vestíbulo.

No había por allí ninguno de los residentes de los Refugios Oscuros, aunque no hubiera sido extraño ver a algunos de los vampiros civiles o sus mujeres, que vivían de forma comunitaria en aquella extensa finca. Probablemente Reichen se habría asegurado de que todo estuviera tranquilo para la llegada de Rio, sin ojos y oídos curiosos alrededor. Por no mencionar la necesidad de proteger a esos mismos civiles de poder ser identificados por alguien como Dylan Alexander.

«Una condenada periodista.»

Rio apretó la mandíbula al pensar en el daño que podía ocasionar la mujer que llevaba en sus brazos. Sólo con su pluma, o su teclado, podría poner en terrible peligro aquel Refugio Oscuro y otros cientos como ése a lo largo de Europa y de Estados Unidos. Persecución, dominación y finalmente la aniquilación total serían medidas que sin duda tomarían los seres humanos para exterminar a los vampiros que viven entre ellos. Más allá de la variedad de leyendas, en su mayoría incorrectas, que eran consideradas como ficción por los hombres modernos, la estirpe había conseguido mantenerse en secreto durante miles de años. Era la única forma de sobrevivir todo ese tiempo.

Pero ahora, por su propia falta de cuidado, por su debilidad, Rio lo había estropeado todo por un momento de imprudencia. Tenía que arreglarlo, tenía que hacer cualquier cosa con tal de evitar el terrible daño que la historia de aquella mujer podía causar.

Rio la transportó a través del vestíbulo vacío y subió por las imponentes escaleras que había en el centro de la elegante mansión. Al llegar al tercer piso continuó hasta el final del pasillo de paneles de nogal y abrió la puerta de la habitación de invitados que había a la derecha. Dentro la luz era tenue. Como en todo Refugio Oscuro, las ventanas estaban equipadas con persianas electrónicas que bloqueaban completamente los letales rayos del sol. Rio entró a Dylan en la habitación y la colocó sobre la cama con dosel.

Así no parecía tan peligrosa, descansando en medio de aquel lujoso colchón cubierto de seda. Parecía inocente, casi angelical en su silencio, su piel tan clara como la leche, excepto por las diminutas pecas que salpicaban sus mejillas y su pequeña nariz. Su largo cabello rojo caía por encima de sus hombros como una aureola de fuego. Rio no pudo resistir el impulso de tocar uno de los suaves mechones que caían sobre su delicada mejilla. Cogió el mechón con sus dedos callosos y éstos se vieron oscuros y sucios en contraste con aquella seda cobriza.

No tenía derecho a tocarla, no tenía ninguna buena excusa

para sujetar el hermoso mechón de cabellos entre sus dedos, maravillado por la elasticidad y la fuerza contenida en aquella cautivadora suavidad.

No había ninguna excusa para inclinar la cabeza cerca de la cama donde ella estaba tendida, quieta sólo porque él le había provocado el estado de trance, y respirar y llenarse los pulmones del agradable aroma que emanaba. La boca se le llenó de saliva mientras se mantenía muy quieto cerca de ella, con su rostro apenas a unos centímetros de su nuca. Su sed creció rápidamente, junto con un ardiente y envolvente deseo.

«Madre de Dios.»

¿Y él había dicho que en aquel momento no parecía ninguna amenaza?

Se había vuelto a equivocar, pensó, apartándose de la cama mientras ella movía los párpados a punto de recuperar la conciencia. El efecto del trance se estaba disipando. Ya habría desaparecido completamente si Rio no se hallara en la misma habitación que ella.

Ella se movió un poco más y él se apartó bruscamente. Sería mejor salir de allí antes de exponerse todavía más de lo que ya se había expuesto con la evidente presencia de sus colmillos.

Cuando salió, halló a Andreas Reichen de pie en el pasillo ante la puerta abierta.

—¿Te parece adecuada la habitación, Rio?

—Sí —respondió, cogiendo la mochila y el maletín de las manos del alemán—. Guardaré esto conmigo por ahora.

—Por supuesto, como quieras. —Reichen retrocedió mientras Rio cerraba la puerta de la habitación de invitados. El alemán le entregó una llave para la cerradura que había debajo del antiguo pomo de cristal—. Las persianas de la ventana tienen control centralizado y el cristal que hay detrás de ellas está equipado con alarmas. Fuera, el terreno de la finca está asegurado con detectores de movimiento y una valla que recorre todo el perímetro. Pero esas medidas han sido diseñadas para mantener a la gente alejada de la propiedad, no para mantenerla dentro. Si tú crees que hay peligro de que la mujer huya puedo poner un guardia en la puerta.

—No —dijo Rio mientras ponía la llave en la cerradura—. Ya es suficiente con que me haya identificado a mí. Cuantos menos individuos metamos en esto tanto mejor. Ella está bajo mi responsabilidad. Yo me aseguraré de que no se escape.

—Muy bien. Tengo la habitación de al lado preparada para ti. Encontrarás el armario totalmente equipado con ropa de hombre sin estrenar. Usa lo que quieras. Hay un baño y una sauna también, por si quieres refrescarte.

—Sí —asintió Rio. Todavía le dolía la cabeza por el largo camino en la parte trasera de la furgoneta. Su cuerpo estaba completamente tenso y sentía calor por todas partes. Y no podía culpar de eso al viaje o a su confuso estado mental. Con los labios cerrados, se pasó la lengua por los colmillos.

—Una ducha estará bien —le dijo a Reichen.

Y preferiblemente con agua fría.

Si Dylan ya estaba confundida antes de que ella y su secuestrador salieran de Praga, la llegada a un lugar que sólo podía estar en Berlín o sus alrededores hacía que las cosas resultaran todavía más turbias. Cuando se despertó en medio de una gran cama cubierta de seda en una habitación a oscuras que parecía la *suite* de un hotel europeo de lo más exclusivo se preguntó si todo lo que le había pasado no sería un sueño.

¿Dónde demonios estaba? ¿Y cuánto tiempo llevaba allí?

Aunque se sentía completamente despierta y alerta, sus sentidos estaban como adormecidos, como si tuviera la cabeza envuelta en un grueso algodón.

Tal vez todavía estaba soñando.

Tal vez estaba todavía en Praga y nada de lo que recordaba había pasado realmente. Dylan encendió la luz de una mesilla de noche, luego se levantó de la cama y fue hasta las altas ventanas que había al otro extremo de la lujosa habitación. Detrás de las hermosas cortinas y cortinajes, unas persianas hechas a medida cubrían el vidrio por completo. Buscó alguna cuerda u otro sistema para abrirlas pero no encontró nada. La persiana estaba completamente inmóvil, como si estuviera pegada al vidrio.

—La persiana es electrónica. No podrás abrirla desde aquí.

Sorprendida, Dylan se dio la vuelta al oír aquella profunda voz masculina que ahora ya le resultaba familiar.

Era él, sentado en una delicada butaca antigua en un rincón de la habitación. Le resultaba inconfundible aquella voz oscura y con marcado acento, pero el hombre que la contemplaba desde las sombras no tenía nada que ver con el lunático mugriento y harapiento que esperaba ver.

Ahora estaba limpio y llevaba ropa nueva: una camisa negra de vestir con botones en el cuello y mangas enrolladas, pantalones negros y unos mocasines negros probablemente italianos y seguramente muy caros. Su pelo oscuro estaba brillante y recién lavado. Ya no tenía esos sucios mechones lacios que le tapaban la cara, sino que ahora lo llevaba peinado hacia atrás formando brillantes ondas de tonalidad café que acentuaban el color topacio de sus ojos, de una intensidad inusual.

—¿Dónde estoy? —preguntó ella, acercándose a él unos pasos—. ¿Qué lugar es éste? ¿Cuánto tiempo llevas ahí sentado mirándome? ¿Qué demonios me has hecho para que casi no pueda recordar cómo llegué hasta aquí?

Él sonrió, pero no podía decirse que fuera una sonrisa amistosa.

—Apenas acabas de despertarte y ya empiezas con las preguntas. Eras mucho más fácil de tratar cuando estabas dormida.

Dylan no sabía si debía sentirse ofendida por eso.

—¿Si resulto tan molesta por qué no dejas que me marche?

La sonrisa cambió un poco suavizando la severa línea de su boca. Dios santo, si no fuera por las cicatrices del lado izquierdo de su rostro, que iban desde la sien hasta la mandíbula, sería un hombre tan atractivo como para provocar desmayos. Sin duda lo había sido antes de tener el accidente.

—Nada me gustaría más que dejarte marchar —dijo él—. Lamentablemente, la decisión de qué hacer contigo no la puedo tomar yo solo.

—¿Y entonces a quién corresponde? ¿Al hombre con quien estuviste hablando antes en el pasillo?

Había estado semiinconsciente, pero lo bastante despierta como para oír el intercambio de voces masculinas junto a la habitación. Una de ellas pertenecía al hombre que ahora la estaba mirando, la otra era sin duda una voz con acento alemán. Contempló a su alrededor los lujosos muebles antiguos y las exquisitas obras de arte, el techo, a una altura de más de tres metros, estaba ornamentado con elegantes molduras. Todo parecía indicar que aquella era la finca de alguien multimillonario. Y luego estaban esas persianas dignas de un edificio como el Pentágono.

—¿Qué lugar es éste? ¿El cuartel de algún tipo de red de espías del Gobierno? —Dylan se rio, un poco nerviosa—. No irás a decirme que formas parte de una célula extranjera de terroristas, ¿verdad?

Él se inclinó hacia delante, apoyando los codos en las rodillas.

—No.

—¿No eres un terrorista o no vas a decírmelo?

—Cuanto menos sepas mejor, Dylan Alexander. —Las comisuras de sus labios se curvaron al decirlo, luego sacudió la cabeza—. Dylan. ¿Qué tipo de nombre es ese para una mujer?

Ella cruzó los brazos y se encogió de hombros.

—No me culpes a mí, yo no tengo nada que ver. Me pasa por venir de una larga tradición de hippies, fans y amantes de la naturaleza. —Él se limitó a mirarla, alzando esas cejas oscuras. Al parecer no lo entendió. La referencia pareció pasarle inadvertida, como si nunca le hubiera interesado la cultura pop y tuviera cosas mejores que hacer con su tiempo—. Mi madre me puso Dylan por Bob Dylan, ¿comprendes? Ella estaba muy obsesionada con él cuando yo nací. Mis hermanos también tienen nombres de músicos: Morrison y Lennon.

—Ridículo —respondió su secuestrador, riéndose por lo bajo.

—Bueno, podría haber sido peor. Después de todo estamos hablando de los setenta. Tenía posibilidades de haberme llamado Clapton o Garfunkel.

Él no se rio, sólo mantuvo clavada en ella su penetrante mirada de color topacio.

—Un nombre no es una cosa insignificante. Define algo de tu mundo cuando eres un niño y luego dura para siempre. Un nombre debería significar algo.

Dylan le lanzó una mirada sardónica.

—¿Y eso lo dice un tipo llamado Rio? Sí, oí que tu amigo alemán te llamaba así —añadió cuando él le dirigió una mirada afilada—. No me parece mucho mejor que Dylan, si me lo preguntas.

—No te lo he preguntado. Y ése no es mi nombre. Es sólo una parte de mi nombre.

—¿Y cuál es el resto? —preguntó ella con genuina curiosidad, y no sólo porque le pareciera buena idea reunir toda la información que pudiera acerca de aquel hombre que la mantenía cautiva.

Ella lo miró, contempló su rostro con cicatrices pero de facciones duras y atractivas, el poderoso cuerpo vestido con aquella ropa nueva y cara y quiso saber más. Quería saber su nombre y el resto de sus secretos, que sin duda eran muchos. Él era un misterio que ella quería resolver, y debía reconocer que su interés tenía poco que ver con la cueva, su historia o su propio sentido de protección.

—He revisado los archivos de tu ordenador y tu correo —le dijo él, ignorando su pregunta, tal como ella esperaba—. Sé que has enviado las fotos de la cueva a varias personas, incluido tu jefe. —Él enumeró tranquilamente los nombres completos de su jefe, Janet, Marie, Nancy y su madre—. Estoy seguro de que podemos localizarlos a todos sin demasiado esfuerzo, pero será mucho más rápido si tú me das sus actuales direcciones y el lugar donde trabajan.

—Olvídalo. —A Dylan se le pusieron los pelos de punta ante la idea de que su intimidad fuera invadida de aquella manera. Inoportunamente intrigada por él o no, no estaba dispuesta a facilitar que aquel hombre o sus turbios colegas fueran tras alguno de sus allegados—. Si tienes algún problema conmigo, bien. Pero no pienses que voy a meter en esto a alguien más.

La expresión de él era seria e inquebrantable.

—Ya lo has hecho.

A Dylan se le encogió el corazón ante aquella afirmación que parecía tan tranquila pero a la vez cargada de amenaza. Ella no respondió y él se levantó de la delicada butaca. Dios, era enorme, y cada centímetro de su cuerpo estaba cubierto de esbeltos y poderosos músculos.

—Ya que estás despierta me ocuparé de que comas algo —le dijo.

—¿Para tener la oportunidad de drogarme con la comida? No, gracias, prefiero pasar hambre.

Él dejó escapar una risita.

—Te traeré algo de comer. Que decidas comértelo o no ya es cosa tuya.

Dylan odiaba que su estómago pareciera entusiasmarse ante la simple idea de la comida. No quería aceptar nada de aquel hombre ni de sus socios, aunque eso significase morirse de hambre. Pero por otro lado estaba realmente muy hambrienta, y sabía que aunque él trajera una gachas llenas de grumos y congeladas se las tragaría gustosamente.

—No se te ocurra pensar en salir de la habitación —añadió—. La puerta estará cerrada por fuera y si intentas cualquier cosa lo sabré al instante. Supongo que ya sabes que no te dejaría llegar muy lejos.

Ella lo sabía, en un lugar de su interior que era puro instinto animal. Aquel hombre, quienquiera que fuera, la tenía completamente a su merced. A Dylan no le gustaba, pero era lo bastante inteligente como para saber que se trataba de un hombre peligroso. Y tanto la periodista como la mujer que era no podían negar cierta fascinación, una necesidad de saber más... no sólo acerca de lo que estaba pasando, sino también acerca del hombre mismo.

Saber más sobre Rio.

—¿Y qué... que le pasó... a tu rostro?

Él la miró frunciendo el ceño, uno diría que de todas sus preguntas aquella era la que más lo había enfadado. A ella no le pasó inadvertida la forma en que ladeó ligeramente la cabeza, como para ocultar las peores heridas. Pero Dylan ya había visto las quemaduras y la piel destrozada. Por el aspecto que tenían parecían heridas de combate. Heridas de combate verdaderamente graves.

—Lo siento —dijo ella, aunque no sabía si lamentaba haber hecho la pregunta o si lo que lamentaba era la reacción de él.

Él apartó con la mano izquierda un cabello de la sien, como si no le importara que mirase ahora. Pero era demasiado tarde como para ocultar su reflejo inicial semiinconsciente, y por más que la mirase con severidad, Dylan sabía que estaba preocupado por su aspecto.

Él se movió y ella alcanzó a ver los complejos diseños de los tatuajes de su antebrazo. Los tatuajes asomaban por ambos brazos bajo las mangas de su camisa, eran símbolos que parecían tribales dibujados con una variedad única de colores que combinaba un tono escarlata claro con un tono dorado. A primera vista ella pensó que podrían tratarse de marcas para señalar la pertenencia a un grupo, como los que usan las bandas americanas para mostrar su filiación.

«No, no son como ésas —decidió después de mirarlas mejor—. No tienen nada que ver con ésas.»

Las marcas de los brazos de Rio se parecían mucho más a los extraños símbolos de la cripta y de las paredes de la cueva. Él le hizo un gesto con la mano como para advertirle que no se atreviera a hacer ninguna pregunta acerca de eso.

—Dime qué significan —dijo ella, enfrentando su severa mirada—. Los tatuajes. ¿Por qué hay en tu cuerpo el mismo tipo de símbolos que en la cueva de la montaña?

Él no respondió. Se quedó inmóvil y en silencio, y parecía todavía más peligroso vestido con aquel traje civilizado que con los harapos que llevaba antes. Ella sabía que era enorme, alto, ancho y cubierto de esbeltos y duros músculos, pero le pareció todavía más imponente cuando ella se acercó decidida a obtener su respuesta.

—¿Qué significan las marcas, Rio? —Lo agarró del brazo—. Dímelo.

Él miró fijamente los dedos que lo envolvían.

—No es asunto suyo.

—¡Maldita sea, si no lo es! —respondió ella levantando la voz—. ¿Por qué hay en tu cuerpo el mismo tipo de marcas que en esa cueva y en esa cripta?

—Te equivocas. No sabes lo que has visto. Ni antes ni ahora.

Más que un argumento era una negativa a llevar más lejos la conversación. Y eso fue lo que realmente molestó a Dylan.

—¿Así que me equivoco? —Se recogió el cabello, largo y suelto, y lo apartó a un lado del cuello—. Mira esto y dime si no sé lo que vi.

Inclinó la cabeza, dejando la nuca al descubierto para mostrarle a él la zona de la piel donde tenía su peculiar marca de nacimiento.

El silencio que se hizo pareció interminable.

Luego, finalmente, él soltó una maldición.

—¿Qué significa? —preguntó ella, levantando la cabeza y dejando que el pelo volviera a su sitio.

Rio no le respondió. Se apartó como si no quisiera estar cerca de ella ni un solo segundo más.

—Dímelo, Rio. Por favor... ¿qué significa todo esto?

Él permaneció callado durante un largo momento, con las oscuras cejas alzadas mientras la contemplaba fijamente.

—Lo sabrás muy pronto —dijo en voz baja mientras se dirigía hacia la puerta y salía de la habitación.

Cerró la puerta con llave dejándola sola y confundida, y completamente segura de que su vida acababa de dar un giro irrevocable.

Capítulo nueve

𝒰na compañera de sangre.

Madre de Dios, eso sí que no se lo esperaba. La pequeña marca carmesí de nacimiento en el esbelto cuello de Dylan Alexander lo cambiaba todo.

La lágrima y la luna creciente dibujada en su piel no era algo que se diera muy a menudo en la naturaleza, y su significado era indiscutible.

Dylan Alexander era una compañera de sangre.

Era una mujer humana, pero con unas cualidades específicas extremadamente inusuales en la sangre y en el ADN que hacía sus células compatibles con las de la estirpe. Las mujeres de ese tipo eran muy pocas, y cuando alguien de la estirpe conocía a una de ellas ésta debía ser querida y protegida como si fuera de la misma sangre.

Debía ser así. Sin compañeras de sangre capaces de llevar la semilla de las futuras generaciones de vampiros, aquellos como Rio dejarían de existir. Era una maldición de la estirpe que todos los hijos de su raza híbrida nacieran varones. Se trataba de una anomalía genética ocurrida cuando las células de los vampiros provenientes de otro mundo se mezclaron con aquellas mujeres humanas especiales que engendraron a sus criaturas.

Las mujeres como Dylan Alexander debían ser reverenciadas, y no perseguidas como presas comunes y raptadas poniendo en peligro sus vidas. Debían ser tratadas con enorme respeto, y no encerradas como prisioneras y retenidas contra su voluntad, por muy elegante que fuera la jaula.

—Dios bendito —murmuró Rio en voz alta, mientras bajaba furioso las brillantes escaleras caoba del Refugio Oscuro hacia el vestíbulo—. Qué desastre.

Sí, era un verdadero desastre. Él era un desastre, que empeoraba por momentos. Su piel estaba tirante por el hambre, y no le hacía falta mirar los *dermoglifos* de sus antebrazos para saber que ya no tenían su habitual tono rojizo pálido, sino que serían de un rojo intenso y dorado que reflejaba su acuciante necesidad de alimentarse. Un persistente latido le golpeaba las sienes, presagio del desmayo que le sobrevendría si no se acostaba pronto o no se alimentaba para evitarlo.

Pero ni dormir ni salir de caza era posible ahora. Necesitaba contactar con la Orden y ponerlos al corriente de la complicación que se añadía a una situación que ya era jodidamente complicada desde el principio por culpa de él.

Bajó las escaleras de dos en dos y deseaba con todas sus fuerzas continuar y salir por la puerta del Refugio Oscuro para asomarse a la letal luz del día. Pero él había ocasionado todo aquel desastre y no estaba dispuesto a permitir que fuera otro quien tuviera que solucionarlo.

Cuando sus pies golpearon el mármol del vestíbulo, Andreas Reichen estaba justo abriendo las dobles puertas de una de las muchas habitaciones del primer piso. No iba solo, sino con un hombre de los Refugios Oscuros, de aspecto ansioso y con una mata de cabello rubio rojizo. Los dos vampiros salían del estudio con paneles de madera oscura conversando en voz muy baja. Reichen alzó la vista y se encontró con la mirada de Rio. Murmuró algo tranquilizador a su compañero civil mientras le daba unos suaves golpecitos en el hombro. El joven asintió, y luego se alejó educadamente dirigiendo apenas una mirada furtiva al guerrero de las cicatrices.

—Mi sobrino me trae algunas noticias desagradables de una de las regiones de los otros Refugios Oscuros —explicó Reichen en cuanto se hallaron a solas en el vestíbulo—. Parece ser que hubo un accidente hace un par de noches. Un individuo destacado fue hallado muerto, decapitado. Para desgracia de él y de su familia, el asesinato tuvo lugar en un club de sangre.

Rio gruñó, totalmente impasible. Los clubes de sangre habían sido ilegalizados y prohibidos como los bárbaros deportes clandestinos que eran décadas atrás, y la mayor parte de la población de los vampiros estaba de acuerdo con esa prohibición. Pero había algunos entre la raza que todavía acudían en secreto a reuniones donde sólo se accedía con invitación y tenían prisioneros a seres humanos que eran violados y asesinados como en una especie de juego salvaje. Un juego donde se hallaban totalmente indefensos, pues hasta el más fuerte de los homo sapiens, hombre o mujer, no tenía nada que hacer ante un grupo de vampiros sedientos de sangre.

Aquel asesinato en el club de sangre se trataba sin duda de una reyerta entre dos vampiros de la estirpe.

—¿Encontraron al vampiro que lo hizo?

—No, todavía están investigando el asesinato. —Reichen se aclaró la garganta y continuó—. Como el asesinado era de los mayores, un vampiro de la primera generación, de hecho, y un miembro de las fuerzas del orden, existe la razonable preocupación de que todo el asunto acabe explotando en un escándalo. Es una situación muy delicada.

Rio soltó un bufido con ironía.

—Sin duda.

Bueno, al menos no era el único de la estirpe que había perdido el juicio. Incluso los sanos y cultos miembros de la nación de vampiros tenían sus días malos. No es que eso sirviera para que Rio lamentara menos sus propios errores.

—Necesito contactar con Boston —dijo a Reichen, pasándose la mano por la frente para limpiarse el brillo de sudor frío que empezaba a acumular. Le sobrevino una ola de náusea pero logró contenerla por pura fuerza de voluntad. Maldición. Debía resistir al menos hasta el anochecer, cuando podría salir a alimentarse.

Si es que un desmayo no lo dejaba fuera de juego antes de tener esa oportunidad.

—¿Te ocurre algo? —preguntó Reichen arrugando la frente con preocupación.

—Estoy bien —murmuró Rio.

El otro vampiro no pareció ni remotamente convencido, aunque era demasiado educado para reconocerlo. Su oscura mirada se fijó en los brazos de Rio. Por debajo de las mangas dobladas de su camisa sus glifos estaban de un color más intenso. Él podía repetir hasta la saciedad que se encontraba bien, pero esas marcas de su piel lo delataban. Esas malditas marcas eran auténticos barómetros emocionales que emitían señales visuales del estado de un vampiro de la estirpe: el hambre o la saciedad, la rabia o la alegría, la lujuria, la satisfacción y todo lo que hay en el medio.

En aquel momento, los dermoglifos de Rio estaban saturados con tonos de un rojo intenso, púrpura y negro, clara evidencia de que estaba débil y hambriento.

—Necesito un teléfono con una línea segura —le dijo a Reichen—. Y ahora mismo, si es posible.

—Por supuesto. Ven, puedes usar mi oficina.

Reichen hizo un gesto indicando a Rio que lo siguiera hasta la misma habitación donde había estado reunido con su sobrino. El estudio era grande y ricamente amueblado, lleno de esa elegancia del viejo mundo, igual que el resto de la finca. Reichen se dirigió a un escritorio enorme con patas terminadas en garras y abrió un pequeño panel oculto construido en la pulida superficie caoba.

Apretó un botón de un teclado numérico electrónico y dos de las estanterías de la habitación comenzaron a separarse, dejando al descubierto una gran pantalla.

—Puedes hacer una videoconferencia, si quieres —dijo, mientras Rio se adentraba en la habitación—. Marca el ocho para acceder a nuestro operador y tener una línea segura. Y tómate el tiempo que quieras. Tendrás absoluta privacidad.

Rio asintió y dio las gracias.

—¿Necesitas algo más? —preguntó su generoso anfitrión—. ¿O hay algo que pueda hacer por nuestra invitada de arriba?

—Sí —dijo Rio—. De hecho le dije que le llevaría algo de comer.

Reichen sonrió.

—Entonces le prepararé algo especial.

—Gracias —dijo Rio—. Reichen, hay algo que probablemente deberías saber. Esa mujer que está arriba... es una compañera de sangre. No me di cuenta hasta hace unos minutos, pero lleva la marca. La tiene en la nuca.

—Ah. —El vampiro alemán reflexionó durante un momento—. ¿Y sabe lo que significa para ella? ¿Lo que significa para nosotros?

—No, todavía no. —Rio cogió el teléfono inalámbrico del

escritorio de Reichen y marcó el número ocho del teclado. Luego comenzó a marcar el número de la línea privada del recinto de la Orden—. No sabe nada de nada. Pero tengo la sensación de que voy a tener que explicárselo todo muy pronto.

—Entonces tal vez será mejor que le prepare también un cóctel. Un trago fuerte. —Reichen salió por las dobles puertas del estudio—. Te avisaré cuando su comida esté preparada. Si necesitas algo más sólo tienes que pedirlo.

—Gracias.

Cuando las pesadas puertas de madera se cerraron, Rio dirigió toda su atención al sonido del teléfono al otro lado de la línea. Le respondió el contestador computarizado del recinto y él marcó el código del laboratorio tecnológico.

Gideon atendió al instante.

—Cuéntame, amigo.

—Estoy en el refugio de Reichen —dijo Rio, aunque esa información era innecesaria puesto que el sistema del recinto ya había confirmado de dónde procedía el número. Pero a Rio le dolía demasiado la cabeza como para poder pensar. Necesitaba transmitir toda información pertinente mientras todavía tuviera sentido—. No hubo incidentes en el viaje y estoy con la mujer en el Refugio Oscuro de Reichen.

—¿La tienes encerrada en alguna parte?

—Sí —replicó Rio—. Está calmándose en una habitación de invitados arriba.

—Bien. Buen trabajo, amigo.

El halago inmerecido le hizo apretar los dientes. Y la combinación del hambre que le revolvía el estómago y de las vueltas que le daba la cabeza lo hizo sorber el aire de forma brusca. Luego lo dejó escapar soltando una maldición en voz baja.

—¿Te encuentras bien, Rio?

—Sí.

—Sí y un cuerno —dijo Gideon. El vampiro no sólo era un genio en lo referente a tecnología, sino que también tenía la rara habilidad de poder oler un cargamento de mierda de caballo cuando alguien la removía ante él. Aunque ese alguien estuviera en otro continente—. ¿Qué pasa contigo? No suenas nada bien, amigo.

Rio se frotó las sienes, que latían con fuerza.

—No te preocupes por mí. Se trata de que las cosas se han complicado. Resulta que la mujer periodista es una compañera de sangre, Gideon.

—Ah, joder. ¿Hablas en serio?

—Vi su marca con mis propios ojos —respondió Rio.

Gideon murmuró algo urgente y a la vez indiscernible a alguien que por lo visto se hallaba en el laboratorio con él. El profundo gruñido que obtuvo por respuesta sin duda provenía de un vampiro de la primera generación que no podía ser otro que Lucan, el fundador y líder de la Orden.

Estupendo, pensó Rio. No es que planeara ocultar la noticia al guerrero de mayor rango del grupo, así que más le valía darle toda la información ahora mismo.

—Lucan está conmigo —le informó Gideon, por si el hecho le hubiera pasado por alto—. ¿Tú estás solo, Rio?

—Sí, estoy solo con mi propia sombra en el estudio de Reichen.

—Bien. Espera. Voy a ponerte en videoconferencia.

Rio torció los labios.

—Imaginaba que lo harías.

Alzó la vista hacia el gran panel que tenía enfrente. Como una ventana que se abriera hacia la habitación de al lado, la pantalla se llenó con una imagen a tamaño real de Gideon y Lucan sentados en el laboratorio tecnológico del recinto. Los ojos de Gideon tenían un tono intenso al mirar por encima de sus gafas de color azul pálido y su cabello rubio, muy corto y de punta estaba tan despeinado como siempre, dándole un aire de científico loco.

Debajo de las tupidas cejas negras de Lucan, su mirada era seria, y sus luminosos ojos grises se afilaron cuando se apoyó en uno de los grandes sillones de cuero de la mesa de conferencias de la Orden.

—La mujer está a salvo aquí en el Refugio Oscuro y no ha sufrido ningún tipo de daño —comenzó a decir Rio sin más preámbulo—. Se llama Dylan Alexander, y por lo que he averiguado en los archivos de su ordenador, vive y trabaja en la ciudad de Nueva York. Yo diría que ronda los treinta años, pero puede ser que tuviera alguno más.

—Rio. —Lucan se inclinó hacia delante, escudriñando

atentamente la imagen de Rio que le llegaba a través de la pantalla—. Hablaremos de ella enseguida. ¿Pero qué pasa contigo, amigo? Has estado sin contactar con nosotros desde febrero, y no te ofendas, pero tienes una pinta espantosa.

Rio sacudió la cabeza y se apartó de la frente un mechón de pelo empapado de sudor.

—Estoy bien. Sólo quiero hacerme cargo de este problema y arreglarlo, ¿de acuerdo?

No sabía muy bien si estaba hablando de Dylan Alexander y sus fotos o de los otros problemas que había estado arrastrando desde aquella explosión en el almacén que podría haberlo matado. Que debería haberlo matado, maldita sea.

—Por mi parte está todo bien, Lucan.

La expresión del vampiro al otro lado era seria y calculadora.

—No me gustaría que me mintieras, amigo. Necesito saber si la Orden puede contar contigo. ¿Estás todavía con nosotros?

—La Orden es todo lo que tengo, Lucan. Lo sabes muy bien.

Eso era cierto, y pareció satisfacer al astuto vampiro de la primera generación. Por el momento.

—Bien, así que la periodista que tienes allí es una compañera de sangre. —Lucan suspiró y se frotó la mandíbula cuadrada con la palma de la mano—. Vas a tener que traerla, Rio. A Boston. Tendrás que explicarle primero algunas cosas, acerca de la estirpe y del lazo que la une con nosotros, y luego es necesario que la traigas aquí. Gideon se encargará del transporte.

El otro guerrero ya estaba ante su ordenador, tecleando furiosamente.

—Nuestro avión privado puede recogeros en el aeropuerto de Tegel mañana por la noche.

Rio aceptó los planes con un firme asentimiento de cabeza, pero había todavía algunos cabos sueltos que considerar.

—Ella iba a volar hoy de Praga a Nueva York. Tiene familiares y amigos que la estarán esperando en casa.

—Tienes acceso a su correo electrónico —señaló Gideon—. Envía un mensaje de grupo usando su cuenta y explica que se retrasará algunos días y contactará con ellos lo antes posible.

—¿Y qué pasa con las fotos que sacó en la cueva? —preguntó Rio.

Lucan respondió esta vez.

—Gideon me ha dicho que tú tienes la cámara y el ordenador. Es necesario que ella entienda que cada persona que tiene esas fotos representa un riesgo para nosotros, un riesgo que no podemos permitirnos. Así que tendrá que ayudarnos a destruir su historia y cada copia de las fotografías que haya enviado.

—¿Y si no quiere cooperar? —Rio imaginaba que la conversación con ella no iba a ser fácil—. ¿Qué hacemos entonces?

—Seguiremos el rastro de las personas con las que ha estado en contacto y conseguiremos esas imágenes utilizando los medios que sean necesarios.

—¿Les borraremos los recuerdos? —preguntó Rio.

La expresión de Lucan era muy seria.

—Haremos lo que haga falta.

—¿Y la mujer? Como compañera de sangre no podemos borrar sus recuerdos como si nada. Debemos darle alguna oportunidad, ¿verdad?

—Sí —dijo Lucan—. Tendrá una oportunidad. Una vez conozca la existencia de la estirpe y sepa que la marca que lleva la liga a nosotros podrá decidir si quiere formar parte de nuestro mundo o regresar junto a los suyos renunciando a todo conocimiento de nuestra especie. Así es como se ha hecho siempre. Es la única manera.

Rio asintió.

—Yo me ocuparé, Lucan.

—Sé que lo harás —dijo él, sin ninguna señal de desafío o de duda en su voz, sino pura confianza—. Y otra cosa, Rio.

—¿Sí?

—No creas que no he notado lo amoratados que están esos glifos. —Los afilados ojos plateados se clavaron en él en la distancia—. Asegúrate de alimentarte. Esta misma noche.

Capítulo diez

*S*entada cerca de la cabecera de la cama con dosel, Dylan miró atentamente la pantalla digital iluminada de su teléfono móvil.

Buscando línea... Buscando línea...

—Vamos —murmuró en voz baja mientras el mensaje se repetía en exasperante cámara lenta—. Vamos... ¡Funciona, maldita sea!

Buscando línea...

Ninguna señal disponible.

—Mierda.

Había mentido a su raptor sobre el móvil. Fino como una navaja, había estado todo el tiempo escondido en uno de los bolsillos laterales de sus pantalones, aunque poco le servía en ese momento.

La línea internacional que tanto le había costado nunca funcionó bien. Dylan había intentado llamar pidiendo ayuda varias veces durante la última hora, pero siempre con el mismo frustrante resultado. Lo único que conseguía con su insistencia era ir desgastando el valioso tiempo de la batería. Había perdido el cargador del móvil y el convertidor de potencia durante los primeros días de su viaje. Ahora en la pantalla sólo le quedaban dos de las barritas que indicaban el nivel de carga de la batería y la espantosa experiencia no tenía pinta de acercarse al final.

Como prueba de esto, Dylan oyó un movimiento en la cerradura de la puerta y vio cómo alguien giraba desde fuera el pomo de cristal.

Rápidamente empujó el móvil bajo la almohada de la cama. Sacó la mano justo a tiempo para ver abrirse de par en par la elegante puerta de su prisión.

Rio entró en la habitación con una bandeja de madera llena de comida. Los olores de pan recién hecho, ajo y carne asada se anticiparon a él. A Dylan se le hizo la boca agua cuando vio un grueso sándwich tostado con grandes cantidades de pollo, pimientos rojos, cebolla, queso y hojas de lechuga fresca.

Dios mío, tenía una pinta maravillosa.

—Aquí está tu comida, como te prometí.

Se encogió de hombros, como si no le importara lo más mínimo.

—Ya te lo dije, no voy a comer nada de lo que me des.

—Como tú quieras.

Él dejó la bandeja a su lado sobre la cama. Dylan hizo todo lo posible para no mirar ni el delicioso sándwich ni la copa de fresas y melocotones que lo acompañaban. Había también una botella de agua mineral sobre la bandeja y una pequeña copa de cristal con una breve cantidad de líquido ambarino de un olor dulce y ahumado, que debía de ser un carísimo whisky escocés. El tipo de whisky que su padre solía tomar cada noche para emborracharse, a pesar de los problemas económicos que tenía.

—¿El alcohol es para acompañar los sedantes que metiste en la comida, o éstos están en el mismo vaso?

—No tengo la más mínima intención de drogarte, Dylan. —Su voz sonaba tan sincera que ella casi le creyó—. El alcohol está aquí para que te relajes, si te hace falta. No te voy a obligar a nada.

—Ah —dijo ella, al fijarse en el cambio sutil de su comportamiento. Seguía siendo enorme y de aspecto peligroso, pero ahora, mientras la miraba con esa intensidad, había en él una resignación sobria y casi dolorosa. Como si hubiese algún trabajo desagradable que tuviera que liquidar—. Si no estás aquí para obligarme a nada, entonces ¿por qué actúas como si me estuvieras entregando la última comida de mi vida?

—Vine a hablar contigo, eso es todo. Hay cosas que necesito explicarte. Cosas que debes saber.

Bueno, ya era hora de tener algunas respuestas.

—De acuerdo. Puedes empezar por decirme cuándo me vas a soltar.

—Pronto —le contestó—. Mañana por la noche partimos hacia Estados Unidos.

—¿Me vas a llevar de vuelta a Estados Unidos? —Sabía que estaba delatando demasiado sus esperanzas, sobre todo porque él también formaba parte de ese viaje—. ¿Me vas a liberar mañana? ¿Me vas a dejar volver a mi casa?

Rio rodeó lentamente el pie de la cama hasta llegar a la pared donde estaba la ventana con persianas. Recostó un hombro sobre la pared y cruzó sobre el pecho sus musculosos brazos cubiertos de tatuajes. Durante un largo instante no dijo nada. Simplemente se quedó allí en silencio hasta que a Dylan le entraron ganas de gritar.

—¿Sabes una cosa? Yo tenía que reunirme con alguien en Praga esta mañana... alguien que conoce a mi jefe y que probablemente ya ha llamado para preguntar por mí. Tengo una reserva en un vuelo que regresa a Nueva York esta tarde. Hay gente que me está esperando en casa. No puedes arrancarme así de la calle y pensar que nadie se va a dar cuenta de mi ausencia...

—Ahora no te está esperando nadie.

El corazón de Dylan empezó a latir furiosamente en su pecho, como si su cuerpo se hubiera dado cuenta de algo terrible antes de que su cerebro se enterara del asunto.

—¿Qué... qué es lo que me acabas de decir?

—Tu familia, tus amigos y tu trabajo han sido informados de que te encuentras perfectamente bien, pero no estarás localizable durante los próximos días. —Al ver la mirada de confusión de Dylan, añadió:

—Hace pocos minutos recibieron un correo electrónico tuyo que les decía que estabas aprovechando el viaje para escaparte unos días y viajar por Europa por tu cuenta.

Una oleada de ira recorrió el pecho de Dylan, aún más fuerte que la sensación de alerta que había tenido momentos antes.

—¿Has contactado con mi jefe? ¿Con mi madre?

Poco le importaba su trabajo en ese instante, pero simplemente pensar que ese hombre podía acercarse a su madre la indignaba. Se levantó de la cama de un salto, temblando de rabia.

—¡Eres un cabrón! ¡Un hijo de puta manipulador!

Rio se apartó de ella, evitando que cargara contra él.

—Era necesario, Dylan. Como tú misma has dicho, la gente habría hecho preguntas. Se habrían preocupado por ti.

—Ni se te ocurra acercarte a mi familia... ¿me escuchas? Me da lo mismo lo que me hagas a mí, ¡pero no metas a mi familia en este asunto!

Rio se mantuvo silencioso, calmado. Intolerablemente calmado.

—Tu familia está a salvo, Dylan. Y tú también. Mañana por la noche, te llevaré de regreso a Estados Unidos, a un lugar secreto que pertenece a los de mi estirpe. Creo que una vez allí, será más fácil para ti entender gran parte de lo que te voy a contar ahora.

Dylan lo miró, intentando descifrar esas extrañas palabras que acababa de oír: «los de mi estirpe».

—¿Qué diablos está pasando aquí? Lo digo en serio... necesito saber. —Mierda. Tartamudeaba como si estuviera a punto de perder la voz delante de él... de aquel extraño que había robado su libertad y violado su privacidad. De ninguna manera iba a mostrarse débil ante él, dijera lo que dijera—. Cuéntamelo. Por favor. Cuéntame la verdad.

—¿La verdad sobre ti? —preguntó él, con su voz grave y acentuada paladeando las sílabas—. ¿O del mundo del que has nacido para formar parte?

Dylan era incapaz de formular una palabra. Instintivamente alzó una mano para tocarse la nuca. Ardía.

Rio asintió con la cabeza, mirándola con gesto grave.

—Es una marca de nacimiento poco común. Nacen con ella acaso una de cada quinientas mil hembras humanas, tal vez aún menos. Las mujeres que llevan esa marca, mujeres como tú, Dylan, son muy especiales. Significa que eres una compañera de sangre. Las mujeres como tú poseen ciertos... dones. Habilidades que os separan de los demás.

—¿Qué tipo de dones y habilidades? —preguntó, no muy segura de querer seguir con esa conversación.

—Habilidades extrasensoriales, sobre todo. Cada una es diferente, con niveles distintos de capacidad. Algunas son capaces de ver el futuro o el pasado. Algunas pueden sostener en las manos un objeto y leer su historia. Otras pueden convocar tormentas o dirigir la voluntad de los seres vivos que las rodean. Otras son capaces de sanar simplemente con el tacto. Otras pueden matar con la mente.

—Es ridículo —dijo ella con sorna—. Nadie tiene esas capacidades fuera de los tabloides y la ciencia ficción.

Rio emitió una especie de gruñido y la miró con un esbozo de sonrisa en los labios. La estaba observando con demasiada atención, intentando llegar a su alma con esa penetrante mirada color topacio.

—Estoy seguro de que tú también posees un don especial. ¿Cuál es el tuyo, Dylan Alexander?

—No me lo estás preguntando en serio. —Movió la cabeza de un lado a otro con incredulidad.

Pero todo el tiempo no dejaba de pensar en la única cosa que siempre había hecho de ella un ser diferente. Su relación poco fiable e inexplicable con los muertos. No era, sin embargo, lo que él describía. Era algo totalmente distinto.

¿O no?

—No hace falta que me lo digas —le dijo—. Pero es bueno que sepas que hay una razón por la cual no eres como las demás mujeres. Quizá sientas que no perteneces del todo a este mundo. Muchas mujeres como tú son más sensibles que el resto de la población humana. Veis y sentís las cosas de manera diferente. Hay una razón para todo esto, Dylan.

¿Cómo podía saberlo él? ¿Cómo podía entender tantas cosas de ella? Dylan no quería creer nada de lo que él decía. No quería creer que formaba parte de nada de lo que él describía, pero al mismo tiempo él parecía entenderla más íntimamente de lo que nadie más la había entendido en su vida.

—Las compañeras de sangre tienen dones únicos —dijo Rio mientras ella se limitaba a mirarlo en silencio—. Pero el don más extraordinario que cada una de ellas posee es la capacidad de crear vida con los de mi estirpe.

Dios. Ahí estaba otra vez... la referencia deliberada a su estirpe. ¿Y hablaba ahora de sexo y de procrear?

Dylan no hizo más que mirarlo, recordando de pronto y de manera muy vívida la facilidad con la que había sido capaz de sujetarla bajo su cuerpo poderoso y plenamente excitado en ese hotel de Praga. No le costaba demasiado recordar el calor de esos músculos apretados contra ella, aunque no entendía muy bien por qué el hecho de pensar en ello hacía que latiera más rápido su corazón y se acelerara su respiración.

¿La estaba preparando para una repetición de aquello? ¿O realmente creía que ella era lo suficientemente crédula para tragarse todo ese asunto de que era un ser diferente o de que pertenecía a algún mundo misterioso del que no había sabido nada hasta entonces?

¿Y por qué iba a creérselo? ¿Por esa minúscula marca de nacimiento que tenía en la nuca?

La marca que seguía sintiendo como acalorada y eléctrica bajo la palma de su mano. Apartó la mano y se encogió.

Rio siguió los movimientos de Dylan con su mirada atenta, demasiado penetrante.

—Creo que te has fijado en que yo tampoco soy exactamente igual a los demás hombres. También, hay una razón para ello.

Un pesado silencio llenó la habitación mientras él parecía tardar en encontrar la medida de sus palabras.

—Es porque yo no soy simplemente un hombre. Soy algo más que eso.

Dylan tenía que reconocer que era más hombre que cualquier otro que había conocido en su vida. Su tamaño y su poder parecían colocarlo en una clase distinta. Pero era todo pura masculinidad, eso lo sabía por la forma en que la miraba, los ojos ardiendo mientras recorría su rostro y su cuerpo.

La siguió mirando, sin pestañear, con apasionada intensidad.

—Pertenezco a la estirpe, Dylan. Como tú lo dirías, a falta de una palabra mejor, soy un vampiro.

Durante un instante de asombro, Dylan pensó que lo había oído mal. Después, toda la inquietud y la tensión que sentía desde que Rio entrara en la habitación desapareció en una envolvente ráfaga de alivio.

—¡Dios mío! —Era incapaz de contener la risa. Se le escapó torrencialmente, incontroladamente, un diluvio de incredulidad y diversión que abolía su ansiedad en un instante—. Un vampiro. ¿En serio? Porque créeme, es muchísimo más sensato que todo lo que suponía. No un militar, no un espía del gobierno, tampoco un terrorista... sino ¡un vampiro!

Él no se reía.

No, seguía allí de pie, sin moverse. Mirándola. Esperando a

que levantara la mirada y se encontrara con sus ojos, que no sonreían.

—Venga, por favor —le recriminó ella—. Es imposible que pienses que voy a creerme eso.

—Entiendo que debe de ser difícil comprenderlo. Pero es la verdad. Es lo que me pediste, Dylan. Lo que me has estado pidiendo desde el momento en que tú y yo nos conocimos... la verdad. Ahora la tienes.

Dios mío, parecía totalmente convencido de lo que decía.

—¿Qué pasa, entonces, con la otra gente que vive aquí? Y no me digas que no hay nadie más en esta urbanización, porque los he oído caminando por los pasillos y he oído el murmullo de sus conversaciones. Así que, ¿qué pasa con ellos? ¿Son vampiros también?

—Algunos sí —respondió él en voz baja—. Los machos son de la estirpe. Las hembras que viven en este refugio oscuro son humanas. Compañeras de sangre... como tú.

Dylan sintió una especie de rechazo visceral.

—Deja de decir eso. Deja de intentar fingir que soy una pasajera contigo en este absurdo viaje. No sabes nada de mí.

—Sé lo suficiente —inclinó la cabeza hacia ella, con un movimiento casi animal. De manera inconsciente—. La marca que tienes es lo único que necesito saber de ti, Dylan. Tú formas parte de esto ahora, una parte inextricable. Nos guste o no nos guste ese hecho.

—Pues no me gusta —gritó ella, de nuevo angustiada—. Quiero que me dejes salir de esta habitación. Quiero volver a mi casa, a mi familia y a mi trabajo. Quiero olvidarme completamente de esta maldita cueva y de ti.

Rio negó lentamente con su oscura cabeza.

—Es demasiado tarde para eso. No hay vuelta atrás, Dylan. Lo siento.

—¡Lo sientes! —le espetó—. Yo te voy a decir lo que tú eres. ¡Estás loco! ¡Estás mal de la maldita cabeza...!

Con una suave inflexión de sus músculos, Rio se desprendió de la pared y en un solo instante estaba de pie frente a ella. Ni un centímetro los separaba. Levantó una mano como si estuviera a punto de tocarle la mejilla, sus dedos inmóviles en el aire tan cerca pero vacilantes.

El corazón de Dylan golpeaba en su pecho, pero ella no se alejó. Era incapaz de alejarse mientras él la sujetaba allí con esa ardiente, casi hipnótica, mirada de topacio.

¿Respiraba? Que Dios la ayudara, no lo sabía. Esperaba el tacto de sus dedos sobre su piel y le asombraba darse cuenta hasta qué punto lo estaba deseando. Pero Rio emitió un lento sonido inarticulado y dejó caer la mano a un lado.

Inclinó la cabeza, acercándola al oído de Dylan. La voz grave ardía en su garganta.

—Come lo que te he traído. Sería una lástima desperdiciar buena comida cuando sabes que necesitas alimentarte.

«En fin, había sido todo un éxito. Como tragarse un vaso lleno de hojas de afeitar.»

Rio cerró la puerta y entró rápidamente, con los puños cerrados, en la vecina habitación para invitados. En otro tiempo habría desempeñado una tarea así con encanto y tacto de diplomático. Le costaba imaginarse en ese papel ahora. Había sido torpe e ineficaz, y no podía echar toda la culpa a la herida en su cabeza, que seguía doliéndole, ni al hambre que le estaba corroyendo como una manada de lobos sobre la carroña.

No sabía cómo tratar a Dylan Alexander.

No sabía comprenderla, ni comprender la reacción inconsciente que ella producía en él.

Desde Eva, ninguna mujer había sido capaz de despertar su interés más allá de la mera necesidad física. Una vez que recuperara la fuerza suficiente para abandonar el Recinto —después de muchas semanas—, Rio había satisfecho el deseo carnal de la misma manera en que satisfacía su necesidad de sangre. Con una eficacia fría e impersonal. Parecía tan extraño para él, un macho que había disfrutado abiertamente los muchos placeres de la vida como un parte vital del mismo acto de vivir.

Pero no fue siempre así. Le había costado muchos años superar los oscuros orígenes de su nacimiento y llegar a hacer algo con sentido, hacer algo bueno con su vida. Tenía la impresión de haberlo hecho. Diablos, llegó a pensar que lo tenía todo. Pero todo desapareció en un instante... un instante terrible, inolvidable, hacía justo un verano, cuando Eva traicionó la Orden a favor del enemigo.

Durante mucho tiempo, Rio pensó que la traición de su compañera de sangre lo había incapacitado para amar a cualquier otra persona, y una parte de él se sentía contenta de estar libre de líos emocionales y todas las complicaciones que surgían de ellos.

Pero luego llegó Dylan.

Y allí estaba, en aquella habitación de al lado, convencida de que él era un loco. No estaba del todo equivocada, lo reconocía. ¿Y qué iba a pensar ella al darse cuenta de que lo que él acababa de decirle era la verdad?

No importaba.

En poco tiempo iba a saberlo todo. Tendría que decidirse y tendría que elegir un camino: una vida amparada en los Refugios Oscuros o la vuelta a su vida de antes, otra vez entre los seres humanos.

Rio no tenía ninguna intención de quedarse para saber qué camino elegiría. Él tenía su propio camino por delante y aquel asunto no era más que un irritante desvío.

Alguien golpeó la puerta de la habitación para invitados y lo sacó de sus oscuras reflexiones.

—Sí —contestó, aún furioso consigo mismo, mientras se abría la puerta y entraba Reichen.

—¿Funcionó bien? —le preguntó el macho de los Refugios Oscuros.

—Genial —respondió Rio con voz afilada—. ¿Qué ocurre?

—Voy a la ciudad esta noche y pensé que quizá querrías acompañarme. —Contempló con intención los glifos de Rio, que estaban notablemente enrojecidos—. Es un lugar decadente, pero muy discreto. Y lo son también las mujeres que trabajan allí. Regálale tu tiempo a cualquiera de los ángeles de Helene y yo te garantizo que te harán olvidar todos tus problemas.

—¿Dónde tengo que firmar? —dijo Rio.

Capítulo once

El burdel berlinés al que lo llevó Reichen esa noche era todo lo que Rio podía esperar... y más. La prostitución se había legalizado hacía unos pocos años y si lo que se buscaban eran mujeres bellas, libres, dispuestas y habilidosas, era evidente que en el club de sexo Aphrodite estaba la flor y la nata.

Tres de los más finos ejemplos del club, vestidos con nada más que minúsculos tangas, bailaban juntas una canción lenta frente a la mesa privada donde Rio y su anfitrión de los Refugios Oscuros acompañaban a la deslumbrante dueña del club, Helene. Con su larga melena oscura, su rostro intachable y sus curvas sinuosas, Helene habría podido formar parte del grupo de bellísimas jóvenes que empleaba. Pero por debajo de su evidente atractivo, se notaba que la mujer poseía un astuto sentido del negocio y disfrutaba de su poder.

Reichen parecía encantado de tenerla a su lado. Sentada junto a ella sobre el sillón de terciopelo en forma de luna creciente que estaba frente al que ocupaba Rio, Reichen se había acomodado sobrelos cojines apoyando un pie en la redonda mesita de cóctel y con los muslos abiertos para ofrecerle a las inquietas manos de Helene acceso a cualquier cosa que pudiera interesarles.

En aquel momento, ella estaba empeñada en coquetear con él, subiendo y bajando sus uñas pintadas de escarlata por la costura interior del pantalón, mientras mantenía en voz baja pero con tono intransigente una conversación en alemán por su teléfono móvil.

Reichen miró a Rio y señaló con la cabeza a las tres mujeres que se movían y se acariciaban entre sí al alcance de sus brazos.

—Sírvete, amigo mío... de una de ellas, o de las tres. Están aquí para tu placer personal, una atención de Helene cuando le dije que te iba a traer esta noche.

Helene dirigió a Rio una sonrisa felina mientras seguía con sus negocios como la tigresa que evidentemente era. Mientras mandaba sus bruscas instrucciones por el móvil, Reichen despejaba el cabello oscuro de su hombro y deslizaba suavemente las yemas de sus dedos por su cuello.

Formaban una pareja extraña, aunque no fuesen más que amantes frecuentes pero casuales, como insistía Reichen.

Los machos de la estirpe no solían interesarse durante mucho tiempo por las mujeres humanas, aunque fuese principalmente por motivos sexuales. El riesgo de exponer la existencia de la estirpe a los humanos se consideraba demasiado grande para que un vampiro se atreviese a mantener una relación a largo plazo. Y siempre existía el peligro de que un ser humano pudiese caer en manos de los renegados o, aún peor, ser convertido en secuaz por los miembros más poderosos, pero corruptos, de la estirpe.

Helene no era una compañera de sangre, pero era una aliada de confianza de Reichen. Ella sabía lo que era él —y lo que eran también Rio y el resto de la estirpe— y guardaba ese secreto con tanto cuidado como si fuese suyo. Se había mostrado digna de confianza y leal hacia Reichen, algo que no podría decir Rio de la compañera de sangre con la que se había relacionado él durante todos esos años.

Apartó su mirada de la pareja y se puso a contemplar el entorno del club. El cuarto privado y apenas iluminado donde estaban tenía paredes de cristal ahumado que les permitía una vista panorámica de todo lo que ocurría en la planta principal del Aphrodite. Actos sexuales de todo tipo, y con todas las combinaciones de participantes, se llevaban a cabo delante de Rio. Aún más cercanas, las tres bellas mujeres seguían disponibles para su servicio personal.

—¿No son hermosas? Tócalas, si te apetece.

Reichen las señaló con un dedo y las tres prostitutas se acercaron de manera deliberadamente seductora al lado de la mesa donde estaba sentado Rio. Pechos desnudos oscilaban con firmeza artificial mientras las chicas se tocaban entre sí en un espectáculo que debían de haber hecho mil veces antes. Una de ellas se acercó más y se colocó entre las rodillas de Rio, moviendo sus bronceadas caderas al ritmo del bajo y de la voz ronca del cantante que emergían de los altavoces. Sus dos amigas la acompañaban, acariciándole el cuerpo mientras ella ejecutaba su pequeño número de bailarina privada, mientras el pedacito de satén que cubría su sexo temblaba a pocos centímetros de la boca de Rio.

Se sentía extrañamente alejado de todo el asunto, dispuesto a dejarlo suceder, pero poco interesado en cualquier cosa que se le pudiera ofrecer en ese momento. Las había estado usando de la misma manera en que ellas pretendían usarlo a él.

Helene terminó su conversación de móvil al otro lado de la mesa. Mientras cerraba el pequeño teléfono, Reichen se levantó y le ofreció su mano. Se alzó del sillón de terciopelo y se abrigó bajo el brazo de su amante vampiro.

—Te darán todo lo que desees —dijo Reichen.

Cuando Rio levantó los ojos para interrogarlo, el otro macho de la estirpe entendió su mirada sin duda ni error. Contempló los glifos amoratados de Rio, reconociendo sutilmente el estado creciente de hambre de sangre.

—Los cristales de esta habitación son unidireccionales, completamente privados. Exija lo que exija tu apetito, nadie sabrá lo que ocurra aquí dentro. Quédate todo el tiempo que quieras. Mi chófer te llevará a la mansión cuando estés listo. —Sonrió, mostrando sólo las puntas de los colmillos emergentes—. Llegaré tarde.

Rio vio alejarse a la pareja hacia el ascensor que se encontraba en el centro de la zona privada. Ya estaban atrapados en un beso ferozmente apasionado cuando las puertas se cerraron y el cubículo comenzó su ascenso hacia al apartamento de Helene y los despachos en la planta superior del edificio.

Un par de manos empezó a desabotonar la camisa negra de Rio.

—¿Te gusta cómo bailo? —preguntó la mujer que seguía moviéndose rítmicamente entre sus piernas.

No contestó. Ellas no tenían interés en conversar, y él tampoco. Rio levantó los ojos para mirar el trío de bellos y bien maquillados rostros. Le sonrían, fruncían los labios, movían sus bocas brillantes en gestos sensuales para excitarlo... pero ninguna de ellas mantendría su mirada durante más que el más breve de los instantes.

«Por supuesto», pensó él, divertido por su discreción. Ninguna de ellas quería mirar con demasiada atención sus cicatrices.

Seguían tocándolo, restregándose contra él como si no aguantaran las ganas de enlazarse con él... tal como las habían enseñado tan bien. Lo acariciaban, repetían en susurros lo fuerte que era, lo atractivo y seductor que lo encontraban.

Mientras tanto desviaban la mirada para poder seguir fingiendo que lo que veían no les producía repulsión.

No le había gustado que Dylan le preguntara por sus cicatrices. No estaba acostumbrado a ese tipo de franqueza directa, ni a la compasión verdadera que oía en su voz cuando le preguntó tan tiernamente sobre cómo se había lastimado. Rio había estado desprevenido, demasiado cohibido frente al interés auténtico de Dylan, y le habían entrado ganas de esconderse para librarse.

Pero al menos no le habían agredido con este indignante tipo de falsedad. Estas mujeres, entrenadas tan profesionalmente para encantar y seducir, eran incapaces de disfrazar su aversión.

Se retorcían y se ondulaban delante de él y al ritmo que pasaban los minutos, la habitación también empezaba a moverse con ellas. Los colores chillones del club se fundían en un reguero mareante de rojos y dorados y azules eléctricos. La música crecía, golpeando el cráneo de Rio como un martillo contra el vidrio. Él se atragantaba con los olores empalagosos de perfume, licor y sexo.

El suelo a sus pies también se había puesto a girar. Sentía surgir desde sus entrañas como una marea negra una locura que lo sofocaría si no ofreciera resistencia.

Cerró los ojos para alejar parte de aquel bombardeo sensorial. La oscuridad duró sólo un momento, antes de que una imagen empezara a conformarse dentro del éter de su mente fragmentada...

Dentro de la tormenta de dolor y miedo que rugía a su alrededor, vislumbró un rostro.

El rostro de Dylan.

La piel de color crema, suave como un melocotón y pecosa, parecía tan cerca que la podría haber tocado. Sus ojos de oro verde estaban entrecerrados, pero lo miraban fijamente, brillantes y sin temor. Mientras la observaba por debajo de sus párpados caídos, ella le sonreía y lentamente ladeó la cabeza. Su cabello rojizo y sedoso cayó libremente sobre sus hombros, suave como una caricia.

Fue entonces cuando Rio vio el beso escarlata de las punzadas gemelas bajo su oreja.

Dios, pero mirarla así era tan real. Le dolían las encías y las puntas de sus colmillos se apretaban contra su lengua. Una sed implacable lo asaltó. Casi saboreaba la dulzura de enebro y miel de la sangre que emergía de las heridas.

Fue por eso que supo sin duda que era una simple ilusión... porque él nunca llegaría a probar su sabor.

Dylan Alexander era una compañera de sangre, y eso significaba que beber de ella era imposible. Un sorbo de su sangre crearía un vínculo que sólo la muerte podría romper. Rio ya había recorrido ese camino y casi lo mató.

Nunca más.

Rio emitió un gruñido cuando la bailarina decidió que era un buen momento para intimar más. Cuando él abrió los ojos, ella le murmuró unas palabras sucias y separó sus muslos con las manos. Lamiéndose los labios, se arrodilló delante de él. Cuando se acercó a la cremallera de su pantalón, empezaron a arder las venas de Rio, pero no de lujuria sino de furia.

Latía su cabeza, tenía la boca tan seca como la arena.

Mierda. Perdería el control si se quedaba allí.

Tenía que irse corriendo.

—Levántate —gritó—. Alejaros las tres.

Ellas recularon como si las hubiera asaltado una fiera. Una de ellas intentó ser valiente.

—¿Es algo diferente lo que quieres, cariño? No pasa nada. Dinos lo que sea.

—Nada de lo que tenéis —les dijo, mostrándoles largamente el arruinado lado izquierdo de su cara mientras se levantaba.

Salió tambaleante de la habitación privada, del ruidoso club lleno de humo. Descubrió la íntima puerta trasera por donde él y Reichen habían entrado, empujando a los gorilas que tuvieron la inteligencia de evitarlo cuando lo vieron llegar.

La calle estaba oscura. El aire de la noche de verano refrescaba su piel ardiente. Respiró ávidamente, mientras intentaba calmar su agitaba cabeza. Soltó una maldición al no encontrar nada que lo aliviara.

Veía con más agudeza en la oscuridad, pero no eran sólo sus habilidades nocturnas las que lo hacían ver todo con tanta nitidez. Entrecerró los ojos de ira y necesidad y el brillo ambarino de sus iris arrojaban una leve luz sobre el asfalto bajo sus pies. Caminaba con pasos desiguales, y la cojera que había estado a punto de superar volvió a afectarlo.

Los colmillos no le cabían en la boca. Una sola mirada a los glifos de sus antebrazos le mostraba que andaba mal.

Maldita sea. Tendría que haber bebido de la vena de una de las mujeres del club. Hacía horas que necesitaba alimentarse, y ahora la situación se estaba poniendo crítica.

Cabizbajo, con los puños hundidos en los bolsillos del pantalón, Rio empezó a caminar con prisa y sin ninguna elegancia. Pensaba en la posibilidad de dirigirse a uno de los parques de la ciudad, donde los vagabundos eran presa fácil para criaturas de la noche como él. Pero mientras subía desde la avenida principal por una calle lateral vio a una joven mujer de estilo *punk* que fumaba un cigarrillo a la entrada de un pasillo. Estaba recostada sobre el muro de un edificio de ladrillos, moviéndose las uñas de las manos mientras dejaba escapar una nube de humo ponzoñoso.

Si los negros zapatos de plataforma con tacón de aguja y la apretada minifalda no la delataban, sí lo hacía la camiseta escotada que desafiaba las leyes de la gravedad al sujetar sus grandes pechos. La versión de bajo coste de lo que Rio acababa de abandonar levantó la cabeza y vio cómo la observaba.

—*Ich bin nicht arbeiten* —dijo, con la voz cargada de desdén, antes de volver a la tarea de masacrar sus uñas—. Ahora mismo no trabajo.

Avanzó hacia ella impertérrito, un fantasma desplazándose desde las sombras.

Ella se indignó.

—He terminado mi trabajo por esta noche, ¿vale? Nada de sexo.

—No es sexo lo que necesito de ti.

—Pues vete a la mierda —le dijo.

Rio la asaltó con tanta velocidad que ella no tuvo tiempo ni de gritar. Atravesó los varios metros que los separaban en un instante y le dio la vuelta a la mujer para que estuviese con la cara frente a los ladrillos. Su pelo negro era corto y ofrecía fácil acceso al cuello. Rio la atacó con la rapidez de una víbora, hundiendo los colmillos en la blanda carne y succionando con fiereza de la vena.

Ella luchó unos breves momentos, sacudiéndose durante el susto inicial. Pero luego se dejó ir, mientras la mordida se prolongaba y el dolor se convertía en placer. Rio bebió con prisa, engullendo lo que su cuerpo necesitaba tan desesperadamente. Lamió la herida que había hecho, sellando el mordisco con su lengua. La marca casi desaparecería en unos pocos minutos, y en cuanto al recuerdo de lo que acababa de ocurrir... Rio separó a la mujer de la pared y puso la palma de la mano sobre sus ojos.

Tardó un solo segundo en borrar los últimos minutos de su memoria, pero fue tiempo suficiente para que un hombre apareciera por la esquina de un edificio y los viera a los dos.

—¡Hey! ¿*Was zur Hölle ist das?*

Era corpulento y calvo, y no parecía excesivamente simpático. Limpiándose las manos en un sucio delantal de bar, gritó algo en alemán a la prostituta, una orden agresiva a la que no tardó en responder. No lo suficientemente rápido para el hombre grande. Mientras se alejaba le propinó un puñetazo en la cabeza. Ella chilló y desapareció corriendo detrás del edificio. Entonces el hombre grande empezó a caminar hacia Rio por el callejón.

—No seas idiota y lárgate —gruñó Rio con una voz que ya no sonaba humana—. Esto no tiene nada que ver contigo.

El hombre grande movió su rostro carnoso con desprecio.

—Si quieres sexo con Uta, me lo tienes que pagar a mí.

—Ven entonces a cobrármelo —dijo Rio, con una voz tan grave que cualquier persona mínimamente cuerda habría entendido el aviso.

Pero no este hombre. Sacó un cuchillo de la cintura trasera de su pantalón. Fue un error mortal. Rio vio la amenaza y estaba aún demasiado embebido de sangre para ignorarla. Mientras el proxeneta avanzaba con la intención de apuñalarlo, Rio lo asaltó.

Bajó al hombre a la acera, rodeando el grueso cuello con sus manos. El pulso frenético le martilleaba contra las palmas, latido tras latido de sangre cálida fluyendo bajo la áspera piel.

Como si fuera desde lejos, Rio registró el golpeteo del corazón humano, pero no tenía pleno control de su mente. Ya no. Su hambre de sangre estaba apaciguada temporalmente, pero era preso de la ira. Sentía la fuerza de la presión sobre su mente, sobre su propia voluntad, acercando de manera implacable la oscuridad que más temía.

«Maldito.»

«Monstruo.»

Sintió que se hundía en esas tinieblas.

Los nombres que usaban para atormentarlo en su infancia resonaban en sus oídos como una tormenta infernal. Recordaba la oscuridad del bosque y el olor a sangre derramada sobre la tierra. La pequeña casa donde habían matado a su madre delante de sus propios ojos...

Mientras las tinieblas volvían a descender sobre él, era otra vez ese huérfano salvaje que había sido en España hacía tanto tiempo. Un niño confundido y asustado sin hogar, sin familia, sin nadie que le mostrara quién era él.

«Chupasangre.»

Soltando un rugido, se inclinó sobre su presa temblorosa y hundió los dientes en la carnosa garganta. Estaba hecho un salvaje, no por hambre sino por ira y por una vieja angustia que lo hacía sentirse un monstruo. Como un ser maldito. Un espantoso chupasangre.

«Manos del diablo.»

Esas manos del diablo ya no le pertenecían. La inconsciencia se hacía cada vez más fuerte, cada vez más irresistible. Rio ya no veía la calle que había delante de él. La lógica y el control estallaron como cables cortocircuitándose en su cerebro. Era casi incapaz de pensar. Pero se dio cuenta del instante en que el corazón del hombre dejó de latir bajo sus dedos.

Sabía, mientras la oscuridad lo vencía, que esa noche había matado.

Un golpe ruidoso en la habitación de al lado arrancó a Dylan de un sueño inquieto. Se sentó en la cama, totalmente despierta. Sonaron nuevos ruidos a través de la pared, gruñidos doloridos y los pasos pesados y titubeantes de alguien o algo grande atrapado en un mundo de sufrimiento.

La habitación de al lado era la de Rio. Se lo había dicho antes esa noche, cuando volvió con una cena ligera y su mochila de ropa y le dijo que se acomodara para pasar la noche. Le avisó de que estaría al otro lado de la pared, a unos pocos segundos de su alcance. Eso no consiguió tranquilizarla.

A pesar de su amenaza, Dylan sospechaba que Rio había salido en algún momento. Por los sonidos que le llegaban desde el otro lado de la pared, parecía que no era más que el típico borracho, recién llegado a casa después de una noche de excesos en el centro.

Dylan se quedó sentada, abrazándose mientras escuchaba los gruñidos, un golpe sobre un mueble grande, la maldición gritada cuando le fallaban las piernas.

¿Cuántas veces había vuelto su padre a casa por la noche en ese mismo estado? Dios, demasiadas veces para poder recordarlas. Llegaba tambaleante desde el bar, tan ebrio que era necesaria la ayuda de su madre, ella y sus dos hermanos mayores para arrastrarlo hacia la cama e impedir que se cayera y se rompiera la cabeza. Había cultivado una profunda falta de simpatía hacia los hombres que se dejaban gobernar así por sus debilidades, pero tenía que reconocer que los ruidos que Rio generaba parecían algo distintos de los sonidos inarticulados del borracho típico.

Bajó de la cama y caminó rápidamente hacia la puerta que conectaba las habitaciones. Apretando el oído contra la madera, llegó a oír el áspero sonido de su aliento. Casi pudo imaginarlo, inerte sobre el suelo donde se había derrumbado, incapaz de moverse por culpa de lo que fuese que lo estaba atormentando.

—¿Hola? —preguntó, en voz baja—. Rio... ¿eres tú?
Silencio.

El silencio se alargó en el tiempo, cargado de inquietud.

—¿Estás bien?

Puso su mano sobre el pomo de la puerta, pero no consiguió moverlo. La cerradura estaba puesta desde la noche anterior.

—¿Debería pedir ayuda...?

—Vuelve a la cama, Dylan.

La voz sonaba grave y violenta... la voz de Rio, pero de algún modo muy diferente de la voz que ella conocía.

—Aléjate de la puerta —sonaron las palabras, con el mismo extraño gruñido—. No necesito ayuda.

Dylan frunció el ceño.

—No te creo. No tienes buena voz.

Intentó otra vez con el pomo de la puerta. Era viejo, con un poco de maña quizá lograse abrirlo.

—Dylan. Aléjate de la maldita puerta.

—¿Por qué?

—Porque si te quedas allí un segundo más voy a abrirla.

Oyó la brusca raspadura de su aliento y cuando Rio volvió a hablar su voz sonaba ronca como una amenaza.

—Te estoy oliendo, Dylan, y quiero... saborearte. Te deseo, y no estoy lo suficientemente cuerdo como para no agarrarte si te viera ahora mismo.

Dylan respiró hondamente. Debería sentirse aterrada por aquel hombre al otro lado de la puerta. En efecto, una parte de ella sí lo estaba. No por esa idea absurda de que era un vampiro. No porque la hubiera raptado y pareciera dispuesto a mantenerla presa, aunque fuese en una jaula de oro. Estaba aterrada por la honestidad de lo que acababa de decir..., que la deseaba.

Y por mucho que quisiera negarlo, en el fondo, saber que la deseaba la hacía arder, aunque fuese un poco, de ganas de ser acariciada por Rio.

Era incapaz de hablar. Sus pies empezaron a desplazarse hacia atrás, alejándola de la puerta. Devolviéndola a la realidad, o eso esperaba, porque lo que acababa de suceder no era sólo irreal sino abiertamente estúpido. Caminó hacia la cama y se metió bajo las sábanas, sentándose con las rodillas apretadas contra su pecho, con los brazos enlazados estrechamente en torno a sus piernas.

No volvería a dormir esa noche.

Capítulo doce

No esperaba verlo en su habitación a primera hora de esa mañana.

Dylan emergió de la amplia ducha de la habitación para invitados y se secó con una de la media docena de lujosas toallas que estaban dobladas pulcramente sobre un estante empotrado en el cuarto de baño. Empezó a secarse el pelo con la toalla, luego se vistió rápidamente con lo que le quedaba de ropa limpia en su bolsa. Las dobles camisolas y los pantalones pirata con cordón estaban arrugados, pero no tenía que impresionar a nadie. Descalza, con el pelo aún húmedo pegado a sus brazos desnudos, abrió la puerta del cuarto del baño y entró en la habitación principal.

Y allí estaba él.

Rio, sentado en una silla al lado de la puerta, esperaba a que saliese.

Dylan se detuvo, sorprendida.

—Golpeé primero —dijo, algo curiosamente cortés viniendo de su secuestrador—. No contestaste, así que quería asegurarme de que estabas bien.

—Al parecer, debería estar preguntándote lo mismo.

Avanzó con cautela hacia el centro de la habitación. Aunque no hubiera motivo para sentirse preocupada frente al hombre que la mantenía presa contra su voluntad, seguía perturbada por lo que había escuchado al otro lado de la puerta unas horas antes.

—¿Qué te pasó anoche? Por lo que oí estabas en un estado bastante lamentable.

No le ofreció ninguna explicación. No hizo más que mirarla desde el otro lado de la habitación sombría. Al verlo ahora, se preguntaba si no habría imaginado el episodio. Vestido con una camiseta gris y pantalones negros hechos a medida, con el pelo oscuro peinado hacia atrás, parecía descansado y relajado. Todavía ese meditabundo hombre-de-pocas-palabras, pero por algún motivo, menos tenso que antes. De hecho, tenía la pinta de haber dormido toda la noche como un bebé, a diferencia de Dylan, que se sentía fatal después de tantas horas de estar despierta especulando sobre él desde mucho antes del alba.

—Deberías decirle a tus amigos que tienen que arreglar el temporizador de estas persianas —dijo, señalando la alta ventana que tendría que estar bañando la habitación de luz pero estaba totalmente tapada por las persianas electrónicas—. Se abrieron por su propia cuenta anoche, luego volvieron a cerrarse antes del amanecer. Un funcionamiento un poco al revés, ¿no te parece? Bellas vistas, de todos modos, aunque de noche. ¿Cuál es el lago allí atrás: el Wannsee? Es demasiado grande para ser el Grunewaldsee o el Teufelsee, y basándome en todos los viejos árboles en torno al edificio, mi conclusión es que debemos de estar cerca del río Havel. ¿Es ahí donde estamos, cierto?

No hubo ninguna reacción desde el otro lado de la habitación, sólo un lento soplido mientras Rio la observaba con ojos tan oscuros como indescifrables.

Le había traído su desayuno. Dylan caminó hacia la pequeña mesa y el elegante sofá que estaba en la zona del salón, donde la esperaba un plato de porcelana fina con una tortilla, una ristra de salchichas, unas patatas asadas y una tostada. También había un vaso de zumo de naranja, café y una blanca servilleta de hilo almidonado plegada bajo los brillantes cubiertos de plata. No podía resistirse al café después de contemplar todo lo que le había llevado. Dejó caer dos cubitos de azúcar en la taza, luego metió nata suficiente para convertir el café en un líquido cobrizo, dulce y lechoso, tal como a ella le gustaba.

—¿Sabes una cosa? Si no fuera por el asunto del encarcelamiento, debo reconocer que sois unos maestros en el tratamiento de vuestros rehenes.

—No eres una rehén, Dylan.

—No, más bien una prisionera. O quizá *vuestra estirpe,*

como lo dices tú, prefiere un término menos evidente... ¿una detenida, quizá?

—No eres ninguna de esas cosas.

—¡Genial! —respondió con fingido entusiasmo—. Entonces, ¿cuándo puedo volver a casa?

En realidad no esperaba que le contestase. Rio se echó hacia atrás en el sillón y cruzó sus largas piernas, apoyando un tobillo sobre la rodilla contraria. Estaba meditabundo hoy, como si no supiera exactamente qué hacer con ella. Y no se le escapó el hecho de que mientras ella, sentada en el sofá, empezaba a mordisquear la tostada con mantequilla, la mirada de él recorría ávidamente su cuerpo.

Y sobre todo su cuello.

Recordó repentinamente lo que le había dicho hacía pocas horas: «Te estoy oliendo, Dylan, y quiero... saborearte. Te deseo».

Indudablemente no se lo había imaginado. Había estado dando vueltas a esas palabras en su cabeza, una y otra vez, desde que se las mencionara a través de la puerta. Y mientras la miraba ahora con tanta intensidad, con un interés obsesivo totalmente masculino, a Dylan se le cortó el aliento.

—Me estás mirando —murmuró, turbada por el silencioso escrutinio.

—Simplemente me pregunto cómo puede ser que una mujer tan inteligente como tú llegara a escoger la línea de trabajo en la que estás metida. No va con tu carácter.

—Está perfectamente de acuerdo con mi carácter —dijo Dylan.

—No —respondió Rio—. No tiene nada que ver. He leído algunos de los artículos en tu ordenador, entre ellos algunos de los más antiguos. Artículos que no escribiste para ese peridiocucho para el que trabajas.

Dylan sorbió su café, incómoda con los elogios.

—Aquellos son archivos privados. La verdad es que no me agrada que vayas hurgando en mis documentos como si fueran tuyos.

—Escribiste mucho sobre un caso de asesinato en el norte del estado de Nueva York. Los artículos que leí en tu ordenador eran de hace algunos años, pero eran buenos, Dylan. Escribes muy bien, de una manera muy convincente. Eres mucho mejor de lo que piensas.

—Dios —dijo Dylan en voz baja—. Ya te he dicho que esos archivos son privados.

—Sí, ya lo sé. Pero me has despertado la curiosidad. ¿Por qué te interesaste tanto en ese caso en particular?

Dylan abandonó su desayuno y se repantigó en el sofá.

—Fue mi primera trabajo después de dejar la universidad. Un niño pequeño desapareció en un pueblo del norte. La policía no sospechaba de nadie y no hubo pistas, pero hubo cierta especulación de que el padre podría estar involucrado. Yo tenía ganas de hacerme conocida muy rápido, así que me puse a investigar la vida de ese hombre. Era un alcohólico que estaba intentando superar su problema, pero que nunca había tenido un trabajo estable. En fin, un padre irresponsable como tantos.

—Pero ¿fue él el asesino? —preguntó Rio, con delicadeza.

—Yo pensaba que sí, aunque toda la evidencia era circunstancial. Pero en el fondo, yo estaba segura de que era culpable. No me caía bien, y sabía que si buscaba lo suficiente encontraría algo que mostrara su culpabilidad. Después de unas cuantas pistas falsas, me encontré con una chica que había trabajado de canguro de los niños. Después de entrevistarla para mi reportaje, me contó que había visto contusiones en el niño. Me dijo que el tipo golpeaba a su hijo, que ella había llegado incluso a verlo personalmente. —Dylan suspiró—. Estaba entusiasmada. Tenía tantas ganas de sacar el reportaje que no hice la investigación necesaria sobre mi fuente.

—¿Qué pasó?

—Resulta que la canguro se había acostado con el tipo y estaba llena de resentimiento. Él no era ningún Padre del Año, pero nunca había pegado a su hijo y si hay una cosa cierta es que él no fue quien lo mató. Después de que me despidieran del periódico, el caso estalló de nuevo cuando las pruebas de ADN vincularon la muerte del niño con el hombre que vivía en la casa vecina. El padre era inocente y yo pasé una larga etapa fuera del periodismo.

Las oscuras cejas de Rio se levantaron interrogantes.

—Y de ahí terminaste escribiendo sobre las teorías de que

Elvis no ha muerto y sobre gente secuestrada por extraterrestres.

Dylan se encogió de hombros.

—Pues sí, fue todo cuesta abajo desde entonces.

La estaba mirando otra vez, observándola con ese mismo silencio meditabundo de antes. Era incapaz de pensar cuando la miraba así. La hacía sentirse de algún modo expuesta, vulnerable. No le gustaba nada la sensación.

—Viajamos esta noche, como te mencioné ayer —le dijo, interrumpiendo un silencio incómodo—. Comerás temprano, si te parece, y luego, al anochecer, vendré a prepararte para el viaje.

Eso sonaba mal.

—Prepararme... ¿en qué sentido?

—Está prohibido que identifiques este lugar o el otro al que vamos. Así que esta noche, antes de partir, tendré que inducirte un pequeño trance.

—Un trance... ¿Quieres decir hipnotizarme? —No pudo evitar reírse—. Despiértate. De todos modos, ese tipo de cosas nunca funciona conmigo. Soy inmune a los poderes de sugestión, sólo hace falta que se lo preguntes a mi madre o mi jefe.

—Esto es diferente. Y funcionará contigo. Ya ha funcionado.

—¿Qué quieres decir con que ya ha funcionado?

Él se encogió ligeramente de hombros.

—¿Cuánto recuerdas del viaje desde Praga?

Dylan se puso a pensar. En realidad, muy poco. Recordaba cómo Rio la empujó dentro del fondo de la camioneta, luego la oscuridad dentro del vehículo en el camino. Recordaba haberse sentido muy asustada y que exigía saber a dónde la estaban llevando y qué pretendían hacer con ella. Luego... nada.

—Intenté mantenerme despierta, pero tenía tanto sueño... —murmuró, procurando recordar otro momento de lo que tenían que haber sido varias horas de viaje, pero sin sacar nada en claro—. Me quedé dormida en el camino. Cuando me desperté estaba aquí, en esta habitación...

La leve curva de los labios de Rio lo hacía parecer demasiado petulante.

—Y volverás a dormir esta noche, hasta que yo quiera que te despiertes. Tiene que ser así, Dylan. Lo siento.

Quería hacer algún chiste sobre lo absurdo que sonaba toda la situación, desde la estupidez de los vampiros que le había soltado ayer hasta esta farsa sobre los trances y los viajes a lugares secretos, pero de pronto dejó de parecerle tan gracioso. Empezaba a parecerle desconcertadamente serio.

De repente le parecía todo demasiado real.

Lo miró allí sentado, ese hombre que no se parecía a ningún otro hombre que hubiera conocido, y algo en su inconsciente le susurraba que no se trataba de ninguna broma. Todo lo que le había dicho era cierto, por muy increíble que sonara.

La mirada de Dylan se desplazó desde el rostro estoico e inescrutable hasta los potentes brazos cruzados sobre su grueso pecho. Los tatuajes que serpenteaban en torno a sus bíceps y antebrazos habían cambiado desde la última vez que los vio. Eran más pálidos, sólo levemente más oscuros que el color oliva de su piel.

Ayer la tinta de los tatuajes era roja y dorada... estaba segura de eso.

—¿Qué te ha pasado en los brazos? —le espetó—. Los tatuajes no cambian así de color...

—Es cierto —dijo, echando un vistazo a las vagas marcas—. Los tatuajes no cambian de color. Los glifos, sí.

—¿Glifos?

—Marcas cutáneas que ocurren de manera natural entre los miembros de la estirpe. Se transmiten del padre al hijo y sirven como un indicador de los estados emocionales y físicos. —Rio levantó las cortas mangas de su camiseta, revelando más de las intrincadas formas sobre la piel. Bellos, ondulantes arcos y diseños geométricos y tribales recorrían todo el camino hacia sus hombros y desaparecían debajo de su camisa—. Los glifos funcionan como un camuflaje protector para los ancestros de la raza. Los cuerpos de los ancianos estaban cubiertos de los pies a la cabeza. Cada generación de los hijos de la estirpe nace con menos glifos, y menos elaborados, a medida que las líneas sanguíneas originales se van diluyendo con los genes de homo sapiens.

La cabeza de Dylan empezaba a dar vueltas, llena de tantas preguntas que no sabía con cuál empezar.

—¿Se supone que tengo que creer no sólo que eres uno de

los no-muertos, sino que los no-muertos son capaces de reproducirse?

Se rio con suave ironía.

—No somos no-muertos. La estirpe es una especie híbrida, muy antigua, que nació en este planeta hace miles de años. Genéticamente, somos en parte humanos pero en parte de otro mundo.

—De otro mundo —repitió Dylan, que se sorprendía al sentirse tan tranquila—. Quieres decir... ¿extraterrestres? Para aclararnos, estás hablando de extraterrestres vampiros. ¿No me equivoco? ¿Es eso lo que me estás diciendo?

Rio asintió con la cabeza.

—Ocho de esas criaturas se estrellaron contra la Tierra hace mucho tiempo. Violaron y masacraron a innumerables seres humanos. Al final, algunas de esas violaciones se perpetraron contra hembras humanas que eran capaces de sostener la semilla extraterrestre y procrear. Esas mujeres fueron las primeras que fueron conocidas como compañeras de sangre. De sus úteros, se enraizó la primera generación de mi especie... de la Estirpe.

Todo lo que escuchaba Dylan estaba en el borde mismo de una locura totalmente delirante, pero se palpaba la sinceridad en la voz de Rio. Él estaba convencido, ciento por ciento convencido, de lo que decía. Y al ver su seriedad, a Dylan le costaba simplemente rechazarlo.

Por no hablar del hecho de que ella personalmente había visto que a las marcas de su piel, fuesen lo que fuesen y viniesen de donde realmente viniesen, les había pasado algo que desafiaba toda lógica.

—Tus glifos están sólo un poco más oscuros que tu piel hoy.

—Sí.

—Pero ayer eran una mezcla de rojo y dorado porque...

—Porque necesitaba comer —le dijo con voz impávida—. Necesitaba sangre urgentemente y tenía que tomarla de la vena abierta de un ser humano.

«Dios mío. Estaba hablando realmente en serio.»

A Dylan se le revolvió el estómago.

—¿Así que... te alimentaste anoche? Me estás diciendo que saliste anoche y le bebiste a alguien la sangre.

Hizo una levísima inclinación con la cabeza. Había remordimiento en sus ojos, algún tipo de tormento privado que le daba un aire letal pero a la vez vulnerable. Estaba allí sentado, aparentemente intentando convencerla de que era un monstruo, pero ella nunca en su vida había visto una expresión tan atormentada.

—No tienes colmillos —le señaló, débilmente, mientras su mente seguía rechazando lo que había estado oyendo—. ¿No tienen colmillos todos los vampiros?

—Los tenemos, pero normalmente no son prominentes. Nuestros caninos superiores se alargan con las ganas de comer, o bien como una reacción a emociones fuertes. El proceso es fisiológico, muy parecido al de nuestros glifos.

Mientras hablaba, Dylan observaba con curiosidad su boca. Sus dientes eran rectos, blancos y poderosos detrás de sus labios gruesos y sensuales. No parecía una boca hecha para actos salvajes, sino para seducir. Eso la hacía probablemente aún más peligrosa. La hermosa boca de Rio sería codiciada por cualquier mujer, que jamás sospecharía que pudiese convertirse en algo mortífero.

—A causa de nuestros genes extraterrestres, nuestra piel y nuestros ojos son hipersensibles a la luz del sol —añadió, con la misma tranquilidad, como si le hablase del tiempo—. Una exposición prolongada a la luz ultravioleta es letal para todos los miembros de la estirpe. Es por eso que se tapan las ventanas durante el día.

—Ah —murmuró Dylan, asintiendo como si fuese lo más normal del mundo que asintiese así.

Por supuesto, tenían que impedir la luz ultravioleta. Cualquier imbécil sabía que los vampiros se incineraban como papel de seda bajo una lupa si los dejabas fuera al sol.

Y ahora que lo pensaba, jamás había visto a Rio a la luz del sol. En la cueva de la montaña, estaba protegido del sol. Cuando la siguió de Jiein a Praga, había sido por la noche, con una oscuridad total. Anoche había salido a cazar una presa, pero evidentemente se había asegurado de volver antes del amanecer.

«Contrólate, Alexander.»

Ese hombre no era un vampiro... no lo era realmente. Tenía

que haber una explicación mejor para lo que estaba ocurriendo. El simple hecho de que Rio sonara tan tranquilo y razonable no significaba que no estuviera completamente loco y fuera propenso a delirios fantasiosos. Un chiflado del copón. Tenía que serlo.

¿Y qué pasaba con los otros que habitaban esa urbanización de lujo? ¿Eran otros vampiros fantasiosos como él, que se creían los descendientes de una raza extraterrestre alérgica al sol?

Y allí estaba ella, una participante inconsciente que había sido secuestrada y encarcelada contra su voluntad por una secta de chupasangres millonarios que creían que de algún modo estaba vinculada a ellos por virtud de una simple marca de nacimiento. Diablos, parecía una historia hecha a medida para la primera página de un tabloide.

¿Pero, y si todo lo que le contaba Rio era cierto?

Dios mío, si había algo real en lo que acababa de oír, entonces tendría en sus manos un reportaje periodístico que cambiaría literalmente el mundo. Que transformaría la realidad para todo ser humano en el planeta. Un estremecimiento recorrió su columna vertebral mientras contemplaba lo importante que podría ser.

—Tengo un millón de preguntas —murmuró, mirando a Rio al otro lado de la habitación.

Él asintió con la cabeza y se levantó del sillón.

—Es comprensible. Te he dado mucho por absorber y oirás mucho más antes de llegar al momento de decidir.

—¿El momento de decidir? —preguntó, mientras Rio se dirigía hacia la puerta—. Espera un segundo. ¿Qué es lo que voy a tener que decidir?

—Si quieres llegar a formar parte permanente de la estirpe o si prefieres volver a tu vida de antes sin ningún conocimiento de nuestra existencia.

No comió el desayuno que le había llevado Rio y la comida que le entregó más tarde permaneció intacta también. Había perdido el apetito. Tenía sólo una ávida hambre de respuestas.

Pero le había dicho que guardara sus preguntas, y cuando

volvió para informarla de que era la hora de que partiesen, Dylan sufrió un repentino ataque de inquietud.

Una puerta se había abierto para ella, pero al otro lado estaba todo muy oscuro. Si se asomaba a esa oscuridad, ¿terminaría consumida por ella?

¿Habría alguna posibilidad de volver atrás?

—No sé si estoy lista —le dijo, atrapada por los ojos hipnóticos de Rio, que avanzaba hacia ella por la habitación—. Me da... me da miedo el lugar adonde vamos, me da miedo lo que voy a ver allí.

Dylan miró el rostro bello y trágico de su raptor en espera de algunas palabras de consuelo... cualquier cosa que pudiese darle la esperanza de salir bien de todo aquello.

No le ofreció nada semejante, pero cuando alargó la palma de su mano para colocarla sobre su frente, el tacto era suave y deliciosamente cálido. Dios, qué bien se sentía.

—Duerme —le dijo.

La firme orden se filtró por su mente como el suave tacto de una prenda de terciopelo sobre la piel desnuda. La envolvió con el otro brazo en el mismo instante en que se le doblaban las rodillas. La sujetaba con brazos fuertes y consoladores. Ella podría disolverse en esa fuerza, pensaba, mientras sus ojos lentamente se cerraban.

—Duerme ahora, Dylan —le susurró al oído—. Duerme.

Y fue precisamente lo que hizo.

Capítulo trece

𝒰no de los todoterrenos negros de la Orden esperaba en el interior de un hangar privado mientras el pequeño avión procedente de Berlín se acercaba por una pista de aterrizaje privada del aeropuerto de Boston.

Rio y Dylan eran los únicos pasajeros a bordo del elegante Gulfstream de dos motores. El avión y sus pilotos humanos estaban las veinticuatro horas a disposición de la Orden, aunque todo lo que éstos sabían era que se embolsaban un salario muy sustancioso trabajando para una empresa rica que exigía y recibía absoluta lealtad y discreción.

Tenían que pagarles extraordinariamente bien como para que se limitaran a levantar una ceja cuando Rio subió a la nave en Berlín con una mujer en trance y la bajó en las mismas condiciones nueve horas más tarde en Boston. Rio bajó los pocos escalones que lo separaban de la pista de cemento con Dylan descansando silenciosa en sus brazos y con la mochila y el maletín del ordenador colgados sobre sus hombros.

Mientras cruzaba la corta distancia que lo separaba del vehículo que esperaba en el hangar, Dante bajó del asiento del conductor y sostuvo la puerta abierta. Iba vestido con atuendo de combate color petróleo —camiseta de manga larga, mono y botas de combate— todo negro como su poblada melena, que le llegaba hasta los hombros. Bajo su brazo izquierdo llevaba una pistola negra semiautomática, y tenía otra arma sujeta a la pierna. Pero lo que Dante jamás dejaba en casa eran sus dos cuchillas curvadas de titanio, atadas a sus caderas.

Otro de los miembros de la Orden acompañaba a Dante, y también iba armado. Era el ex agente de las fuerzas del orden de los Refugios Oscuros Sterling Chase, que también iba vestido con traje de combate y preparado para la lucha, saludó a Rio con la cabeza desde el interior del vehículo. Chase tenía un aire tan duro como el de cualquier guerrero, con su cabello rubio cortado al uno cubierto con una gorra, sus ojos de un azul de acero y una expresión de alerta en su delgado rostro. Su mirada astuta estaba también un poco más vacía de lo que Rio recordaba meses atrás. Ahora ya prácticamente no quedaba ni rastro del burócrata, un tanto estirado, que se presentó ante la Orden el último verano pidiendo ayuda y que comprobó que tendría que renunciar a sus reglas si quería que los guerreros lucharan con él. Dante, sin demasiado afecto, le había puesto al agente de los Refugios Oscuros el mote de Harvard, y todavía cargaba con él, aún después de haber abandonado su antigua vida de civil para unirse a la Orden.

—Diossss —dijo Dante, sonriendo abiertamente mientras Rio se acercaba con Dylan inconsciente en sus brazos—. Cuéntanos cómo te ha ido, amigo. Cinco meses son una vacaciones de miedo. —El guerrero se rio, abrió la puerta trasera del todoterreno y ayudó a que Rio depositara a Dylan y a su carga en el interior. Cuando se acomodaron, cerró la puerta y ocupó su sitio. Se volvió para mirar a Rio.

—Al menos has regresado a casa con un bonito *souvenir*, ¿verdad?

Rio gruñó y echó un vistazo a Dylan, que dormía junto a él en el asiento trasero.

—Es una periodista. Y una compañera de sangre.

—Eso he oído. Todos lo sabemos. Gideon nos lo contó todo sobre tu encontronazo con la mujer de Superman allí en Praga —dijo Dante—. No te preocupes, amigo. Nos ocuparemos de su historia y de sus fotos antes de que nada salga a la luz. Y en cuanto a ella, ya hemos llamado a los Refugios Oscuros para encontrarle un sitio si eso es lo que escoge una vez esté todo acabado. Está todo bajo control.

Rio no dudaba ni una sola palabra de lo que decía Dante, pero no podía dejar de preguntarse qué era lo que terminaría por hacer Dylan. Si escogía quedarse en los Refugios Oscuros sería sólo una cuestión de tiempo que algún astuto hombre de la estirpe la convenciera de que ella lo necesitaba y debía convertirse en su compañera. Dios sabía que no le faltarían candidatos. Con su belleza poco común, sería el centro de todas las miradas, y la imagen de ella perseguida por un puñado de civiles sofisticados y relamidos, en su mayoría inútiles, hacía que Rio tuviera que apretar los dientes.

Aunque no sabía por qué debería importarle lo que ella hiciera y con quién.

No tenía ningún objetivo con ella, más allá de evitar el desastre que su intromisión amenazaba provocar. O más bien el desastre que él había provocado por hundirse en su propia miseria en lugar de hacer estallar esa maldita cueva, tal y como se le había confiado. Ahora que estaba de nuevo en Boston no hacía más que anhelar encontrarse de nuevo en aquella montaña, apretando el detonador y viendo cómo una tonelada de roca se le venía encima.

—¿Qué es lo que estuviste haciendo allí todo este tiempo? —le preguntó Chase, con un tono aparentemente despreocupado que no conseguía ocultar su suspicacia—. Le dijiste a Nikolai que sellarías la cueva y luego te marcharías por tu cuenta a España. Por como lo dijo, parecía que ibas a dejar la Orden. Eso fue hace cinco meses y no hemos sabido una palabra de ti hasta ahora, que nos vienes con malas noticias y problemas. ¿Qué diablos ha pasado?

—Tranquilo, hombre —le advirtió Dante, lanzándole una mirada seria desde el otro asiento. Luego se dirigió a Rio—. Eres libre de ignorar a Harvard. Lleva toda la noche haciéndose el duro porque aún no ha conseguido jugar con su Beretta.

—No es eso —dijo Chase, sin ganas de abandonar el asunto—. Tengo curiosidad, eso es todo. ¿Qué es exactamente lo que te ocurrió cuando te dejamos en esa montaña con un cargamento de explosivos? ¿Por qué esperaste todo este tiempo para hacer el maldito trabajo? ¿Por qué cambiar los planes?

—No hubo un cambio de planes —respondió Rio, enfrentando la mirada escrutadora del guerrero. No lo ofendía el tono desafiante. Chase tenía perfecto derecho a interrogarlo, todos tenían derecho, y no había mucho que Rio pudiera decir en su defensa. Se había dejado vencer por la debilidad durante los últimos meses, y ahora tenía que afrontar las consecuencias—. Tenía una misión que llevar a cabo y fallé. Simplemente es eso.

—Bueno, nosotros tampoco hemos hecho ninguna gran

proeza últimamente —señaló Dante—. Desde que encontramos esa cámara de hibernación en las afueras de Praga, hemos estado buscando pistas de la posible existencia de un Antiguo y no hemos llegado a nada. Chase ha recurrido también a los Refugios Oscuros y las Agencias del Orden, pero esas fuentes tampoco nos han sido de utilidad.

Chase, en el asiento de pasajero, asintió con la cabeza.

—Parece imposible, pero si el Antiguo está ahí fuera ese maldito cabrón está bien escondido en algún lugar de las profundidades.

—¿Y qué me dices de la familia alemana que estaba emparentada con el Antiguo en la Edad Media? —preguntó Rio.

—Los Odolfs —dijo Dante, sacudiendo la cabeza—. No encontramos sobrevivientes. Los pocos que no se convirtieron en renegados y murieron víctimas de la lujuria de sangre desaparecieron o murieron a lo largo de los años por otras causas. La línea de los Odolf ya no existe.

—Mierda —murmuró Rio.

Dante asintió.

—Eso es todo lo que tenemos. Silencio y un montón de callejones sin salida. No vamos a abandonar, pero hasta ahora hemos estado buscando una maldita aguja en un pajar.

Rio frunció el ceño, considerando lo difícil que tenía que ser hallar un buen escondite para una criatura de otro mundo como aquella que la Orden quería cazar. Tenía que ser muy difícil no ver a un vampiro de bastante más de dos metros, sin pelo, completamente cubierto de dermoglifos y con una insaciable sed de sangre. Incluso entre los ejemplares más salvajes de la sociedad de la estirpe, un Antiguo destacaría.

La única razón de que el Antiguo hubiera pasado tanto tiempo sin ser detectado era la cámara de hibernación que lo albergaba en las remotas montañas a las afueras de Praga. Alguien había liberado al Antiguo de su escondite, pero la Orden no tenía modo de saber cuándo o cómo o ni siquiera si la sedienta criatura había sobrevivido a su despertar.

Con un poco de suerte, ese maldito y salvaje cabrón estaría muerto desde hace mucho tiempo.

La otra alternativa era una escenario que nadie, fuera humano o perteneciera a la estirpe, querría contemplar.

Dante se aclaró la garganta después de un largo silencio y habló con tono serio.

—Escucha, Rio. Sea lo que sea lo que te haya ocurrido durante los meses que has estado fuera, me alegro de que hayas regresado a Boston. Todos nos alegramos de que estés aquí.

Rio asintió un poco tenso y miró al guerrero a los ojos. No tenía sentido decirle a Dante o a cualquier otro que su regreso era sólo temporal. Lo último que necesitaba la Orden era alguien tan poco fiable como él en sus filas. Sin duda todos habrían discutido ese tema cuando Gideon comunicó el regreso de Rio.

Dante le devolvió la mirada.

—¿Estás preparado para actuar, amigo?

—Más que preparado.

El ruido metálico de una cerradura que se abría hizo eco como el disparo de un revólver contra las paredes de granito del túnel. La puerta era vieja y la madera barnizada tan oscura como la brea y tan gastada como la piedra que había sido taladrada para crear el largo túnel y la cámara sellada y secreta al final.

Pero ahí era donde terminaba el aspecto primitivo del lugar.

Detrás de la piedra, la madera y los crudos bloques de hierro había un laboratorio equipado con los más sofisticados artilugios de tecnología. Había sido elaborado a lo largo de muchos años, empleando la mejor ciencia y robótica que el dinero podía comprar. La plantilla de seres humanos que trabajaban en ese recinto habían sido escogidos de las instituciones más avanzadas en biología de la nación. Ahora eran secuaces, sus mentes habían sido poseídas y su lealtad estaba fuera de toda duda.

Todo para un propósito.

Un único individuo, diferente a cualquier otro que existiera en el mundo.

Ese individuo esperaba al fondo del túnel, detrás de la puerta de acero electrónica triplemente reforzada. Dentro había una celda construida para contener a un hombre que no era en absoluto un hombre sino un vampiro, una criatura alienígena de un planeta tremendamente distinto al que habitaba ahora.

Era un Antiguo, el resto más pretérito de aquella raza híbrida ahora conocida como la estirpe. Tenía miles de años y era más poderoso que cualquier ejército de criaturas humanas, incluso en su estado actual, cercano a la inanición. El hambre lo había despertado, tal como se pretendía, pero además lo fastidiaba, y la furia es siempre un factor a considerar cuando se trata de controlar a una poderosa criatura como la que yacía en esa celda, pelada y con todo el cuerpo lleno de dermoglifos.

Rayos ultravioletas de alta concentración mantenían la celda cerrada como si fuese con rejas de cinco centímetros de anchura, y eran más efectivos que cualquier acero. El Antiguo no quería probarlos, pues ya lo había hecho años atrás y como consecuencia casi estuvo a punto de perder un brazo por las quemaduras solares. Llevaba una máscara que lo mantenía calmado y que protegía sus ojos de la intensidad de su prisión de rayos UV. Estaba desnudo, ya que no había ninguna razón para el pudor allí, y porque era crucial que su guardián pudiera estar atento al más sutil de los cambios que se diera en los dermoglifos que cubrían cada centímetro de su piel alienígena.

En cuanto a las cadenas mecánicas en el cuello, los miembros y el torso de la criatura, estaban puestas como preparación para la extracción de diversos fluidos y tejidos.

—Hola, abuelo —dijo arrastrando las sílabas aquel que tenía prisionero al Antiguo los últimos cincuenta años. Él también era muy viejo considerando los estándares humanos, fácilmente tendría cuatrocientos años. No es que eso se notara o importara lo más mínimo. Dado que pertenecía a la estirpe, parecía estar en su primera juventud. Y dado que había mantenido al Antiguo en secreto y bajo su control durante todo aquel tiempo, se sentía como un Dios.

—Ayer tuvimos los resultados del test, amo.

Uno de los humanos que lo servían le entregó una carpeta llena de informes. No lo llamaban por su nombre; nadie lo hacía. No había nadie alrededor que supiera quién era realmente.

Había nacido de Dragos, perteneciente a la primera generación de machos de la estirpe y descendiente directo de aquella criatura contenida en la prisión de rayos ultravioleta de esa cueva subterránea. Había nacido en secreto y fue enviado con una familia que lo criase, y le había llevado muchos años comprender finalmente su propósito.

Y más tiempo todavía hacerse con el premio que lo conduciría a la gloria.

—¿Has descansado bien? —preguntó despreocupadamente a su prisionero, mientras cerraba la carpeta con los informes y los resultados de las pruebas.

La criatura no respondió, únicamente se mordió los labios y dejó salir el aire lentamente a través de los alargados colmillos.

Había dejado de hablar hacía una década, si era por locura, por rabia o por el trauma de la derrota, eso su captor ya no lo sabía. Y tampoco es que le importara especialmente. No había amor entre ellos. El Antiguo, a pesar de tratarse de un familiar cercano, no era más que un medio para obtener un fin.

—Empezaremos ahora —dijo el raptor a su prisionero.

Introdujo un código en el ordenador que, a su vez, ordenaría a las máquinas de la celda comenzar con las extracciones. Las pruebas eran dolorosas, muchas y prolongadas... pero todas necesarias. Se recogían fluidos de su cuerpo y muestras de tejido. Hasta ahora el experimento sólo había reportado éxitos menores. Pero eran prometedores, y con eso bastaba.

Cuando fue obtenida y catalogada la última muestra, el Antiguo se dejó caer exhausto en el interior de la celda. Su enorme cuerpo tembló y se sacudió mientras su captor trabajaba para curar los daños que le había hecho durante el procedimiento.

—Sólo queda una última cosa para terminar —le dijo.

Y aquella última era la más crucial y la más primordial para el vampiro que se recuperaba tras los barrotes de rayos UV de su celda.

Encerrada dentro de otra prisión mucho más rudimentaria había una hembra humana fuertemente sedada, recientemente capturada de las calles. Ella también estaba desnuda y su cabello negro le había sido rapado casi por completo para dejar su cuello completamente expuesto. Su mirada estaba desenfocada y sus pupilas dilatadas por efecto de las drogas que le habían sido inyectadas hacía un rato.

No gritó ni luchó cuando fue sacada de su confinamiento por dos secuaces del laboratorio. Sus pequeños pechos se agitaban con cada paso que daba y la cabeza se le caía hacia atrás, dejando al descubierto la marca de nacimiento que tenía debajo de la barbilla, una pequeña lágrima sobre una luna creciente. Sus pies desnudos se movieron con desgana cuando la colocaron con estribos en un asiento automático que la llevaría más allá de la barrera de rayos UV y la colocaría directamente en el centro de la celda del Antiguo.

Apenas reaccionó cuando la silla se reclinó hacia atrás, colocándola en posición para lo que iba a venir. En el interior de la celda, las cadenas del enorme macho se aflojaron ligeramente, permitiéndole avanzar hacia ella como el depredador que era.

—Ahora te alimentarás —le dijo su captor—. Y luego procrearás con ella.

Capítulo catorce

*E*ra tremendamente extraño estar de nuevo en el recinto. Pero por muy extraño que fuera, a Rio le pareció más irreal entrar a sus habitaciones privadas en el cuartel subterráneo de la Orden, tan cerca del centro de Boston.

Dante y Chase fueron al laboratorio de tecnología tan pronto como llegaron, dejando a Rio tratar a solas con Dylan. Supuso que los guerreros le estaban dando también una oportunidad para que se reencontrara en privado con su antigua vida, aquella que Eva le había robado un año atrás a través de su traición. Llevaba mucho tiempo sin entrar a sus habitaciones del recinto, pero el lugar estaba exactamente igual que como lo recordaba. Exactamente igual que como lo había dejado después de la explosión en el almacén que lo obligó a permanecer confinado durante varios meses en la enfermería, sometido a una dura recuperación.

Las habitaciones que una vez había compartido con Eva eran como una cápsula de tiempo. Todo estaba exactamente en el mismo lugar que aquella noche infernal, cuando él y sus hermanos habían salido a perseguir a un grupo de renegados sólo para caer directamente en una trampa mortal.

Una trampa orquestada por la mujer que había sido su compañera de sangre.

Y fue allí, en el recinto, donde Eva se rebanó la garganta con un cuchillo cuando el engaño fue descubierto por Rio y denunciado también por él.

Ella se había dado muerte en la enfermería, pero era ahí, en las habitaciones donde vivían, donde Rio sentía mayormente su presencia. El toque personal de Eva estaba en todas partes, desde los extravagantes tapices tejidos a mano que él había aceptado colgar de las paredes con alguna reticencia, hasta los grandes espejos cercanos al armario empotrado y los pies de la enorme cama en un extremo de la habitación.

Rio llevó a Dylan a través de la elegante sala de estar y cruzó con ella las puertas francesas con cortinas que conducían a la suite dormitorio. Captó su reflejo en el espejo al dejarla sobre la cama con dosel y cubrirla cuidadosamente con el edredón de color ciruela oscura.

Se estremeció al contemplar el rostro arruinado de ese extraño que le devolvía la mirada desde el espejo. Aún vestido con esas elegantes ropas que Reichen le había dado, seguía pareciendo un monstruo, especialmente en comparación con la belleza que dormía en sus brazos, totalmente a su merced.

Él era un monstruo, y no podía echarle la culpa de eso únicamente a Eva. Había nacido siendo una bestia y un asesino; y ahora resultaba que no sólo lo era sino que además lo aparentaba.

Dylan reaccionó un poco cuando él la colocó sobre el colchón y le puso uno de los cojines bajo la cabeza.

—Ahora despierta —le dijo, rozándole la frente con la palma de la mano—. Ya has descansado bastante, Dylan. Ahora debes despertarte.

No necesitaba acariciarle la mejilla para sacarla del trance. No necesitaba dejar las yemas de sus dedos rezagados en el terciopelo de su piel, con esas encantadoras y diminutas pecas color melocotón. No necesitaba recorrer la delicada línea de su mejilla... pero no pudo resistir tomarse su tiempo.

Ella abrió los párpados de golpe. La franja de pestañas marrón oscuro se alzó, y Rio quedó atrapado en su luminosa mirada de un verde dorado. Con retraso, apartó la mano de su rostro, pero ella supo que él se había tomado alguna libertad. No apartó la vista de él, sólo dejó escapar un débil murmullo a través de sus labios.

—Tengo miedo —susurró, con la voz temblorosa por el largo sueño que él le había inducido. No era consciente del trance del viaje. Su mente humana creía que todavía se hallaba en el Refugio Oscuro de Reichen, su conciencia había quedado en pausa momentos antes de que ella y Rio partieran hacia Boston—. Me asusta el lugar donde vas a llevarme...

—Ya estás aquí —le dijo Rio—. Acabamos de llegar.

Una expresión de pánico apareció en sus ojos.

—¿Dónde...?

—Te he traído al recinto de la Orden. Estás en mis habitaciones, completamente a salvo.

Ella miró a su alrededor, registrándolo todo rápidamente.

—¿Tú vives aquí?

—Vivía aquí, sí. —Se levantó y se apartó de la cama—. Ponte cómoda. Si necesitas cualquier cosa, sólo tienes que pedirla. Yo me ocuparé.

—¿Qué te parece si me llevas a mi hogar en Nueva York? —dijo, recuperando la claridad mental—. O me das un mapa GPS de dónde me encuentro ahora mismo y llego yo sola a casa.

Rio se cruzó de brazos.

—Éste es tu hogar por ahora, Dylan. Eres una compañera de sangre y serás tratada con el respeto que te es debido. Tendrás comida y comodidad, todo lo que necesites. No estarás encerrada en estas habitaciones, pero te aseguro que no hay ningún sitio donde puedas escapar si lo intentas. El recinto es completamente seguro. Mis hermanos y yo no te haremos ningún daño, pero si intentas dejar estas habitaciones lo sabremos antes de que pongas un solo pie en el pasillo. Si tratas de escapar te encontraré, Dylan.

Ella permaneció quieta durante un largo momento, observándolo hablar, midiendo sus palabras.

—¿Y entonces qué harás? ¿Te pondrás encima de mí y me morderás la garganta?

«Cristo.»

Rio sintió agitarse toda su sangre ante la sola idea. Sabía que ella estaba imaginando un acto violento, pero la imagen del cuerpo de Dylan bajo el suyo mientras él clavaba los colmillos en su tierna piel era de una enorme sensualidad.

La excitación creció en él como una oleada de calor que endureció su miembro.

Todavía era capaz de sentir la suavidad de su piel en la yema de los dedos, y ahora otra parte de él ansiaba sentirla también. Se dio la vuelta, obligando a su cuerpo a aplacar la rápida reacción que le había provocado.

—Cuando estuve en Jiein oí hablar de un hombre que había sido atacado por un demonio. Un viejo granjero fue testigo y dijo que el demonio bajaba desde una montaña cercana para alimentarse. Para beber sangre humana.

Rio permaneció allí de pie, mirando fijamente la puerta que tenía enfrente mientras Dylan hablaba. Sabía a qué noche se refería, la recordaba claramente porque había sido la última vez que se permitió alimentarse. Llevaba más de dos semanas sin nutrirse cuando llegó en sus rondas a una humilde granja a las afueras del bosque en la falda de la montaña.

Estaba muriéndose de hambre y eso le hizo ser imprudente. Un anciano vino hacia él y vio el ataque, vio a Rio con la garganta del hombre entre los dientes. La interrupción fue probablemente lo que salvó de la muerte a la presa de Rio, pues había perdido el control alimentándose. Dejó de cazar esa misma noche, por miedo a lo que podía llegar a convertirse.

—¿Fue sólo una exageración, verdad? No es cierto que tú hicieras eso, ¿verdad, Rio?

—Ponte cómoda —gruñó. Antes de salir cogió la bolsa en bandolera que contenía el ordenador y la cámara de fotos—. Tengo que hacer algunas cosas.

No esperó a que ella protestara o dijera algo más, sólo sabía que tenía que salir de allí. Dio unos pasos y enseguida se halló más allá de las puertas francesas, en el salón adyacente.

—¿Rosario...?

Se detuvo al oír su voz detrás de él... Frunció el ceño y se volvió a mirarla. Se había incorporado en la cama en algún momento y ahora se abrazaba los codos.

Dios, estaba deliciosamente despeinada, hermosa y soñolienta. No le costó mucho esfuerzo imaginar cómo sería Dylan después de una noche de sexo. El hecho de que estuviera tumbada sobre el edredón de seda color ciruela sólo contribuyó a hacer la imagen todavía más erótica.

—¿Qué? —Su voz era un sonido áspero en el fondo de su garganta.

—Tu nombre —dijo ella, como si él debiera saber a qué se refería. Inclinó la cabeza mientras lo examinaba a través de la habitación—. Me dijiste que Rio era sólo un pedazo de tu nombre, así que me preguntaba el diminutivo de qué podría ser. ¿Es de Rosario?

—No.

—¿Y entonces de qué? —Como él no contestó enseguida sus delgadas cejas se alzaron impacientes—. Después de todo lo que me has dicho durante estos dos días, ¿qué hay de malo en que me digas qué nombre te pusieron al nacer?

Él se mofó involuntariamente, recordando todos los nombre que le habían dado desde su nacimiento. Ninguno era agradable.

—¿Por qué te importa tanto saberlo?

Ella negó con la cabeza y se encogió ligeramente de hombros.

—No es importante. Supongo que tengo curiosidad por saber más acerca de ti. Saber quién eres realmente.

—Ya sabes bastante —dijo él. Una maldición se le escapó de los labios—. Créeme, Dylan Alexander, no quieras saber de mí más de lo que ya sabes.

En eso se equivoca, pensó Dylan, observando cómo Rio se alejaba de ella y abandonaba la espaciosa habitación. Cerró la puerta tras él, dejándola a solas en las habitaciones iluminadas con luz tenue.

Se sentó en un extremo de la cama. Tenía las piernas temblorosas, como si llevara varias horas sin usarlas. Como si hubiera estado inconsciente durante la mayor parte de la noche. Si lo que él dijo era cierto, que habían salido de Berlín y estaban en Estados Unidos, entonces debía de haber pasado alrededor de nueve horas inconsciente.

¿Era realmente posible? ¿De verdad le había inducido algún tipo de trance durante todo ese tiempo?

Se había sorprendido al ver que le acariciaba el rostro con los dedos al despertarse. La había tocado con tanta suavidad, de un modo cálido y protector. Pero había apartado la mano tan pronto como se dio cuenta de que ella despertaba.

No quería que Rio sintiera ni le inspirase ningún cariño, pero difícilmente podía negar que había cierta electricidad en la forma en que él la miraba. Había algo innegablemente seductor en la forma en que la tocó. Quería saber más sobre él, necesitaba saber más. Después de todo, como cautiva le interesaba averiguar tanto como pudiera sobre el hombre que la había raptado. Y como periodista que aspiraba a conseguir una gran historia era su deber reunir hasta los detalles más pequeños e investigarlos hasta llegar a la pura verdad.

Pero era su interés como mujer lo que más preocupaba a Dylan.

Fue ese deseo de saber más acerca del tipo de hombre que era Rio lo que le hizo pasear la mirada alrededor del dormitorio. La decoración era lujosa y sensual, una explosión de tonalidades brillantes, desde el edredón de seda de la cama hasta las pinturas de matices dorados de las paredes. Una colección de pinturas abstractas, tan brillantes que a Dylan le ardieron los ojos, llenaban una pared entera de la suite dormitorio. En otra pared había un espejo gigante, con un marco ornamentado y colocado estratégicamente para reflejar la gran cama con dosel y cualquier cosa que hubiera encima de ella.

—Muy sutil —murmuró Dylan, poniendo los ojos en blanco mientras se dirigía hacia las puertas dobles de otro extremo de la habitación. Las abrió de golpe y se quedó boquiabierta al contemplar el inmenso vestidor que tenía más metros que su apartamento de Brooklyn—. Dios santo.

Entró, vagamente consciente de que allí había más espejos... ¿y quién no iba a querer mirarse desde todos los ángulos teniendo una selección escogida de las marcas más sofisticadas?

Sintió la tentación de revisar todas aquellas ropas y zapatos de diseño por valor de miles de dólares, pero un pensamiento la asaltó de repente: sólo la cuarta parte del vestidor contenía ropa de hombre. El resto pertenecía a una mujer, una mujer menuda y obviamente con gustos muy caros.

Puede que aquellas fueran las habitaciones de Rio, pero era evidente que no vivía allí solo.

Oh, mierda. ¿Estaba casado?

Dylan retrocedió y cerró las puertas, deseando no haber mirado. Se dirigió a la zona del salón, y ahora pudo reconocer el toque femenino por todas partes. Nada ni remotamente cercano a su propio estilo, ¿pero qué sabía ella de diseño de interiores? Su mejor mueble era un sofá cama barato que había comprado de segunda mano.

Dylan pasó la mano por el respaldo de una butaca con patas acabadas en forma de garra tallada en madera de nogal, mientras se fijaba en todo el elegante mobiliario. Caminó hasta un sofá de terciopelo dorado y se detuvo mientras su mirada reparaba en una pequeña colección de fotografías enmarcadas sobre una mesita.

Lo primero que vio fue una foto de Rio. Estaba sentado en el asiento de un coche descapotable con la puerta abierta aparcado en una playa a la luz de la luna. Iba vestido con una camisa de seda negra desabrochada y pantalones negros. Tenía las piernas ligeramente separadas y sus pies desnudos se hundían en la fina arena blanca. Sus ojos de un topacio intenso tenían un brillo cómplice y su sonrisa lo hacía parecer tan peligroso como divertido.

Dios santo, era guapo.

Para ser justos, era muchísimo más que guapo.

La foto no parecía muy antigua. No había cicatrices en su rostro, así que su herida tenía que ser bastante reciente. Lo que sea que le hubiera sucedido le había robado esa belleza clásica y extraordinaria, pero era la ira que ahora llevaba en su interior el cambio verdaderamente trágico. Dylan contempló la foto de Rio en sus tiempos felices y tuvo que preguntarse qué sería lo que lo había transformado tanto.

Observó otra foto, ésta muy antigua. Era una imagen en tonos sepia tomada en un estudio, la imagen de una mujer morena con el pelo recogido y con un vestido victoriano de cuello alto terminado en encaje. Dylan se inclinó para ver mejor, preguntándose si la exótica belleza con la sonrisa coqueta sería la abuela de Rio. Los ojos oscuros miraban directamente a la cámara, con una gran fuerza de seducción. Era hermosa y sensual, a pesar de la moda remilgada de su tiempo.

Y su rostro... le resultaba extrañamente familiar.

—Oh... Dios mío.

Incrédula, y a la vez asombradísima buscó con la mirada otra fotografía en la mesita del sofá. Ésta era a todo color, y sin duda sacada hace una década o menos... pero retrataba a la misma mujer de la foto antigua. Esta última era una fotografía nocturna de la mujer sobre un puente de piedra, en un parque de la ciudad, riendo con el pelo largo y suelto. Parecía tan feliz, sin embargo Dylan pudo ver la tristeza en sus ojos oscuros, esos intensos ojos marrones fijos en quien fuera que sacaba la foto ocultaban dolorosos secretos.

Y ella reconoció ese rostro con toda certeza, ahora se daba cuenta, y no se trataba de esa semejanza imposible con el otro retrato.

Era el mismo rostro que había visto en las montañas de Jiein... el rostro de la mujer muerta.

La bella fantasma que condujo a Dylan hasta la cueva donde se hallaba Rio era su esposa.

Capítulo quince

*E*ra casi como si nunca se hubiera marchado.

Rio estaba de pie en el laboratorio del recinto, rodeado por Lucan, Gideon y Tegan, que lo saludaban con un apretón de manos sinceramente confiado y amistoso.

El de Tegan fue el que más duró, y Rio supo que aquel guerrero de piedra con pelo rojizo y ojos ámbar era capaz de leer su culpa y su inseguridad a través del contacto con su mano. Aquel era el don de Tegan, adivinar las emociones verdaderas con el tacto.

Sacudió la cabeza de manera casi imperceptible.

—Las cosas pasan, amigo. Y Dios sabe que todos tenemos nuestros demonios personales tironeando de nuestras cadenas. Así que aquí nadie va a juzgarte, ¿entiendes?

Rio asintió mientras Tegan le soltaba la mano. Al pasarle a Gideon el maletín con el ordenador de Dylan, lanzó una mirada hacia el fondo del laboratorio, donde Dante y Chase preparaban sus armas para la noche. Dante le hizo un gesto de saludo con la cabeza, pero la mirada de acero de Chase mostraba que él sí continuaba juzgando a Rio. Un tipo inteligente. Rio se imaginó que la reacción del agente de los Refugios Oscuros era probablemente la misma que habría tenido él si los papeles se intercambiaran y fuera Chase quien perdiera el control y tuviera necesidad de ayuda.

—¿Cuánto sabe sobre nosotros la mujer? —preguntó Lucan.

Aquel fundador de la Orden, de novecientos años y perteneciente a la primera generación era un líder formidable que podía tener el control de una habitación entera tan sólo con un movimiento de sus cejas. Rio lo consideraba un amigo —todos los guerreros tenían entre ellos una enorme cercanía— y odiaba terriblemente la idea de poder decepcionarlo.

—Sólo le he explicado lo básico —replicó Rio—. Y me temo que todavía no se lo cree del todo.

Lucan gruñó, asintiendo pensativo.

—Es un asunto complicado. ¿Entiende cuál es el propósito de la cripta de la cueva?

—En realidad, no. Me oyó llamarla cámara de hibernación cuando hablé con Gideon, pero no sabe más que eso. Desde luego no pienso darle ninguna pista. Ya es bastante malo lo que ha descubierto por su cuenta. —Rio dejó escapar el aire con exasperación—. Es inteligente, Lucan. No creo que tarde mucho en encajar las piezas en su sitio.

—Entonces será mejor que actuemos rápido. Cuantos menos detalles haya que aclarar después, mejor —dijo Lucan. Lanzó una mirada a Gideon, que tenía el ordenador de Dylan abierto a su lado—. ¿Cuánto crees que tardaremos en seguir el rastro de esas fotos que ha enviado por correo electrónico y acabar con ellas?

—Borrar los archivos de su cámara y de la computadora es fácil. Lo haré en medio minuto.

—¿Y qué me dices de las imágenes enviadas y los archivos de texto?

Gideon arrugó la cara como si estuviera calculando la raíz cuadrada del valor de toda la red de Bill Gates.

—Tardaré unos diez minutos en acceder desde su disco duro a todos los ordenadores de su lista de distribución. Treinta, si quieres que haga un trabajo más fino.

—Me tiene sin cuidado que sea o no sea fino —dijo Lucan—. Haz lo que tengas que hacer para seguir el rastro de las fotos y eliminar de los textos cualquier referencia a lo que encontró en esa montaña.

—Estoy en ello —replicó Gideon, trabajando ya en ambos aparatos.

—Podemos destruir los archivos electrónicos, pero seguimos necesitando encontrar a las personas a quienes ha dicho algo de la cueva —señaló Rio—. Aparte de su jefe, están las tres mujeres que viajaban con ella, y su madre.

—Eso te lo dejaré a ti —dijo Lucan—. No me importa cómo

lo hagas. Si quieres úsala a ella para negar la historia, haz algo para desacreditarla, o encuentra esas personas con las que habló y bórrales la memoria. Tú escoges la manera, Rio, pero hazlo. Sé que lo harás.

Él asintió.

—Te doy mi palabra, Lucan. Me ocuparé de esto.

La expresión del vampiro de la primera generación era tan grave como segura.

—No dudo de ti. Nunca lo he hecho y nunca lo haré.

La confianza de Lucan era inesperada, un regalo que Rio no esperaba recibir. Durante muchos años, la Orden y los guerreros que la integraban habían sido lo más importante de su vida, incluso por encima del amor de Eva, lo cual había ido sembrando en ella un lento pero feroz resentimiento. Rio tenía un lazo de honor con cada uno de esos hombres de su misma sangre, estaba dispuesto a luchar junto a ellos e incluso a morir por ellos. Miró a su alrededor, sintiéndose humillado ante los rostros valientes de los cinco hombres de la estirpe que sin ningún tipo de duda darían también sus vidas por él.

Rio se aclaró la garganta, sintiéndose algo incómodo ante la calurosa bienvenida de prácticamente todos sus hermanos. Al otro extremo del laboratorio, las puertas de vidrio se abrieron y Nikolai, Brode y Kade aparecieron desde el pasillo. Los tres hablaban animadamente, con un aire de cómoda camaradería, al entrar al laboratorio.

—Hey —dijo Niko, sin dirigir el saludo a nadie en particular. Sus fríos ojos azules se detuvieron en Rio durante un segundo antes de mirar a Lucan y comenzar a describir los detalles de la patrulla de la noche—. Chamuscamos a un renegado junto al río hace una hora. El bastardo estaba descansando de un asesinato cuando lo encontramos.

—¿Crees que es uno de los perros de caza de Marek? —preguntó Lucan, refiriéndose al ejército de vampiros renegados que su propio hermano había estado entrenando antes de que la Orden acabara con él. Aunque Marek había muerto en manos de la Orden todavía quedaba parte de su ejército pendiente de exterminación.

Nikolai negó con la cabeza.

—Ese chupasangre no era un luchador, sólo un adicto tratando de saciar su permanente necesidad de sangre. Me imagino que llevaría tan sólo unas pocas noches fuera de los Refugios Oscuros, a juzgar por lo fácil que resultó eliminarlo. —El vampiro ruso miró a Rio de pasada antes de dirigirse a Dante y a Chase—. ¿Ha habido algo de acción por el lado sur?

—Nada de nada —murmuró Chase—. Hemos estado demasiado ocupados yendo al aeropuerto.

Nikolai gruñó e hizo un gesto de reconocimiento en dirección a Rio.

—Ha pasado mucho tiempo, amigo. Es bueno verte de una pieza.

Rio conocía a ese hombre demasiado bien como para darse cuenta de que el comentario no era todo lo afectuoso que él podía esperar. Entre todos los guerreros de la Orden, Rio esperaba que Niko fuera el primero en defenderlo, lo mereciera o no. Niko era el hermano que Rio nunca había tenido, ambos habían nacido el siglo pasado y ambos se habían unido a la Orden de Boston en la misma época.

Era extraño que Niko estuviera ausente cuando Rio llegó al recinto, a pesar de saber el amor del vampiro por el combate. Probablemente le fastidiaría que la patrulla hubiera acabado cuando aún quedaban un par de horas antes del amanecer.

Antes de que Rio pudiera decirle nada a su viejo amigo, Nikolai volvió a dirigirse a Lucan.

—El renegado que encontramos esta noche era joven, pero la matanza que dejó a su paso parecía obra de más de un vampiro. Me gustaría regresar mañana por la noche y echar un vistazo alrededor, para ver si encontramos algo más.

Lucan asintió.

—Me parece bien.

Tras ese intercambio, Niko se volvió hacia Kade y Brock.

—Tenemos tiempo suficiente para cazar un poco por nuestra cuenta antes de que salga el sol. ¿Alguien más tiene sed?

Los ojos de lobo de Kade se iluminaron.

—Hay un bar *after-hours* en la zona norte que probablemente a esta hora se esté poniendo interesante. Habrá un montón de dulces jóvenes que saborear.

—Contad conmigo —dijo Chase, levantándose de su silla

junto a Dante para unirse a los otros tres solteros que salían del laboratorio.

Por un momento, Rio los observó marcharse. Pero cuando Niko se alejaba por el pasillo, detrás de los otros, lo llamó.

—Niko, espera.

El guerrero continuó caminando como si no lo hubiera oído.

—Maldita sea, Nikolai, ¿qué demonios pasa contigo?

Chase, Brock y Kade se detuvieron para mirar atrás, pero Niko les hizo señas de que siguieran. Ellos continuaron avanzando hasta desaparecer de la vista. Después de unos segundo, Nikolai se dio la vuelta.

El rostro que miró fijamente a Rio desde el corredor blanco era duro e indescifrable.

—Sí, aquí estoy. ¿Qué es lo que quieres?

Rio no supo qué responder. La hostilidad de su viejo amigo le provocaba escalofríos.

—¿He hecho algo que te moleste?

La áspera risa de Nikolai resonó en las paredes de mármol.

—Que te jodan.

Se dio la vuelta dispuesto a marcharse.

Rio lo alcanzó al instante. Estaba a punto de agarrar al guerrero por los hombros para obligarlo a detenerse, pero Niko se movió más rápido. Empujó a Rio contra la pared y le puso el antebrazo en el esternón.

—¿Querías morir, maldito cabrón? —Niko afiló la mirada, las pupilas ámbar en sus ojos azules como resultado de su ira—. Si querías matarte, es asunto tuyo. Pero no me uses a mí para ayudarte. ¿Está claro?

Los músculos de Rio estaban tensos y preparados para luchar, y sus instintos de combate en alerta a pesar de hallarse ante el aliado en quien tanto tiempo había confiado. Pero mientras hablaba Nikolai, la furia luchadora de Rio fue menguando ligeramente. De pronto, la furia de Niko tenía sentido. Porque Nikolai sabía que Rio se había quedado atrás en esa montaña de Bohemia con la intención de poner fin a su vida. Puede que no lo supiera durante esos cinco meses, pero estaba claro que ahora sí.

—Me mentiste —lo acusó Nikolai—. Me miraste a los ojos

y me mentiste, amigo. Nunca pensabas volver a España. ¿Qué pensabas hacer con esa carga de C-4 que te dimos? ¿Ibas a practicar algún tipo de atentado suicida o simplemente pensabas sellar la cueva y quedar atrapado en el interior de esa tumba por el resto de la eternidad? ¿Qué ibas a hacer, amigo? ¿Cómo planeabas palmarla?

Rio no respondió. No era necesario. De todos los guerreros de la Orden, Nikolai era el que lo conocía mejor. Lo veía como el cobarde que realmente era. Sólo él sabía lo cerca que Rio había estado de acabar con su vida, incluso antes de su llegada a la montaña checa.

Había sido Nikolai quien se negó a permitir que Rio se regodeara en la autocompasión, y se tomó como una misión personal arrancarlo de su depresión el verano pasado. Fue Niko quien lo mantuvo a flote todas las semanas que duró su convalecencia, cazando para él cuando estaba demasiado débil. Nikolai había sido el hermano que Rio nunca tuvo.

—Sí —siguió Niko—. Como te decía, que te jodan.

Apartó el brazo del pecho de Rio y le dio la espalda ladrando un insulto. Rio lo observó mientras se marchaba, arrastrando las botas en la pulida superficie de mármol hasta reunirse con los otros guerreros.

—Mierda —susurró Rio, pasándose la mano por el pelo.

Aquel enfrentamiento con Nikolai era la prueba de que no debería haber regresado a Boston, incluso aunque eso significara dejar el problema de Dylan Alexander en manos de otro. Ahora era un extraño, un eslabón débil en la sólida cadena de acero de los valientes guerreros de la estirpe.

Seguía sintiendo que las sienes le latían por la inyección de adrenalina que lo había golpeado minutos atrás, cuando parecía que Niko quería destrozarlo. La visión se le comenzó a nublar mientras estaba allí de pie. Si no conseguía moverse y encontrar algún lugar privado donde recuperarse en sólo cuestión de minutos estaría tendido sobre el mármol, en medio del pasillo. Y francamente, no tenía ningunas ganas de que Lucan y los demás salieran del laboratorio para verlo ahí tirado como un animal muerto en la carretera hacía una semana.

Rio ordenó a sus piernas que empezaran a moverse, y no con poca dificultad, consiguió regresar hasta sus habitaciones.

Entró y cerró la puerta tras él, luchando contra una náusea repentina.

—¿Estás bien?

La voz femenina salía de alguna parte distante del apartamento. Al principio no la registró como familiar. Su cerebro luchaba para poder realizar los movimientos básicos y aquella voz brillante y cristalina no parecía pertenecer a ninguno de sus empañados recuerdos.

Se apartó de la puerta y avanzó a través del salón hasta su dormitorio. Sentía que el cráneo le iba a estallar.

Agua caliente. Oscuridad. Silencio. Necesitaba esas tres cosas inmediatamente.

Se quitó la camisa y la dejó caer sobre el ridículo sofá de terciopelo dorado de Eva. Realmente debería quemar toda aquella mierda. La lástima era que no pudiera quemar también a aquella bruja traidora.

Rio se aferró a la furia que sentía por la traición de Eva, un motivo débil, pero lo único que tenía en aquel momento. Llegó hasta la puerta acristalada del dormitorio y oyó un pequeño grito ahogado en el interior.

—Oh, Dios mío, Rio, ¿te encuentras bien?

«Dylan.»

Su nombre surgió entre la niebla de su mente como un bálsamo. Alzó la vista para encontrar a su huésped a la fuerza sentada en el borde de la cama, con un objeto rectangular apoyado en su regazo. Dejó el objeto en la mesita de luz y fue corriendo hacia él para llegar justo en el instante en que se le doblaban las rodillas.

—Ducha —logró articular.

—Apenas puedes tenerte en pie. —Lo ayudó a llegar hasta la cama, donde se dejó caer de buen grado—. Parece que necesitas un médico. ¿Hay alguien aquí que pueda ayudarnos?

—No, ducha...

Era incapaz de usar su habilidad mental para encender la ducha, pero no necesitó intentarlo. Dylan fue corriendo al cuarto de baño y él oyó caer el chorro de agua. Luego las suaves pisadas de Dylan se acercaron por la alfombra hasta el lugar donde él estaba patéticamente tendido casi a los pies de la cama.

Él registró vagamente los pasos que se acercaban, y apenas oyó la exclamación que ella profirió junto a él.

—Dios bendito. —Luego hubo un momento de excesivo silencio—. Dios... ¿por qué tipo de infierno has pasado?

Usando toda la fuerza que le quedaba, Rio abrió los ojos. Gran error. El horror que vio en la mirada de Dylan era inconfundible. Ella contemplaba el lado expuesto de su cuerpo... el pecho y el torso que habían sufrido las quemaduras y heridas de metralla de la explosión que casi acaba con su vida.

Dylan intentaba hablar y no le salía la voz.

—¿Tu esposa tuvo algo que ver con lo que te ocurrió, Rio?

A él se le heló el pulso. La sangre que había estado latiendo en sus oídos se convirtió en hielo cuando miró el rostro interrogante y preocupado de Dylan.

—¿Ella te hizo esto, Rio?

Él siguió con la mirada el brazo que Dylan extendía hacia la mesita de noche. Allí estaba el objeto que había sostenido en su regazo momentos antes. Era un marco con una fotografía. Rio no necesitaba mirarla para saber que se trataba de una foto de Eva una noche en que paseaban por Charles River. Eva sonriente, Eva diciéndole lo mucho que lo amaba mientras conspiraba a sus espaldas con los enemigos de la Orden para perseguir sus propias metas egoístas.

Rio gruñó al pensar en su propia estupidez, en su propia ceguera.

—No es asunto tuyo —murmuró, todavía vagando a la deriva en la oscuridad de su mente extraviada—. No sabes nada acerca de ella.

—Fue ella quien me condujo hasta ti. La vi en las montañas de Jiein.

Una sospecha irracional encendió su ira hasta extremos peligrosos.

—¿Qué quieres decir con que la viste? ¿Conocías a Eva?

Dylan tragó saliva y se encogió débilmente de hombros. Le mostró la fotografía enmarcada.

—La vi... su espíritu estaba allí. Estaba en la montaña contigo.

—Estupideces —gruñó—. No me hables de esa mujer. Está muerta, y eso es lo que se merece.

—Ella me pidió que te ayudara, Rio. Me lo imploró. Quería que te salvara...

—¡He dicho que eso son estupideces! —aulló.

La furia lo hizo incorporarse como una víbora dispuesta para el ataque. Le arrebató el marco de las manos a Dylan y la rabia lo hizo lanzarlo con fuerza al otro lado de la habitación. Estalló contra el gran espejo de la pared que había frente a la cama, haciéndose añicos en el impacto, estallando en diminutos pedazos afilados como cuchillas.

Oyó que Dylan gritaba, pero fue al sentir el dulce aroma a enebro de su sangre cuando se dio cuenta de lo que había hecho.

Ella se tocaba la mejilla con la mano, y cuando apartó los dedos estos tenían una mancha escarlata por la pequeña herida que había justo bajo su ojo izquierdo.

Fue la visión de esa herida lo que hizo salir a Rio de la espiral en la que se hundía. Como un cubo de agua fría bajo su cabeza, ver la herida de Dylan le hizo recuperar la cordura instantáneamente.

—Ah, mierda... Lo siento.... lo siento.

Se movió para tocarla, para comprobar si la herida era profunda, pero ella se apartó con los ojos enormes y aterrorizados.

—Dylan... Yo no quería...

—Aléjate de mí.

Él se acercó, sólo con la intención de demostrarle que no quería hacerle ningún daño.

—¡No! —Ella sacudía la cabeza salvajemente—. ¡No me toques!

«Madre de Dios.»

Ahora ella gritaba totalmente aterrorizada. Estaba temblando, con los ojos clavados en él.

Cuando sintió sobre la lengua las puntas de sus colmillos, Rio comprendió cuál era la fuente de su terror. Allí estaba ante ella el vampiro que él había confesado ser, aquel ser que su mente humana rechazaba aceptar.

Ahora debía aceptarlo.

Estaba viendo la verdad con sus propios ojos, tenía ante ellos los cambios físicos que lo convertían en un monstruo de pesadilla.

No había modo de ocultar los colmillos que crecían cada vez más largos a medida que el ansia por ella aumentaba. No había modo de disimular las pupilas que se afilaban y adquirían un brillo ámbar por esa sed de sangre que nublaba su visión.

Él miró el pequeño corte, el riachuelo de sangre roja corriendo por la mejilla color crema, y apenas pudo articular un pensamiento coherente.

—Intenté decírtelo, Dylan. Esto es lo que soy.

Capítulo dieciséis

—Un vampiro.

Dylan oyó que la palabra se le escapaba de los labios, a pesar del hecho de que apenas podía creer lo que estaba viendo.

En cuestión de momentos, Rio se había transformado ante sus ojos. Ella contemplaba conmocionada los cambios de los que estaba siendo testigo. Sus ojos brillaban como brasas encendidas, y ya no eran del color topacio que tenían habitualmente, sino de una tonalidad ámbar y con las pupilas increíblemente afiladas. Sus facciones parecían ahora todavía más duras y angulosas, las delgadas y enjutas mejillas y la mandíbula cuadrada parecían cinceladas en piedra.

Y por detrás de sus labios asomaban un par de colmillos como los de las películas.

—Tú... —dijo mirando esos ojos hipnóticos clavados en ella. Se sentó débilmente en el borde de la cama—. Dios mío, de verdad eres...

—Soy de la estirpe —dijo con sencillez—. Tal como te dije.

Sentada frente a él, se fijó en la sólida musculatura de su pecho desnudo. Los intrincados diseños de la piel de sus brazos seguían ascendiendo por sus hombros hasta los pectorales. Todos aquellos adornos —dermoglifos, los había llamado él—, tenían ahora un color intenso, más intenso que nunca. Rojos oscuros, púrpuras y negros formaban hermosos diseños y líneas curvas.

—No puedo detener el cambio —murmuró, como si se sintiera obligado a excusarse—. La transformación es automática en todos los machos de la estirpe al sentir que se derrama sangre fresca.

Él deslizó la mirada desde sus ojos al pequeño corte que el vidrio había hecho en su mejilla. Ella sintió el calor de una gota de sangre que se deslizaba por su mejilla como una lágrima. Rio contemplaba caer esa gota con una intensidad que hizo temblar a Dylan. Él se relamió los labios, tragó saliva y apretó los dientes cerrando la boca herméticamente.

—Quédate aquí —dijo él frunciendo el ceño, con un tono oscuro e imperativo.

El instinto le decía a Dylan que lo sensato era salir corriendo, pero se resistía a dejarse vencer por el miedo. Por extraño que pudiera parecer, sentía que había conocido algo de aquel hombre durante los días que llevaban juntos. Rio no era ningún santo, eso estaba claro. La había raptado, la tenía prisionera, y todavía no sabía lo que quería hacer con ella, pero sin embargo no creía que fuese un peligro.

No había ningún motivo para celebrar aquello que estaba viendo, pero en el fondo de su corazón, no temía eso que él era.

Bueno, o al menos no lo temía completamente.

El agua seguía corriendo en la ducha. Ella oyó que se apagaba y luego Rio apareció con un trapo blanco humedecido. Separado de ella, se la ofreció estirando el brazo.

—Aprieta esto contra la herida. Detendrá la hemorragia.

Dylan tomó el trapo y lo sostuvo contra la mejilla. No le pasó inadvertido el largo suspiro que Rio dejó escapar cuando lo hizo, como si se sintiera aliviado al dejar de ver la herida. El fiero color de sus ojos comenzó a perder intensidad y sus afiladas pupilas recuperaron su forma anterior. Pero sus dermoglifos todavía eran de un color muy intenso, y sus colmillos continuaban mortalmente afilados.

—Realmente eres... ¿lo eres? —murmuró ella—. Eres un vampiro. Maldita sea, no puedo creer que sea cierto. Quiero decir... ¿cómo puede ser que sea verdad, Rio?

Él se sentó en la cama cerca de ella, a menos de medio metro de distancia.

—Ya te lo he explicado.

—Extraterrestres que beben sangre y mujeres humanas con genes compatibles —dijo ella recordando la disparatada historia acerca de la raza híbrida de vampiros que ella trató de rechazar como si fuera ciencia ficción—. ¿Es eso?

—La verdad es un poco más complicada de lo que tú puedes haber comprendido, pero sí. Todo lo que te dije es cierto.

Increíble.

Absolutamente delirante e increíble.

La parte mercenaria de ella casi grita de excitación al pensar en la fama y la fortuna que podía procurarle una historia como ésa. Pero había otra parte en ella —ésa que tenía que ver con su pequeña marca de nacimiento y la aparente conexión con aquel extraño nuevo mundo— que la hizo sentirse instantáneamente protectora, como si Rio y el mundo en que vivía fuese un delicioso secreto que le pertenecía a ella exclusivamente.

—Siento haberte molestado —le dijo en voz baja—. No tenía que haber husmeado en tus cosas cuando no estabas.

Él alzó la cabeza con las cejas juntas y dejó escapar un insulto.

—No tienes que disculparte conmigo, Dylan. Soy yo el que está en falta. Nunca tendría que haber entrado aquí en el estado en el que entré. No debería estar cerca de nadie cuando estoy así.

—Parece que ahora estás un poco mejor.

Él asintió, y luego dejó caer la cabeza hacia el pecho.

—La furia cede... finalmente. Si antes no me desmayo, finalmente cede.

Era fácil imaginar la forma en que había entrado tambaleante en sus habitaciones hacía un rato. Estaba casi inconsciente, las piernas no le respondían y tenía que luchar para dar cada paso. Había estado muy poco coherente, era un saco de músculos y huesos temblorosos, de furia desenfocada.

—¿Qué es lo que te pone así, Rio?

—Pequeñas cosas. Nada. Nunca lo sé.

—¿Ese tipo de furia es algo que tiene que ver con tu raza? ¿Todos los de la estirpe pasan por ese tipo de tormento?

—No. —Él se burló por lo bajo—. No, ése problema es sólo mío. Mi cabeza ya no está bien. Me ocurre desde el verano pasado.

—¿Fue por ese accidente? —preguntó ella con suavidad—. ¿Tiene que ver con lo que te pasó?

—Fue un error —dijo con voz temblorosa—. Confié en alguien en quien no debería haber confiado.

Dylan contempló el terrible daño que su cuerpo había sufrido. Su rostro y su cuello tenían cicatrices graves, pero su hombro izquierdo y la mitad de su torso musculoso parecían haber estado en el infierno. A ella se le encogió el corazón al pensar en el dolor que habría tenido que soportar, tanto en el accidente como durante los largos meses de recuperación.

Estaba sentado allí tan rígido, tan solitario e indescifrable, a pesar de estar a menos de un brazo de distancia de ella. Le pareció que estaba tan solo. Solo y a la deriva.

—Lo lamento, Rio —le dijo. Y antes de poder detenerse, puso su mano sobre la de él, que descansaba sobre su pierna.

Él reaccionó como si sintiera carbones ardientes sobre la piel.

Pero no se apartó.

Contempló los dedos de ella, apoyados sobre la pálida piel de un tono oliva. Cuando la miró a la cara fue con la mirada de un animal salvaje en sus ojos. Ella se preguntó cuánto tiempo haría que nadie lo tocaba con ternura.

¿Cuánto tiempo llevaría él sin permitir que nadie lo tocase?

Dylan le acarició con los dedos el dorso de la mano, asombrada por el increíble tamaño y su fuerza. Su piel era tan cálida, y él irradiaba un enorme poder aún cuando parecía dispuesto a quedarse totalmente quieto.

—Lamento todo lo que has tenido que pasar, Rio. A eso me refiero.

Apretaba la mandíbula con tanta fuerza que surgió una especie de tic en la cara. Dylan apartó la compresa fría de su rostro y la dejó sobre la cama, casi sin darse cuenta de su movimiento, ya que estaba completamente concentrada en Rio y en la electricidad que parecía surgir del punto de contacto de sus manos.

Oyó un murmullo que crecía en su interior, algo a medio camino entre un gruñido y un gemido. Él bajó la mirada hasta su boca y por un segundo, en el tiempo que duró un rápido latido de corazón, ella se preguntó si tendría intenciones de besarla.

Sabía que debería apartarse, retirar su mano. Cualquier cosa menos estar allí sentada, incapaz de respirar mientras esperaba —y deseaba apasionadamente— que él se inclinara y le rozara sus labios con los de ella.

Y fue incapaz de detener las ganas de llegar a él. Alzó la mano libre hasta su rostro y sintió entonces una ráfaga de aire helado que se interponía entre ellos como una pared.

—No quiero tu compasión —ladró Rio con una voz que a ella le resultó irreconocible. El acento español estaba allí, como siempre, pero las sílabas eran duras y el timbre no parecía humano. Ella se dio cuenta de lo poco que sabía de él o de los de su clase. Retiró la mano de la de ella y se levantó de la cama—. Ese corte continúa sangrando. Necesitas una atención que yo no puedo darte.

—Estoy segura de que está bien —replicó Dylan, sintiéndose como una idiota por haberse expuesto así. Agarró el trapo húmedo y lo apretó contra su mejilla—. No es nada, estoy bien.

No tenía sentido seguir hablando cuando era evidente que él no la escuchaba. Ella lo vio caminar por encima de los cristales rotos hacia la habitación de al lado. Levantó el teléfono inalámbrico y marcó una secuencia corta de números.

—¿Dante? No, nada malo. Pero... ¿está Tess por ahí? Necesito pedirle un favor.

Durante los pocos minutos que su rescate tardó en llegar, Rio daba vueltas como un animal enjaulado. Se quedó fuera del dormitorio, confinado en el pequeño espacio que había en la entrada principal a sus habitaciones. Tan lejos de Dylan como podía sin llegar a salir fuera del maldito apartamento para esperar en el pasillo.

Qué iba a hacer ahora.

Había estado a punto de besarla.

Todavía deseaba hacerlo, y reconocerlo, aunque fuera sólo ante sí mismo, le provocaba una punzada en el estómago. Besar a Dylan Alexander era un modo seguro de garantizar que una situación mala se convirtiera en algo directamente catastrófico. Porque Rio tenía la absoluta certeza de que si besaba a esa salvaje belleza no podría detenerse ahí.

Sólo pensar en rozar sus labios le aceleraba la sangre en las venas. Sus glifos latían con los colores del deseo, ardiendo con tonalidades vino y oro. Y no había forma de negar la otra prueba evidente de su deseo. Su miembro estaba duro como el granito y se había puesto así desde el instante en que ella, de manera tan inexplicable, le tocó la mano.

Demonios.

No se atrevía a volver la vista hacia el dormitorio por miedo a no poder contenerse y avanzar a través de las puertas acristaladas directamente hacia los brazos de Dylan.

Como si fuera eso lo que ella quería, pensó irónicamente.

Ese gesto de su mano no había sido más que un gesto de ternura, como aquel que una madre le ofrecería a un niño afligido. O peor aún, puede que no se tratara más que de la compasión de un ángel caritativo, consolando a uno de esos desafortunados errores de Dios.

«Maldito.»

«Manos del diablo.»

«Monstruo.»

Sí, él era todas esas cosas. Y ahora Dylan había visto lo horrible que era realmente. Había que reconocer que no había retrocedido ante sus colmillos. Lo cierto era que se trataba de una mujer muy fuerte.

Pero de ahí a pensar que le gustaría que él la tocase. Que sería capaz de estar tan cerca de su rostro quemado como para que él la besara...

Era absolutamente improbable. Y daba las gracias a Dios por eso, así evitaría ver su expresión de asco. Así evitaría hacer algo realmente estúpido, como olvidar, aunque solo fuera por un segundo, que ella estaba en el recinto —en sus habitaciones privadas—, únicamente hasta que él lograra reparar el error que había cometido al permitir que ella se acercara a esa cueva. Cuanto antes pudiera arreglar eso y dejarla marchar, tanto mejor.

Unos golpecitos sonaron en la puerta.

Rio la abrió dejando escapar un gruñido de frustración.

—Sonabas muy mal, así que pensé que sería mejor venir con Tess y verte personalmente. —Tegan le sonrió pícaramente desde el umbral de la puerta, junto a su hermosa compañera de sangre—. ¿Nos vas a dejar pasar?

—Sí. —Rio se apartó para que la pareja pudiera entrar.

La compañera de Dante estaba más bella que nunca. Su cabello largo y ondulado de un color miel estaba atado en una coleta suelta, y sus inteligentes ojos de un tono aguamarina eran dulces incluso cuando miraban a Rio.

—Me alegro de verte —le dijo, y sin dudarlo un instante caminó hasta él y se puso de puntillas para darle un abrazo y un beso en la mejilla—. Dante y yo hemos estado muy preocupados por ti los últimos meses, Rio.

—No era necesario —respondió él, aunque no podía negar que su preocupación le resultaba reconfortante.

Tess y Dante llevaban juntos desde el otoño del pasado año. Ella había venido al recinto de la Orden con el extraordinario don de devolver la salud y la vida con sus propias manos. Tess tenía un poder asombroso, pero ni siquiera ella había sido capaz de reparar las heridas de Rio. Llevaba demasiado tiempo mal cuando llegó Tess. Sus cicatrices eran permanentes, tanto las de dentro como las de fuera, y no era que Tess no hubiera intentado ayudarlo.

Dante rodeó con los brazos a su compañera de sangre de un modo que era protector y a la vez respetuoso, y fue entonces cuando Rio advirtió el ligero abultamiento de su vientre por debajo de su camiseta rosada y sus pantalones caqui. Ella captó su mirada y sonrió con la misma beatitud de una *Madonna*.

—Acabo de salir de mi primer trimestre —dijo, dirigiendo ahora todo ese brillante amor a Dante—. Alguien ha hecho que la nueva misión de su vida sea mimarme.

Dante se rio.

—Y estoy encantado.

—Felicidades —murmuró Rio, alegrándose de veras por la pareja.

No era común que los guerreros y sus compañeras formaran una familia en el seno de la Orden. De hecho, prácticamente no ocurría. Los hombres de la estirpe que estaban dispuestos a entregar su vida en el combate no eran los típicos padres de familia hogareños. Pero Dante nunca había sido como el resto.

—¿Dónde está Dylan? —preguntó Tess.

Rio señaló las puertas acristaladas al otro lado de la habitación.

—He hecho un desastre ahí dentro con ella. Tuve una crisis y... maldita sea, rompí un espejo. Un trozo de vidrio le cortó la mejilla.

—¿Todavía sigues con tus desmayos? —preguntó Tess frunciendo el ceño—. ¿Y los dolores de cabeza también?

Él se encogió de hombros, sin ganas de discutir sobre sus numerosos problemas.

—Estoy bien. Simplemente haz lo que puedas para curarle la herida, ¿de acuerdo?

—Lo haré. —Tess tomó un pequeño botiquín médico de manos de Dante. Ante la mirada interrogante de Rio, se explicó—. Desde que estoy en estado, mis habilidades curativas han disminuido. Tengo entendido que es normal que durante el embarazo el don de las compañeras de sangre se vea afectado. Lo recuperaré cuando nazca el bebé. Hasta entonces tendré que recurrir a los anticuados métodos de la medicina.

Rio lanzó una mirada al dormitorio por encima del hombro. No pudo ver a Dylan, pero se imaginó que estaría necesitando ver a alguien agradable y amable. Alguien que pudiera animarla y hablarle como una persona normal. Convencerla de que estaba a salvo, entre gente en la que podía confiar. Especialmente después del gran espectáculo que había dado de monstruo furioso, psicótico y lujurioso al que la había sometido.

—Está bien —dijo Tess—. Yo cuidaré de ella.

Dante le dio a Rio una palmada en la espalda.

—Vamos, todavía queda una hora antes de amanecer. Tienes pinta de necesitar un poco de aire fresco, amigo mío.

Capítulo diecisiete

Dylan estaba arrodillada en el suelo a los pies de la cama, recogiendo los cristales rotos, cuando las puertas acristaladas de la habitación se abrieron suavemente.

—¿Dylan?

Era una voz femenina, aquella que había oído hablar con Rio y con otro hombre en la habitación de al lado minutos antes. Dylan alzó la vista y se sintió al instante reconfortada por una mirada amable y cariñosa.

La hermosa joven le sonrió.

—Hola. Soy Tess.

—Hola. —Dylan apartó a un lado un trozo de vidrio y se inclinó para recoger otro.

—Rio me pidió que viniera a ver si estabas bien. —Tess llevaba consigo un pequeño maletín de cuero negro—. ¿Estás bien?

Dylan asintió.

—Es sólo un rasguño.

—Rio está realmente muy disgustado por lo que ha hecho. Ha tenido... algunos problemas últimamente. Desde que hubo una explosión en un almacén el verano pasado. Tiene suerte de estar vivo.

Oh, Dios. Eso explicaba las quemaduras y las heridas de metralla. ¿Una explosión le había hecho tanto daño? Entonces realmente era como si hubiese regresado del infierno.

Tess continuó.

—Su cerebro sufrió un traumatismo por la explosión y desde entonces sufre desmayos de vez en cuando. Además de eso, tiene fuertes dolores de cabeza, cambios de humor... bueno, creo que ya has podido verlo por ti misma. Él no quería hacerte daño, te lo puedo jurar.

—Estoy bien —dijo Dylan, que no estaba en absoluto preocupada por su mejilla—. Intenté decirle que no tenía importancia. El corte ya no sangra.

—Eso es un alivio —dijo Tess, mientras dejaba el maletín médico sobre el escritorio—. Me alegro de que no sea tan grave como temía Rio. Por cómo me lo describió por teléfono, pensé que al menos tendrías media docena de cortes. Un poco de antiséptico y una pequeña gasa bastarán. —Se acercó hasta donde estaba Dylan, recogiendo los pedazos de cristal roto—. Déjame ayudarte con esto.

Dylan advirtió que Tess apoyaba la palma de la mano sobre su pequeño vientre, ligeramente abultado. Estaba embarazada. No desde hacía mucho, pero irradiaba un brillo interior que no dejaba dudas al respecto.

Y la mano con que protegía la temprana cuna de la criatura tenía una marca de nacimiento. Dylan no podía dejar de mirar la lágrima y la luna creciente, de color escarlata de la mano derecha de Tess. Exactamente la misma marca que ella tenía en el cuello.

—¿Vives aquí? —le preguntó Dylan—. ¿Con... ellos?

Tess asintió.

—Vivo con Dante. Es un guerrero de la Orden, igual que Rio y los otros que viven aquí en el recinto.

Dylan señaló la diminuta marca de nacimiento que Tess tenía entre el pulgar y el índice.

—¿Tú eres su... compañera de sangre? —preguntó, recordando el término que había empleado Rio al ver su idéntica marca—. ¿Estás casada con uno de ellos?

—Dante y yo nos unimos el año pasado —dijo Tess—. Estamos unidos por un lazo de sangre que nos conecta de una forma aún más profunda que el matrimonio. Sé que Rio te ha contado algunas cosas acerca de la estirpe, cómo viven y de dónde vienen. Después de lo que te ha ocurrido aquí con él, estoy segura de que ya no albergas dudas acerca de lo que son.

Dylan asintió, aunque todavía le costaba aceptar que todo aquello pudiera ser cierto.

—Vampiros.

Tess sonrió dulcemente.

—Eso es lo que yo pensaba también al principio. Pero no es

tan simple definirlos. La estirpe es una raza compleja, que vive en un mundo complicado lleno de enemigos. Las cosas pueden ser muy peligrosas para ellos y para quienes los amamos. Los pocos hombres que viven en la Orden ponen en riesgo su vida cada noche.

—¿Y la explosión que hirió a Rio? —soltó Dylan—. ¿Fue algún tipo de accidente... de terrible accidente?

Los ojos de la otra mujer se llenaron de dolor. Miró fijamente a Dylan durante un momento, como si no supiera muy bien qué decir. Luego sacudió ligeramente la cabeza.

—No, no fue un accidente. Alguien muy cercano a Rio lo traicionó. La explosión tuvo lugar durante una redada en un viejo almacén de la ciudad. Rio y el resto de la Orden fueron víctimas de una emboscada.

Dylan bajó la mirada y se dio cuenta de que la otra mujer estaba mirando la foto enmarcada que Rio había roto al arrojarla a través de la habitación en su ataque de rabia. La recogió con cuidado y la colocó sobre las palmas de sus manos. Apartó la telaraña de cristales hechos añicos que le había quedado encima y miró fijamente los exóticos ojos oscuros y la sonrisa que no encajaba con ellos.

—Eva —confirmó Tess—. Era la compañera de sangre de Rio.

—¿Y sin embargo fue quien lo traicionó?

—Sí, lo hizo —dijo Tess después de una larga pausa—. Eva hizo un trato con uno de los enemigos de la Orden, un poderoso vampiro que era además el hermano del líder de la Orden, Lucan. A cambio de cierta información para ayudarle a matar a Lucan, algo que Eva deseaba tanto como él, ella se aseguraba de dos cosas. Una era que Rio viviría, y la otra que saldría lo bastante herido como para ser incapaz de volver a luchar.

—¡Dios! —dijo Dylan ahogando un grito—. ¿Entonces logró lo que quería?

—No exactamente. La Orden sufrió una emboscada, para lo cual usaron la información que Eva les entregó, pero el vampiro con quien ella negoció no tenía intenciones de cumplir su parte del trato. Puso una bomba. La explosión podía haberlos matado a todos, pero irónicamente fue Rio quien se llevó la peor parte. Y luego tuvo que enterarse de que había sido Eva quien lo propició todo.

Dylan era incapaz de hablar. Trataba de asimilar lo que aquello podía haber significado para él, no sólo se trataba del dolor de las heridas físicas, sino también del dolor emocional ante el engaño.

—Yo vi a esta mujer. —Dylan miró a Tess y vio en su rostro los signos evidentes de confusión y la mirada interrogante. Dylan apenas la conocía hacía unos minutos, no estaba acostumbrada a sincerarse con nadie, y menos aún a confesar el secreto que la hacía diferente a todas las demás personas. Pero algo en los ojos de Tess le decía que podía confiar en ella. Sintió al instante una afinidad que la hacía confiar en que se hallaba ante una verdadera amiga—. De tanto en tanto se me aparece algún muerto, bueno, siempre se trata de mujeres. Mujeres muertas. Eva se me apareció hace unos pocos días cuando estaba de excursión en una montaña con una amigas a las afueras de Praga.

—Ella se te apareció... —dijo Tess con precaución—. ¿Qué quieres decir?

—Vi su espíritu, supongo que se diría así. Me llevó hasta una cueva oculta. Yo no lo sabía, pero Rio estaba en el interior. Ella... Eva... me guió hasta allí y me pidió que lo salvara.

—Dios mío. —Tess sacudió la cabeza—. ¿Él sabe esto?

Dylan miró de manera significativa los cristales destruidos a sus pies.

—Sí, lo sabe. Cuando se lo dije perdió el control.

Tess la miró como disculpándose.

—Tiene mucha rabia acumulada hacia Eva.

—Es comprensible —respondió Dylan—. ¿Se encuentra bien, Tess? Quiero decir, teniendo en cuenta lo que ha tenido que pasar, ¿crees que está bien?

—Eso espero. Eso es lo que esperamos todos. —Tess inclinó ligeramente la cabeza, como examinando a Dylan—. Tú no le tienes miedo.

No, no le tenía miedo. Sentía mucha curiosidad por él, y le preocupaba no saber cuáles eran sus intenciones, pero no le tenía miedo. Por muy loco que pudiera parecer después de lo que había visto hacía un rato en esa misma habitación, Dylan no estaba asustada. De hecho, pensar en Rio le provocaba muchas cosas, pero ninguna era miedo.

—¿Crees que debería tenerle miedo?

—No —dijo Tess sin vacilar—. Me refería a que no debe de ser fácil para ti. Dios sabe que yo no me lo tomé muy bien la primera vez que oí toda esa historia de sangre y colmillos y guerra.

Dylan se encogió de hombros.

—Escribo para un periódico sensacionalista. He oído muchas cosas raras, puedes creerme. No me escandalizo fácilmente.

Tess sonrió, pero no le sostuvo la mirada a Dylan por mucho tiempo. Sus ojos expresaban con total transparencia lo que no dijo con palabras. No se trataba de una extravagante historia en la prensa sensacionalista. Aquello era real.

—¿Qué había en esa cueva, Tess? Parecía una especie de cripta, oí que Rio la llamaba cámara de hibernación. ¿Pero qué diablos había allí? ¿Anda algo suelto por esa montaña?

Tess alzó los ojos, pero se limitó a negar con la cabeza.

—No creo que realmente quieras saberlo.

—Sí quiero —insistió Dylan—. Sea lo que sea, evidentemente se trata de algo lo bastante importante como para que Rio piense que tiene que secuestrarme y encerrarme para que no cuente nada de lo que vi.

El silencio de Tess le provocó a Dylan un nudo en el estómago. La compañera de sangre sabía lo que había en esa cueva, y era evidente que eso la aterrorizaba.

—Tess, algo estaba durmiendo en esa tumba oculta... por lo que vi yo diría que estuvo allí durante muchísimo tiempo. ¿Qué tipo de... criatura es?

Tess se puso de pie y tiró unos trozos de vidrio roto en una papelera que había al lado del escritorio.

—Déjame echar un vistazo a tu corte. Deberíamos limpiarlo y ponerle una venda para que no te quede una cicatriz.

Confinado dentro de su celda de rayos UV, el Antiguo echó su cabeza hacia atrás y dejó escapar un aullido terrorífico. La sangre chorreaba de sus enormes colmillos y caía sobre su pecho desnudo, con los intensos colores de sus glifos de vampiro.

—Apretad esas malditas cadenas —ladró su captor, hablando a los secuaces a través del pequeño micrófono de la habitación de observación adyacente a la celda—. Y por la gloria de Cristo, limpiad todo ese desastre.

Las cadenas mecánicas se cerraron con fuerza en torno a los brazos y las piernas del Antiguo. Con una orden automática se apretaron aún más y estuvieron a punto de tumbarlo al suelo. Luchó contra ellas, pero era completamente inútil. Separó los labios y aulló de nuevo. Era un aullido sobrenatural de inconfundible furia, al sentir ese inmenso cuerpo dominado por la industria del acero y el titanio.

Todavía mantenía la erección de la extremadamente violenta cópula, y aún sentía la lujuria por la sangre y por el cuerpo de la pequeña hembra que había sido rápidamente evacuada de la jaula, aunque ya estaba muerta.

El apareamiento había sido salvaje. Las uñas y los colmillos habían dejado a la mujer marcas por todas partes, y antes de que el Antiguo se retirara de ella, ya estaba muerta. No era la primera, y tampoco sería la última. Durante las casi cinco décadas que habían transcurrido desde que el Antiguo despertara de su hibernación y fuera capturado, alimentarlo y hacerlo procrear había demostrado ser muy costoso y también muy frustrante.

A pesar de toda la tecnología y dinero disponible, no existía ningún procedimiento científico que pudiera reemplazar el tipo de rutina que había tenido lugar con el prisionero en la celda un momento antes. El apareamiento cuerpo a cuerpo era el único medio de concepción posible para los Antiguos y también para todos los de la estirpe. Pero el sexo era sólo una parte del proceso. Tenía que haber también eyaculación, junto con el simultáneo intercambio de sangre en el momento preciso, para que un vampiro depositara una semilla en el cuerpo de una compañera de sangre.

Normalmente, las parejas que se unían buscando la concepción disfrutaban en el acto voluntario y sensual de crear vida. Pero no era así en este lugar. Allí, con aquella criatura alienígena y salvaje, entregada a la locura por el hambre, el dolor y el confinamiento, la procreación era un juego de vida o muerte. Los sucesos como el de hoy eran parte de la ecuación. Era de esperar que hubiera muertes.

Pero había habido también éxitos, y eso hacía que el riesgo valiera la pena. Por cada compañera de sangre que moría en el proceso, otras dos lograban sobrevivir... con las semillas de una nueva y poderosa generación plantadas en sus vientres.

El guardián del Antiguo sonrió en privado a pesar de la pérdida del día.

Esa nueva y poderosa generación ya empezaba a crecer en secreto.

Y su legado le pertenecía enteramente a él.

Capítulo dieciocho

Rio pasó el par de horas que quedaban antes del amanecer en el patio trasero de la finca, junto a Dante, y luego entró de nuevo en el recinto para estar un rato a solas en la capilla. El pequeño santuario donde la Orden llevaba a cabo sus ceremonias personales más importantes siempre había sido un refugio para él. Aunque ahora no. Todo lo que veía en el lugar iluminado con velas eran recuerdos del engaño de Eva.

Por culpa de ella, un año atrás había tenido que celebrarse un funeral por uno de los más nobles miembros de la Orden, y colocarlo en el altar por delante de las filas de bancos. La muerte de Conlan el verano pasado en un túnel subterráneo no había sido intencionada —fue la mala fortuna de estar en el lugar equivocado en el momento equivocado— pero su sangre manchaba las manos de Eva.

Rio podía verla todavía a su lado en la capilla, apoyándose en él y sollozando, ocultando su engaño. Esperando la próxima oportunidad de reunirse con los enemigos de la Orden para seguir tramando el plan que llevaría a Rio a abandonar la Orden —aunque fuese mediante la mutilación— para que le perteneciera por fin a ella sola.

La ironía era que él jamás hubiera abandonado la Orden.

No quería hacerlo ahora, y no lo haría si no fuera porque sentía que era una carga inútil para los guerreros con los que llevaba luchando durante casi un siglo. No lo haría si aquella explosión que podría haberlo matado no le hubiese robado la cordura y su capacidad de control.

—Mierda —murmuró, dándose la vuelta para salir de la capilla.

No necesitaba quedarse más tiempo allí con sus viejos fantasmas ni con la tristeza que éstos le traían. Todo lo que necesitaba para revivir a Eva en su mente era una mirada en el espejo o un reflejo de su rostro en la ventana. Trataba de evitarlo, no sólo por el dolor de ver su propia imagen, sino sobre todo porque deseaba arrancar a Eva de sus recuerdos completamente. Tan sólo la mención de su nombre bastaba para provocarle un ataque de ira incontrolable.

Como Dylan, lamentablemente, había podido comprobar.

Se preguntó si ella estaría bien. Tess la habría atendido de manera excepcional, aunque careciera de su don curativo ahora que estaba embarazada.

Pero aun así, Rio seguía preocupado. Se odiaba a sí mismo por la reacción que había tenido. Dylan probablemente lo odiaría también. Si es que no estaba demasiado ocupada compadeciéndose de él por haber demostrado que era un enfermo mental.

Sintiéndose tan solo e indiferente como un fantasma, Rio se alejó de la capilla del recinto y bajó por el laberinto de corredores hasta llegar a la enfermería vacía. Se dio una ducha rápida en la habitación de recuperación que había sido su hogar durante los meses que siguieron a la explosión, dejando que el agua caliente aliviara el dolor de los músculos y el pulso acelerado de sus sienes.

Y mientras se secaba, sus pensamientos regresaron a Dylan. No era bueno para ella estar allí retenida contra su voluntad. Y dejarla marchar significaba que tendría que hacer que silenciase ese reportaje suyo cuanto antes.

Era de día ahora, lo cual significaba el momento de descanso para la estirpe, pero no para los humanos que habitaban la superficie. Ellos estarían cumpliendo con sus hábitos cotidianos, lo cual significaba un día más para que el jefe del diario de Dylan considerara la posibilidad de sacar la historia a la luz. Un día más para que las mujeres que viajaban con Dylan especularan acerca de lo que ella había encontrado en la cueva y de lo que ésta podía contener. Un día más para que la metida de pata de Rio pusiera a la Orden y a toda la nación de vampiros en peligro de ser descubierta por la humanidad.

Se vistió rápidamente con unos pantalones de marinero y una camiseta sin mangas que todavía estaban doblados en el interior del armario junto a otras cosas de la época en que había estado en la enfermería. Cuando se adentró por los pasillos para dirigirse de nuevo a sus habitaciones era con un nuevo propósito. Su mente estaba ahora más despejada, y estaba dispuesto a conseguir que Dylan abandonase la historia de la cueva antes de que pasara un minuto más.

Excepto que cuando abrió la puerta de sus habitaciones privadas todo estaba a oscuras. Tan sólo una pequeña lámpara de mesa brillaba en una esquina del salón, como una luz que hubiera quedado encendida a la espera de su regreso. Lanzó una mirada a la pequeña luz que le daba la bienvenida mientras se deslizaba en el interior y cerraba la puerta con cuidado.

Dylan estaba dormida. Desde allí podía verla en su cama del dormitorio, acurrucada encima del edredón. Sin duda estaría exhausta. Los últimos tres días tenían que haber sido agotadores para ella. Y también lo habían sido para él.

Entró en la oscura habitación e inmediatamente olvidó su propósito original al echar un vistazo a las piernas largas y desnudas de Dylan. Llevaba una camiseta de muñeca y unos pantalones cortos de un tono pastel. Evidentemente había sacado esa ropa de su bolsa de viaje, que estaba abierta cerca de la cama.

El conjunto de algodón no era demasiado atractivo como prenda de dormir, desde luego nada que ver con las carísimas combinaciones de raso y satén que Eva solía usar para dormir con él. Pero maldita sea si Dylan no era atractiva vestida con casi nada... si no era atractiva estando allí dormida sobre su cama.

Dios santo, demasiado atractiva.

Rio cogió una manta de seda de una silla de un rincón de la habitación y la llevó hasta la cama para cubrirla con ella. No lo hacía únicamente para ser cortés. Como es normal en los de la estirpe, su visión era aún más afinada en la oscuridad. Todos sus sentidos estaban más agudizados, y en aquel momento amenazaban con matarlo con tanto mirar a la mujer semidesnuda que yacía a su alcance de un modo tan vulnerable.

Trató de no advertir que sus pechos estaban desnudos debajo de la pequeña camiseta y sus pezones se apretaban deliciosamente contra el algodón. La tentación de contemplar su suave y blanca piel, especialmente la parte expuesta del abdomen donde la camiseta estaba enrollada por encima de su ombligo, era más de lo que podía soportar.

Pero cuando llegó al borde de la cama con la manta, ella se desplazó ligeramente, moviendo las piernas hasta quedar tumbada de espaldas. Rio se quedó allí de pie, inmóvil, rezando para que no se despertara y lo encontrara allí merodeando como un fantasma.

Mirarla le producía una sensación de calor en el pecho. Él no tenía ningún derecho sobre Dylan, pero un ansia de posesión corrió a través de su sangre a miles de voltios de electricidad. Ella no le pertenecía, nunca sería suya, fuera cual fuera la decisión que finalmente tomara. Ya fuera que escogiese un futuro viviendo entre la estirpe en los Refugios Oscuros o decidiera regresar a la superficie después de serle borrado todo recuerdo de Rio y los de su clase, ella no iba a pertenecerle. Se merecía algo mejor, eso era seguro.

Otro hombre, ya fuera de la estirpe o fuera humano, más adecuado para cuidar de una mujer como ella. Sería el privilegio de otro hombre explorar esas suaves curvas y esa piel sedosa. Sería el placer de otro hombre saborear el delicado pulso que latía en el dulce hueco de la base de su garganta. Sólo otro macho de la estirpe podría tener el honor de perforar las venas de Dylan con un tierno y absolutamente devoto mordisco.

Sería el voto solemne de algún otro —jamás el suyo— protegerla de todo mal y sustentarla fielmente y para siempre con la sangre y la fuerza de su cuerpo inmortal.

Jamás podría ser su derecho, pensó Rio con tristeza mientras colocaba la manta sobre ella con el máximo cuidado. No tenía ningún derecho a desearla.

Pero la deseaba.

Desde luego que la deseaba.

Ardía de deseo, aun sabiendo que no debería. Rio se dijo a sí mismo que era completamente accidental que sus manos rozaran alguna de sus curvas al taparla con la manta de seda. No fue intencionadamente que sus dedos tocaron su suave cabello, las ondas de un rojo fuego ligeramente húmedas por un lavado reciente. No pudo resistirse a pasar su pulgar por la fina curva de su mejilla y sobre la piel aterciopelada debajo de su oreja.

Y no hubo modo de reprimir una maldición cuando su mirada se posó sobre la pequeña venda que cubría el corte que le había hecho.

Mierda. Eso era lo que realmente podía ofrecerle: dolor y disculpas. Y la única razón por la que ella le permitía en aquel momento estar tan cerca era que no sabía que estaba allí.

No estaba despierta para ver a la bestia que estaba parada junto a ella en la oscuridad, acariciándola a escondidas y fantaseando sobre cómo sería llegar a más. Deseándola tan desesperadamente que los colmillos le hacían daño en la lengua y sus ojos lujuriosos brillaban con una intensa tonalidad ámbar. Esas antorchas de la estirpe la bañaban con un ardiente brillo, iluminando cada hueco y contorno de su cuerpo, cada deliciosa curva.

Apartó la mano de ella y ella se agitó, probablemente al sentir el calor de su mirada transformada. Él cerró rápidamente los párpados y el dormitorio volvió a quedar totalmente sumido en la oscuridad.

Rio se alejó de ella sin hacer el menor ruido.

Luego abandonó la habitación, antes de perder el control, tal como temía en presencia de esa mujer.

Al principio Dylan pensó que al sentir que la tocaban se había despertado, pero esos tiernos dedos acariciando su mejilla cálidamente sólo habían ayudado a que el sueño fuera más placentero. Fue la repentina ausencia de ese contacto lo que la hizo despertar de un agradable sueño.

Abrió los ojos y no vio más que la oscuridad del dormitorio a su alrededor.

El dormitorio de Rio.

La cama de Rio.

Al darse cuenta se incorporó, sintiéndose muy imprudente por haberse quedado allí dormida después de la ducha aquella noche. ¿O acaso era de día? No lo sabía y no podía averiguarlo, ya que no había ninguna ventana en aquel apartamento de Rio, a pesar de que medía casi doscientos metros.

El lugar estaba oscuro y silencioso, pero Dylan no creía que estuviera sola.

—¿Hola?

Un gran silencio es todo lo que obtuvo por respuesta.

Se asomó a la sala de estar y advirtió que la lámpara que ella había dejado encendida estaba apagada ahora. Y definitivamente alguien había entrado en algún momento, ya que la habían cubierto con una manta ligera que antes estaba en uno de los sillones del dormitorio.

Había sido Rio. Estaba segura.

Era él quien había estado junto a la cama hacía un momento. Era su caricia la que le había resultado tan agradable y la que después echó de menos.

Dylan se giró y puso los pies desnudos sobre el suelo. Avanzó hasta las puertas de vidrieras, las abrió suavemente y trató de distinguir algo en la habitación a oscuras que se hallaba al otro lado.

—¿Rio... estás dormido?

No preguntó si estaba allí; sabía que estaba. Sentía su presencia por la forma en que le latía el corazón, acelerando la circulación de la sangre a través de sus venas. Dylan caminó sobre la alfombra con la intención de llegar hasta una lamparita de color jengibre que recordaba haber visto sobre el escritorio. Pronto palpó con la mano la fría porcelana de la base de la lámpara.

—Déjala.

Dylan volvió la cabeza hacia el lugar de dónde provenía la voz de Rio. Ahora que sus ojos se habían habituado a la falta de luz, pudo ver una forma difusa sentada en el sofá de terciopelo, el cuerpo y los largos miembros destacaban sobre las pequeñas líneas del mueble.

—Puedes usar tu cama. Yo no quería quedarme dormida ahí.

Ella se adentró más en la habitación y oyó que él dejaba escapar un gruñido grave.

Oh, Dios. Se quedó helada allí donde estaba, a unos pocos pasos del sofá. ¿Estaría sufriendo otra transformación como la de antes? ¿O aún no se habría recuperado del todo del ataque anterior?

Dylan se aclaró la garganta. Se atrevió a avanzar otro paso más hacia él.

—¿Tal vez... tú... necesitas alguna cosa? Porque si hay algo que pueda hacer por ti...

—¡Maldita sea! —El sonido de su voz era más desesperado que agresivo. Hizo uno de esos movimientos suyos más veloces que el ojo humano para apartarse del sofá y situarse contra la pared más alejada—. Dylan, por favor, vuelve a la cama. Es necesario que estés lejos de mí.

Probablemente ésa era una buena recomendación. Estar lejos de un vampiro que tiene el cerebro afectado por un accidente y una rabia de un nivel incontrolable era probablemente lo más inteligente que podía hacer. Sin embargo, los pies de Dylan continuaban moviéndose, como si todo su sentido común y su instinto de supervivencia se hubieran tomado de pronto unas vacaciones.

—No tengo miedo de ti, Rio. No creo que vayas a hacerme daño.

Él no hizo nada para confirmar ni negar esa afirmación. Dylan podía oír su respiración, agitada y jadeante. Se sentía como si estuviera caminando hacia una animal salvaje herido, sin saber si él iba a responder con cierto grado de confianza cautelosa o con una dosis de garras y colmillos.

—¿Estabas en la habitación conmigo hace un momento, verdad? —Se adelantó un poco más, sin titubear ante el peso de su silencio y la oscuridad que lo ocultaba entre las sombras—. Me tocaste. Sentí tu mano en mi rostro. Y... me gustó, Rio. No quería que dejases de hacerlo.

Él dejó escapar una violenta maldición. Ella, más que ver, sintió que levantaba la cabeza. Hubo una pausa y luego, por lo visto, abrió los ojos, porque de pronto dos ardientes puntos de luz aparecieron en la oscuridad, enfocados directamente hacia ella.

—Tus ojos... —murmuró, como una polilla atraída por la llama.

Ella había visto los ojos de Rio pasar del color topacio al ámbar presa de un ataque unas horas antes, pero eso era diferente. Ahora había en ellos una especie de fuego lento, algo distinto a la ira o el dolor. Más intenso, si es que era posible.

Dylan era incapaz de moverse, sólo podía quedarse allí, al calor de la mirada de Rio, sintiendo cómo este calor recorría su cuerpo de la cabeza a los pies. Su corazón tembló y se agitó ante aquella mirada ámbar que la hacía arder.

Ahora él se estaba moviendo, avanzando hacia ella lentamente, con la elegancia de un depredador.

—¿Por qué fuiste a esa montaña? —preguntó, con una voz dura y acusadora.

Dylan tragó saliva, viéndolo acercarse en la oscuridad. Iba a decir que era Eva quien la había enviado hasta allí, pero eso era sólo verdad en parte. El fantasma de Eva le había mostrado el camino, pero Dylan regresó de nuevo a la cueva por Rio.

Por encima de otras cosas —incluyendo el hecho de que creía que podía salvar su empleo con la historia de un demonio en las cumbres de Bohemia— había sido Rio quien la atrajo a quedarse en la cueva y a tratar de comunicarse con él, cuando el sentido común le decía que lo sensato era huir. Era él quien la atraía ahora, el deseo que sentía por él mantenía sus pies clavados en el suelo por más que el miedo la impulsara a correr tan rápido como pudiera en la dirección contraria.

Ahora él estaba justo frente a ella, todavía enmascarado por la oscuridad, excepto por el seductor y misterioso brillo de sus ojos de vampiro.

—Maldita sea, Dylan. ¿Por qué subiste hasta allí? —La agarró de los hombros con manos firmes y la sacudió ligeramente, pero fue él quien tembló—. ¿Por qué? ¿Por qué tuviste que ser tú?

Ella sabía que el beso estaba por llegar, incluso en la oscuridad, pero el primer contacto con sus labios envió a través de todo su ser una llama incontenible. La quemaba, un deseo ardiente llegó hasta su centro. Se derritió, perdiéndose en los labios de Rio y también, oh, Dios, en sus colmillos. Sintió las puntas de sus colmillos cuando él le separaba los labios con la lengua, obligándola a tomar lo que tenía para darle.

Dylan no se resistió. Nunca había conocido nada tan erótico como el roce de los colmillos de Rio al besarla. Había en él un poder letal; ella podía sentirlo, como una serpiente enrollada y peligrosa, justo a punto de saltar. Rio la apretó con fuerza, la besó con fiereza, y Dylan jamás se había sentido tan excitada en toda su vida.

La empujó hacia el sofá que había tras ella, protegiéndole la espalda con los brazos para amortiguar la caída. Y cayó sobre ella, con todo el peso de su duro cuerpo. Ella podía sentir su sexo grueso y duro. Parecía enorme, y duro como una roca se interponía entre sus cuerpos. Dylan le pasó las manos por la espalda, deslizándolas por debajo de la prenda de algodón que llevaba para poder sentir los flexibles y fuertes músculos mientras él se movía encima de ella.

—Quiero verte —jadeó ella entre los hambrientos besos—. Necesito verte, Rio...

No esperó su permiso.

Palpó con la mano a su alrededor, localizó la lámpara junto al sofá y la encendió. Una luz amarilla y suave iluminó la habitación. Rio estaba sobre ella, de horcajadas sobre sus caderas y mirándola con una expresión de pura tristeza.

Sus ojos estaban encendidos con un feroz brillo ámbar. Sus facciones estaban tensas, la mandíbula cerrada pero incapaz de enmascarar el insólito tamaño de sus colmillos. Los dermoglifos de sus hombros y sus brazos ardían de color, hermosos, con intensas tonalidades burdeos, índigo y dorados.

Y sus cicatrices... bueno, también las vio. Realmente no podía ignorarlas, y tampoco lo intentó.

Dylan se incorporó sobre un codo y extendió la otra mano hacia él. Él se estremeció, volviendo su rostro hacia la izquierda como si quisiera esconder su mejilla arruinada. Pero Dylan no le iba a permitir esconderse. Ahora no. No de ella. Extendió la mano otra vez, colocando su palma sobre la dura línea de su mandíbula.

—No lo hagas —dijo él con tensión.

—Está bien. —Ella, suavemente, le hizo volver el rostro para mirarlo de frente. Con sumo cuidado le acarició la piel llena de cicatrices. Luego hizo lo mismo con las heridas de su cuerpo, acariciando con sus dedos un lado de su cuello, su hombro, sus bíceps, toda aquella piel que en otro tiempo había sido tan suave y perfecta como el resto de su cuerpo—. ¿Crees que es doloroso para mí tocarte de esta manera?

Él dijo algo, pero su voz sonó estrangulada, ininteligible.

Dylan se sentó del todo, hasta que su rostro quedó a la misma altura que el de él. Le sostuvo la mirada, asegurándose de que esas delgadas pupilas de gato siguieran fijas en sus ojos mientras le acariciaba suavemente la mejilla, la mandíbula, su maravillosa y sensual boca.

—No me mires, Dylan —imploró, eso era lo mismo que acababa de decirle antes, se dio cuenta Dylan—. Joder... ¿cómo puedes mirarme desde tan cerca... como puedes tocarme con tus propias manos y no sentir asco?

A Dylan se le encogió completamente el corazón.

—Te estoy mirando, Rio. Te veo. Te estoy tocando. Te toco a ti —dijo Dylan enfatizando.

—Estas cicatrices...

—Son accidentales —terminó la frase. Ella le sonrió mientras dirigía la mirada hacia su boca y esos dientes perfectamente blancos, y también a ese perfecto e increíble par de colmillos que había brotado de sus encías—. Si quieres que te diga la verdad, tus cicatrices son lo menos extraordinario que hay en ti.

Sus labios se curvaron como si tuviera la intención de impedir que ella continuara hablando de sus evidentes defectos, pero Dylan no le dio esa oportunidad. Le agarró el rostro con las manos y lo atrajo hacia ella, dándole un beso profundo, lento y apasionado.

Ella gimió cuando las manos de él se hundieron en su pelo y le devolvió el beso.

Dylan lo deseaba ferozmente, casi no podía resistirlo. Dios, todo aquello no tenía ningún sentido... deseaba con desesperación a un hombre que apenas conocía, cuando tenía un montón de razones para sentirse aterrorizada por él y no para besarlo como si no existiera un mañana.

Pero no quería parar de besar a Rio. Le rodeó los hombros con sus brazos y lo empujó para que cayera sobre ella en el sofá. Su pelo era sedoso en la palma de su mano, y su boca caliente buscaba la de ella. Su mano era fuerte pero se deslizó con suavidad por debajo de su camiseta para colocar la palma suavemente sobre su estómago y luego sobre sus pechos desnudos. Dylan se estremecía mientras la acariciaba, y se contorsionó cuando sus dedos se pusieron a jugar con sus pezones a la vez que le lamía los labios con la lengua.

—Oh, Dios. —Ahogó un grito, sintiendo que ardía por él.

Él se apretó más contra sus muslos, haciéndole abrir las

piernas con las rodillas y empujando su durísima erección contra ella a través de la ropa. Ella casi se corre por la deliciosa fricción de sus cuerpos. Dios santo, muy pronto sin duda iba a alcanzar el clímax si él continuaba ese acompasado ritmo que no dejaba lugar a dudas sobre el amante excepcional que sería cuando estuvieran desnudos.

Dylan levantó los pies y apretó los tobillos contra sus caderas, dejándole saber que estaba dispuesta a ir donde quisiera llevarla. No estaba habituada a rendirse a los pies de un hombre —le costaba recordar cuándo era la última vez que había practicado el sexo y mucho menos buen sexo—, pero en aquel momento no había nada que deseara más que hacer el amor con Rio. Justo allí. Ahora mismo.

Él le chupó el labio inferior, agarrándolo entre los dientes mientras movía sus caderas contra las de ella. Ella disfrutó de sus colmillos, gozó con los fuertes empujones de su cuerpo y con la flexibilidad de sus músculos bajo las palmas. Él deslizó la mano entre sus piernas y sus dedos buscaron aquella zona de su carne caliente y húmeda, y Dylan no pudo contener el grito que salió de su garganta.

—¡Sí! —dejó escapar bruscamente mientras un orgasmo, salido de quién sabe dónde, la recorría—. ¡Oh, Dios. Rio!

El placer crecía como un torbellino en su interior y la hizo aferrarse a Rio en el momento en que su centro vibró con su liberación. Ella oyó que Rio emitía un gruñido salvaje y vagamente advirtió que sus labios ya no besaban su boca sino que vagaban a lo largo de su garganta. Ella lo abrazó con fuerza mientras él recorría su cuello, lamiendo con la lengua caliente su tierna piel.

Notar de repente el contacto de sus dientes en esa zona la hizo sobresaltarse.

Se puso tensa, a pesar de que no quería estar asustada por lo que pudiera pasar. Pero no pudo reprimir la reacción automática, y Rio se apartó de ella como si hubiera dado un grito a pleno pulmón.

—Lo siento —susurró ella, tratando de alcanzarlo. Pero él ya se había apartado hasta un extremo del sofá. Dylan se sentó, sintiéndose horriblemente mal—. Lo siento, Rio. Es sólo que no estaba segura...

—No te disculpes —murmuró él huraño—. Madre de Dios, no te disculpes conmigo, por favor. Esto ha sido culpa mía, Dylan.

—No —dijo ella, desesperada por volver a sentirlo cerca—. Yo deseo esto, Rio.

—Pues no deberías —dijo él—. Yo no hubiera sido capaz de parar.

Se pasó la mano por el oscuro cabello, mirándola fijamente con sus encendidos ojos ámbar.

—Esto podía haber sido un terrible error para los dos —dijo después de un largo momento—. Ah, joder. Ya lo es, ya ha sido un terrible error.

Antes de que ella pudiera decir nada, Rio simplemente se levantó y se fue. Mientras la puerta del apartamento se cerraba tras él, Dylan se bajó la camiseta y se enderezó los pantaloncillos. Rodeada del silencio que él había dejado tras su marcha, subió las rodillas hacia su pecho y envolvió sus piernas con los brazos, luego estiró una mano y apagó la lamparita.

Capítulo diecinueve

*R*io levantó la pistola nueve milímetros y apuntó al blanco situado en el otro extremo del campo de tiro. El revólver le resultaba terriblemente extraño en las manos, a pesar de que antes había sido su propia arma, a pesar de que la había usado durante años y había demostrado ser de una eficacia letal... antes.

Antes de la explosión en el almacén.

Antes de las heridas que lo habían dejado fuera de combate y lo habían enviado enfermo a la cama, con el cuerpo y la mente destrozados.

Antes de que su ceguera ante el engaño de Eva le hicieran cuestionarse todo lo que un día había sido y lo que jamás podría volver a ser.

Una gota de sudor le cayó hasta los labios mientras continuaba apuntando al blanco. El dedo que apretaba el gatillo estaba temblando y tuvo que emplear toda su capacidad de concentración para ver la pequeña silueta impresa en el papel que hacía de blanco a treinta metros de él.

Pero para eso había acudido allí.

Después de lo que había ocurrido con Dylan unos minutos antes, Rio necesitaba más que nunca distraerse. Necesitaba algo donde mantener su concentración. Algo que mitigara el ansia carnal que lo poseía todavía ahora. Deseaba a Dylan con una intensidad que todavía latía en sus venas con una fuerza primitiva.

Todavía podía sentir su cuerpo moviéndose bajo el suyo, tan suave y acogedor. Respondiendo de aquel modo tan apasionado. Aceptándolo, a pesar de que él pareciera estar haciendo el papel de la Bestia con su Bella.

Simplemente se había permitido vivir una fantasía mientras besaba a Dylan, mientras se apretaba contra ella y se preguntaba si la atracción que sentía de verdad podía ser mutua. Nadie era tan buen actor. Eva había dicho amarlo una vez. El alcance de su traición había sido un golpe brutal, pero en el fondo de su mente, él sabía que ella no estaba contenta de cómo era él, de la vida que había escogido como guerrero.

Para empezar no había querido que se uniera a la Orden. Nunca había entendido su necesidad de hacer algo bueno, algo útil. Más de una vez le había preguntado por qué ella no era suficiente para él. Por qué amarla y hacerla feliz no podía ser suficiente. Él quería las dos cosas, pero ella se había dado cuenta de que la Orden era más importante.

Rio aún se acordaba de una noche en que caminaba por un parque de la ciudad con Eva y le sacó fotos en un pequeño puente sobre el río. Esa noche ella le había dicho cuánto deseaba que abandonara la Orden y que tuviesen un bebé. Exigió que le explicara por qué no podía o por qué no quería complacerla.

Él le pidió que le diera tiempo. Los guerreros se estaban enfrentando a un pequeño resurgir de la actividad de los renegados en la región, por eso él le pidió que tuviera paciencia. Una vez las cosas se calmaran, tal vez podrían pensar en tener una familia.

Mirando atrás, no estaba seguro de que lo deseara. Eva no le había creído, él lo vio en sus ojos incluso entonces. Diablos, tal vez había sido en ese preciso momento cuando ella decidió arreglar las cosas por su cuenta.

Había dejado a Eva de lado y lo sabía. Pero ella se lo había devuelto con creces. Su traición lo había hundido completamente. Le había hecho cuestionárselo todo, incluso por qué demonios debía continuar ocupando un espacio en el mundo.

Cuando Dylan lo besó, cuando lo miró a la cara de frente y sus ojos reflejaban únicamente honestidad, Rio pudo creer, al menos por un momento, que él no era tan sólo una miserable e inútil criatura consumiendo espacio y aire. Cuando miró a Dylan a los ojos y sintió que su mano le acariciaba las cicatrices pudo creer, por un momento, que la vida tenía sentido después de todo.

Pero era un bastardo egoísta por pensar que tenía algo que

ofrecerle a una mujer como ella. Ya había destruido la vida de una mujer, y casi la suya propia; no estaba dispuesto a tener una segunda oportunidad de hacer lo mismo con la vida de Dylan.

Rio afiló la mirada en el blanco y apretó el revólver en la mano con firmeza. Apretó el gatillo, oyó el sonido familiar del disparo de su Beretta y una bala fue a dar justo en el diminuto anillo del centro de la diana.

—Me alegro de ver que no has perdido nada de tu puntería. Sigue siendo letal, como siempre.

Rio dejó el arma en la estantería que había frente a él y se volvió para encontrar a Nikolai, con su ancha espalda apoyada en la pared.

Rio sabía que no estaba solo allí, había oído a Niko y a los otros tres guerreros que lo acompañaban en el fondo del complejo de entrenamiento, limpiando sus armas y comentando sus escarceos con las mujeres humanas del bar *after-hours*.

—¿Cómo fue la cacería allí arriba?

Niko se encogió de hombros.

—Como de costumbre.

—¿Jovencitas calientes sin sentido común para salir huyendo nada más veros? —preguntó Rio, en un intento de romper la barrera de hielo que había entre ellos desde su regreso al recinto.

Para su alivio, Niko se rio.

—No hay nada malo en que las cosas sean fáciles con las mujeres, amigo. Tal vez la próxima vez deberías venir con nosotros. Puedo conectarte con algo dulce y guarro. —Dos hoyuelos idénticos aparecieron en sus delgadas mejillas—. Ya sabes, si es que no estás demasiado ocupado planeando cómo acabar con tu vida, maldito bastardo.

Lo dijo sin maldad, era tan sólo el modo en que su amigo le confesaba su preocupación.

—Te lo haré saber —dijo Rio, y por la mirada de Nikolai pudo ver que el guerrero entendía que no estaba hablando sobre la perspectiva de entregarse a un poco de diversión allí arriba.

Niko adoptó un tono de voz confidencial.

—No puedes permitir que ella gane, ¿lo sabes? Y abandonarnos significaría exactamente eso. Sí, ella te jodió, y no estoy diciendo que tengas que perdonarla y olvidarlo porque francamente no creo que pudiera hacerlo si estuviera en tu lugar. Pero todavía estás aquí. Así que ella que se joda —dijo Niko con aspereza—. Que se joda Eva y que se joda la bomba que estalló en ese almacén. Porque tú, amigo mío, todavía estás aquí.

Rio trató de burlarse, pero sólo pudo emitir un leve sonido en el fondo de su garganta. Trató de aclararse la voz, sintiéndose horriblemente incómodo por el hecho de que alguien se preocupara por él.

—Maldita sea, amigo, ¿cuántas veces has estado viendo el programa de Oprah desde que me he ido? Porque viniendo de ti, eso es realmente conmovedor.

Niko se rio.

—Por segunda vez, olvida toda esa mierda, es todo lo que te digo. Dios, ya ha pasado un año entero.

—Hey, Niko. —Kade apareció desde el otro extremo del complejo, con ese aspecto de lobo que le daban el cabello negro de punta y los afilados ojos de color plateado—. Me voy a la cama. Si esta noche queréis ir tras ese otro renegado que se escapó de los Refugios Oscuros no te olvides de que prometiste que era mío.

—Si no me lo cargo yo primero —señaló Brock, apareciendo detrás del otro guerrero, sonriendo y poniéndole a Kade hábilmente un enorme puñal en la barbilla.

La risa de Brock retumbó con buen humor, pero era evidente que el guerrero que la Orden había reclutado de Detroit sería tan serio como la mismísima Parca en medio del combate. Dejó libre a Kade y los dos continuaron discutiendo sobre quién acabaría con el renegado mientras abandonaban la habitación de las armas y se dirigían a sus respectivas habitaciones en el recinto.

Chase fue el último en salir del fondo de las instalaciones. Su camiseta negra tenía un gran desgarrón en la parte de delante, como si alguien hubiera tratado de sacarle un pedazo. A juzgar por el color apagado de los glifos del vampiro y la expresión relajada de sus ojos habitualmente duros, por lo visto se había desahogado todo lo posible aquella noche en el bar.

Saludó a Rio con una leve inclinación de cabeza y luego se dirigió a Nikolai.

—Si oyes cualquier otra cosa sobre Seattle, dímelo enseguida. Tengo curiosidad por saber por qué un asesinato de esa naturaleza todavía no ha sido dado a conocer por la Agencia.

—Sí —dijo Niko—. Yo también quiero saberlo.

Rio frunció el ceño.

—¿Qué ha ocurrido en Seattle?

—Uno de los miembros más antiguos de los Refugios Oscuros fue asesinado —dijo Niko—. De hecho, el tipo era un miembro de la primera generación.

A Rio se le erizó el vello de la nuca ante semejante noticia.

—¿Cómo lo asesinaron?

La mirada de Nikolai era seria.

—Le asestaron una bala en el cerebro a quemarropa.

—¿Dónde?

—El cerebro suele estar localizado en la región de la cabeza —masculló Chase de brazos cruzados.

Rio le lanzó una mirada de odio.

—Gracias por la lección de anatomía, Harvard. Quería saber dónde estaba ese vampiro de la primera generación cuando lo mataron.

Niko miró a Rio con seriedad.

—Le dispararon en el asiento trasero de su limusina. Mi contacto dijo que el pobre tipo regresaba de la ópera o del ballet, y mientras el vehículo estaba detenido ante un semáforo, alguien le disparó en la cabeza y desapareció antes de que el conductor se diera cuenta de lo que había sucedido. ¿Por qué lo preguntas?

Rio se encogió de hombros.

—Tal vez no signifique nada, pero cuando estuve en Berlín Andreas Reichen me habló de un vampiro de la primera generación recientemente asesinado. Sólo que la muerte de este otro fue en un club de sangre.

—Esos clubes llevan prohibidos desde hace décadas —dijo Chase.

—Cierto —afirmó Rio, con cierto sarcasmo, ya que el ex agente de los Refugios Oscuros parecía estarse haciendo el gilipollas—. Por eso ahora imprimen las invitaciones con tinta invisible y necesitas un código secreto para cruzar la puerta.

—¿El tipo de asesinato del vampiro de la primera generación de Berlín coincide con el otro? —preguntó Niko.

—No, no fue una herida de bala. De acuerdo con las fuentes de Reichen, a ese tipo le cortaron la cabeza.

Niko dejó escapar un silbido por lo bajo.

—Ése es el segundo de los tres principales métodos de matar un vampiro de la primera generación de la estirpe. La opción número tres es exponerlo a los rayos UV, y hay que reconocer que ésa es la forma menos eficaz a no ser que tengas diez o quince minutos para dedicarte a tu trabajo.

—Puede que los dos asesinatos no tengan relación —dijo Rio, inseguro de si podía confiar en sus instintos. Pero maldita sea si las campanas de alarma no estaban sonando en su cabeza como las del campanario de una catedral un domingo de Pascua.

—Sea como sea no me gusta como suena todo esto —dijo Chase, tomándose por fin en serio el asunto—. Dos miembros de la primera generación muertos en cuestión de... ¿una semana? ¿Y los dos ejecutados?

—No sabemos si los asesinatos tienen relación —advirtió Niko tratando de ser prudente—. Si vives más de mil años es lógico que hayas tenido ocasiones de joder a alguien. Alguien que puede dispararte un tiro en el asiento trasero de tu limusina o guillotinarte en un club de sangre.

—¿Y el hecho de que la Agencia de los Refugios Oscuros no diga una palabra sobre esas muertes? —añadió Rio.

Chase alzó sus cejas rojizas.

—¿En Berlín ocurrió lo mismo?

—Sí. Reichen dijo que estaban tratando de guardarlo en secreto para evitar el escándalo. No suena bien que un pilar de tu comunidad sea asesinado en un club ilegal lleno de humanos desangrados y muertos.

—No, no suena bien —reconoció Chase—. Pero dos miembros de la primera generación asesinados es un asunto bastante serio para la nación de vampiros. No deben de quedar vivos más de veinte individuos de la primera generación entre el total de la población, incluyendo a Lucan y a Tegan. Si ellos mueren, estamos todos acabados.

Nikolai asintió.

—Es cierto. Y está claro que no podemos crear más.

Un pensamiento escalofriante le revolvió el estómago a Rio.

—No a menos que tengamos vivo a un Antiguo, una compañera de sangre y un plazo de espera de unos veinte años.

Los dos guerreros lo miraron con expresión de gravedad.

Niko se pasó una mano por el cabello rubio.

—Ah, joder. No pensarás que...

—Ruego a Dios que me esté equivocando —dijo Rio—. Pero será mejor que despertemos a Lucan.

Capítulo veinte

Cuando Rio se marchó dejándola sola, Dylan se sintió terriblemente inquieta. La cabeza le daba vueltas sin parar, llena de emociones. Y no podía dejar de pensar en su vida en Nueva York. Como mínimo debía hacerle saber a su madre que se encontraba bien.

Dylan encendió la lámpara y fue hasta el dormitorio en busca del teléfono móvil que tenía escondido. Prácticamente se había olvidado de él desde su llegada allí, después de sacarlo del bolsillo de sus pantalones para esconderlo debajo del colchón de la cama de Rio en cuanto tuvo una oportunidad.

Lo encendió, tratando de amortiguar el ruido musical que hizo el aparato. Era un milagro que todavía quedara un poco de batería, y se dijo que la única rayita que indicaba algo de cobertura era mejor que nada.

«Mensaje de voz esperando», le informó la pantalla iluminándose.

Sí, tenía cobertura.

Oh, gracias a Dios.

El número desde donde habían dejado el primer mensaje era de Nueva York, una de las líneas de la oficina de Coleman Hogg. Ella recuperó el mensaje y no se sorprendió al oírlo mascullar e insultar hablando de lo grosera que ella había sido con el fotógrafo que le había enviado a Praga.

Dylan saltó el resto del sermón y pasó al siguiente mensaje. Era de su madre, recibido dos días atrás, sólo para comprobar si estaba bien y decirle que la quería y esperaba que se estuviese divirtiendo. Sonaba cansada, la debilidad de su voz hizo que a Dylan se le oprimiese el corazón.

Había otro mensaje de su jefe. Esta vez estaba incluso más

enfadado. Iba a descontar de su sueldo los honorarios del fotógrafo y consideraba que el último correo que había recibido de ella, diciendo que pensaba tomarse más tiempo en el extranjero, significaba que renunciaba a su puesto. A efectos inmediatos, Dylan estaba despedida.

—Estupendo —murmuró por lo bajo mientras pasaba a la siguiente llamada.

Realmente no podía lamentar mucho la pérdida del trabajo en sí, pero la falta de paga iba ser rápidamente un problema. A menos que encontrara algo mejor, algo más grande. Algo monumental. Algo con dientes de verdad... o mejor dicho con colmillos.

—No —dijo con dureza, antes de que la idea alcanzara a cobrar forma en su mente.

No podía hacer pública esa historia ahora. No cuando tenía más preguntas que respuestas... cuando ella misma se había convertido en parte de la historia, por más extraño que fuera pensar eso.

Y además estaba Rio.

Si necesitaba una razón para proteger lo que había descubierto acerca de esa otra especie que cohabitaba junto al género humano, esa razón era él. No quería traicionarlo, ni hacer correr ningún tipo de riesgo a los de su especie. Ella era parte de eso ahora que empezaba a conocerlo. Ahora que estaba dispuesta a cuidar de él, por muy peligroso que eso pudiera ser.

Lo que había pasado entre ellos un momento antes le preocupaba mucho. El beso había sido sorprendente. La sensación del cuerpo de Rio apretado tan íntimamente contra el suyo era lo más excitante que había conocido jamás. Y la sensación de sus dientes, sus colmillos raspando la frágil piel de su cuello había sido tan aterradora como erótica. ¿Realmente la hubiera mordido? Y de hacerlo, ¿qué le hubiera provocado eso?

Teniendo en cuenta lo rápido que había salido de la habitación no esperaba que él respondiese esas preguntas. Y no debería sentirse tan vacía al pensarlo.

Lo que tenía que hacer era salir de ese lugar, dondequiera que estuviese, y regresar a su propia vida. Volver y estar allí para su madre, que probablemente se habría vuelto loca de preocupación ahora que Dylan llevaba tres días enteros sin contactar con ella.

Las tres llamadas entrantes que quedaban habían sido hechas desde el centro de acogida, todas recibidas el día anterior y la última noche. No había mensajes, pero lo cercanas que estaban en el tiempo parecía indicar que se trataba de una urgencia.

Dylan marcó el número de la casa de su madre y esperó mientras el teléfono sonaba sin respuesta al otro lado de la línea. Tampoco hubo respuesta en el teléfono móvil de su madre. Con el corazón acongojado, Dylan marcó el número del centro. Fue Janet quien atendió desde la extensión de su madre.

—Buenos días. Oficina de Sharon Alexander.

—Janet, hola. Soy Dylan.

—Oh... hola, cariño. ¿Cómo estás? —La pregunta sonó de un modo extraño, como si Janet ya supiera o supusiera que Dylan probablemente no estaba teniendo un buen día—. ¿Estás en el hospital?

—El... qué... no. —A Dylan se le hizo un nudo en el estómago—. ¿Qué pasa? ¿Es mamá? ¿Qué le ocurre?

—Oh, Dios —dijo Janet muy suavemente—. ¿Quieres decir que no lo sabes? Creí que Nancy te iba a llamar. ¿Dónde estás, Dylan? ¿Todavía no has regresado a casa?

—No —dijo ella, casi sin saber que estaba hablando por el dolor que le oprimía el pecho—. No... yo... estoy todavía fuera de la ciudad. ¿Dónde está mi madre, Janet? ¿Está bien? ¿Qué le ha sucedido?

—Se sentía un poco agotada después del crucero por el río la otra noche, pero ayer por la tarde sufrió un colapso aquí en el centro. Dylan, cariño, hasta ahora no se ha recuperado. La llevamos al hospital y la ingresaron.

—Oh, Dios. —Dylan sintió que todo el cuerpo se le entumecía y quedó completamente helada—. ¿Es una recaída?

—Eso parece, sí. —La voz de Janet sonó más débil que nunca—. Lo siento tanto, cariño.

A Lucan no le gustó que lo hicieran levantarse de la cama, donde estaba con Gabrielle, en pleno día, pero tan pronto como oyó la razón de la interrupción, el líder de la Orden concentró inmediatamente toda su atención en el trabajo. Se puso rápidamente un par de tejanos y una camisa de seda sin botones y salió al pasillo donde lo esperaban Rio, Nikolai y Chase.

—Vamos a necesitar que Gideon revise algunos archivos —dijo Lucan, abriendo su teléfono móvil y llamando a las habitaciones del guerrero. Murmuró un saludo y una disculpa rápida por la intrusión y luego le hizo saber las mismas noticias que Rio y los otros acababan de transmitirle. Mientras los cuatro se encaminaban por los pasillos hacia el laboratorio de tecnología, el centro de control de Gideon, Lucan terminó la breve conversación y cerró el teléfono móvil—. Está de camino. Desde luego espero que estés totalmente equivocado con esto, Rio.

—Yo también —dijo él, más dispuesto que ningún otro a desear esa posibilidad.

Gideon no tardó más que un par de minutos en sumarse a esa reunión improvisada. Entró en el laboratorio con un pantalón de chándal gris, camiseta blanca y una zapatillas sin abrochar como si se las hubiera puesto a toda prisa y hubiese salido corriendo. Se sentó sobre la silla giratoria ante el ordenador principal y comenzó a abrir programas en varias de las máquinas.

—De acuerdo, estamos enviando antenas a todas las agencias de información y al banco legal de los Refugios Oscuros, incluyendo la Base Internacional de Datos —explicó, observando en los monitores cómo los datos iban llenando las pantallas—. A ver... aquí hay algo extraño. ¿Dijiste que uno de los dos muertos de la primera generación era de Seattle?

Nikolai asintió.

—Bueno, no encaja con esto. El informe de Seattle está acabado y no hay reportadas muertes recientes. Tampoco hay registro de ningún miembro de la primera generación entre su población, aunque eso por sí sólo no es del todo extraño. Los registros de población llevan tan sólo una pocas décadas, así que no es significativo que no estén completos. Tenemos algunos de los miembros más antiguos de la estirpe catalogados, pero la mayoría de los que pertenecen a la primera generación y todavía respiran, alrededor de unos veinte, tienden a ser bastante protectores de su privacidad. Corren rumores de que más de un par de ellos son auténticos ermitaños que no han estado cerca de un Refugio Oscuro desde hace más de un siglo. Supongo que piensan que se han ganado algún tipo de autonomía después de haber vivido mil años o más. ¿Es eso cierto, Lucan?

Lucan, que tenía alrededor de novecientos años y no estaba registrado, se limitó a gruñir a modo de respuesta, clavando sus ojos grises en los monitores.

—¿Y qué me dices de Europa? ¿Hay algo sobre la víctima de la primera generación que mencionó Reichen?

Gideon tecleó otra rápida secuencia y accedió a otro sistema de seguridad como si se tratara de un juego de niños.

—Mierda. Tampoco hay nada de nada aquí. Os digo una cosa, este silencio es realmente escalofriante.

Rio tuvo que darle la razón.

—Si no hay informes de ninguna de las dos muertes podría haber más de las que conocemos.

—Eso es algo que necesitamos averiguar —dijo Lucan—. ¿Cuántos miembros de la primera generación están registrados, Gideon?

El guerrero hizo una búsqueda rápida.

—He encontrado siete entre Estados Unidos y Europa. Estoy enviando ahora mismo a la impresora los nombres y las afiliaciones de los Refugios Oscuros a los que pertenecen.

Cuando la primera página estuvo impresa, Gideon se la entregó a Lucan. Él la revisó.

—La mayoría de estos nombres me son familiares. Y conozco un par más que no están en la lista. Tegan probablemente también conocerá alguno más. —Puso la lista sobre la mesa para que Rio y los otros pudieran verla—. ¿Conocéis algún nombre de la primera generación que no esté en esta lista?

Rio y Chase negaron con la cabeza.

—Sergei Yakut —murmuró Rio—. Lo vi una vez en Siberia cuando yo era un crío. Fue el primero de la primera generación que conocí, qué demonios, él único, hasta que llegué a Boston y me encontré con Lucan y Tegan. El nombre de Yakut no está en esta lista.

—¿Crees que podrías encontrarlo si tuvieras que hacerlo?

—preguntó Lucan—. Suponiendo que no lleve ya muchos años muerto, desde luego.

Nikolai se echó a reír.

—Sergei Yakut es un auténtico hijo de puta. Demasiado auténtico para estar muerto. Me atrevería a apostar que sigue con vida, y sí, creo que probablemente podría localizarlo.

—Bien —dijo Lucan con expresión seria—. Quiero ocuparme de esto enseguida. Sólo por si efectivamente nos estuviéramos enfrentando a una oleada de asesinatos en serie necesitamos conseguir los nombres y localización de todos los miembros de la primera generación.

—Estoy seguro de que la Agencia del Orden de los Refugios Oscuros conoce algunos más que no tenemos aquí —añadió Chase—. Todavía me quedan un par de amigos allí. Tal vez alguno sepa algo o me pueda contactar con alguna persona indicada.

Lucan asintió.

—Sí. Compruébalo, entonces. Pero supongo que no es necesario que te recuerde que seas muy prudente con la información cuando trates con ellos. Puede que tú tengas algunos amigos en la Agencia, pero te aseguro que la Orden no los tiene. Y no es por ofenderte, Harvard, pero tengo cero confianza en esos inútiles comemierdas del Refugio Oscuro.

Lucan dirigió a Rio una mirada seria.

—En cuanto a la otra posibilidad que has planteado, ésa de que el Antiguo haya sido revivido y lo estén usando para crear una nueva línea de vampiros de la primera generación, la verdad es que sería una pesadilla, amigo mío. —Sacudió la cabeza y dejó escapar un insulto—. Pero me temo que es una posibilidad muy sólida.

—Si lo es —dijo Rio—, será mejor que lo descubramos enseguida. Y que no dejemos transcurrir un par de décadas persiguiendo al bastardo.

Hasta que no terminó la frase, Rio no se dio cuenta de que había hablado refiriéndose a un «nosotros» al hablar de los guerreros y sus metas. Se estaba incluyendo al pensar en la Orden. Más aún, comenzaba a sentirse parte de todo aquello de nuevo, un miembro válido y activo, mientras estaba allí junto a Lucan y los demás, haciendo planes, hablando de estrategias.

Y de hecho se sentía bien.

Quizás, después de todo, aquel podía continuar siendo un lugar para él. Era un desastre y había cometido algunos errores, pero tal vez podría volver a ser el de antes.

Todavía estaba contemplando esa posibilidad cuando se oyó un pequeño zumbido proveniente de los monitores de Gideon. El guerrero se dirigió al ordenador, frunciendo el ceño.

—¿Qué es eso? —preguntó Lucan.

—Estoy captando la señal de un teléfono móvil aquí en el recinto, y no es de ninguno de nosotros —explicó. Luego miró a Rio—. Proviene de tus habitaciones.

«Dylan.»

—Joder —gruño Rio, enfadado con ella y consigo mismo—. Me dijo que no tenía ningún teléfono.

Maldita sea, Dylan le había mentido.

Y si hubiera tenido los ojos abiertos, como debería, hubiera registrado a esa mujer de la cabeza a los pies antes de creerle una sola palabra.

Una periodista con un teléfono móvil en su poder. Por lo que él sabía, puede que ahora mismo estuviese sentada en su dormitorio contándole a la CNN todo lo que había visto y oído, dejando expuesta la estirpe ante los humanos y además delante de sus propias narices.

—No había en su bolso nada que indicara que tenía un teléfono móvil —murmuró Rio. Era una excusa débil y lo sabía—. Maldita sea, debería haberla registrado.

Gideon tecleó algo en uno de sus muchos paneles de control.

—Puedo enviar una interferencia, impidiendo la señal.

—Hazlo —dijo Lucan. Luego se dirigió a Rio—. Hay algunos cabos sueltos que tenemos que acabar de atar, amigo mío. Incluyendo ése que hay en tus habitaciones.

—Sí —dijo Rio, sabiendo que Lucan tenía razón. Dylan debía tomar una decisión, y ya había llegado el momento, ahora que la Orden tenía otras cosas de las que ocuparse.

Lucan le puso una mano en el hombro a Rio.

—Creo que es hora de que conozca a Dylan Alexander personalmente.

Y

—¿Janet? ¿Hola? No tengo el número de la habitación de mi madre. ¿Hola... Janet? ¿Estás ahí?

Dylan apartó el teléfono móvil de su oído para mirarlo. «Fallo en la conexión.»

—Mierda.

Sostuvo el aparato frente a ella y comenzó a caminar por la habitación, en busca de un lugar desde donde poder captar mejor la señal. Pero nada. El maldito aparato no funcionaba, la comunicación se cortó a pesar de que la batería aún no se había agotado.

Le costaba pensar por el pánico que le aceleraba el pulso.

Su madre estaba en el hospital.

Por una recidiva.... oh, Dios mío.

Le costó resistir el impulso de lanzar el maldito teléfono contra la pared más cercana.

—¡Maldito aparato de mierda!

Frenética, se dirigió al salón para tratar de llamar otra vez.

Casi da un salto cuando la puerta del apartamento se abrió de golpe como si la fuerza de una tormenta la hubiera empujado desde el corredor. Rio estaba allí de pie.

Y Dios santo, estaba enfadado.

—Dame eso.

Sus feroces ojos ámbar y los colmillos que asomaban a sus labios le provocaron un nudo en el estómago, pero ella también estaba enfadada, y destrozada ahora que sabía que su madre había empeorado. Necesitaba verla. Necesitaba escapar de aquel reino irreal donde estaba secuestrada y regresar al mundo donde estaban las cosas que realmente le importaban.

Dios santo, pensó ante la idea de la pérdida. Su madre estaba enferma otra vez, y sola en algún hospital de la ciudad. Ella tenía que irse.

Rio entró en la habitación.

—El teléfono, Dylan. Dámelo. Ahora mismo.

Fue entonces cuando ella advirtió que no estaba solo. Detrás de él, en el pasillo, había un hombre enorme, fácilmente mediría dos metros y medio. Tenía el cabello negro y un aire amenazante que desmentía su aparente calma. Se quedó atrás mientras Rio se acercaba a Dylan.

—¿Le has hecho algo a mi teléfono? —le preguntó con rabia, bastante asustada por Rio y esa nueva amenaza pero demasiado preocupada por su madre como para que le importara lo que pudiera ocurrirle a ella en el próximo minuto—. ¿Le hiciste algo para que dejara de funcionar? ¡Dímelo! ¿Qué demonios le hiciste?

—Me mentiste, Dylan.

—¡Y tú me secuestraste! —Odiaba las lágrimas que de golpe corrieron por sus mejillas. Casi tanto como odiaba el hecho de estar prisionera, y el cáncer y el dolor agudo que sentía en el pecho desde la llamada al refugio.

Rio avanzó más hacia ella. El hombre del pasillo también entró en el apartamento. Sin ninguna duda, era un vampiro, un guerrero de la estirpe, igual que Rio. Sus ojos grises eran penetrantes como cuchillas, y del mismo modo que un animal siente que está ante un depredador, Dylan advirtió que si Rio era peligroso, aquel otro hombre era potencialmente mucho más poderoso. Mayor, a pesar de su aspecto joven. Y más letal.

—¿A quién llamaste? —preguntó Rio.

Ella no iba a mentirle. Apretó el delgado teléfono en el puño, pero en ese mismo instante sintió una energía que le abría los dedos y no pudo mantenerlos cerrados por más que lo intentó. Dylan vio cómo el teléfono se le escapaba de la mano para ir a parar a la palma del vampiro que estaba ahora junto a Rio.

—Hay un par de mensajes del periódico —anunció fríamente— y varias llamadas salientes a números de Nueva York. La residencia de Sharon Alexander, el número de móvil de la misma persona y la llamada interceptada a un número de Manhattan. Ésa es la que cortamos.

Rio profirió un insulto.

—¿Le hablaste a alguien sobre nosotros? ¿O sobre algo de lo que has visto?

—¡No! —insistió ella—. No he dicho nada, te lo juro. No soy una amenaza para ti...

—Y qué dices de las fotos que enviaste y de la historia que le contaste a tu jefe —le recordó el otro tipo, como si se lo estuviera recordando a un condenado que está siendo conducido hacia la cámara de gas.

—No tienes que preocuparte por nada de eso —dijo ella,

ignorando la burla de Rio mientras hablaba—. Ese mensaje del periódico era de mi jefe haciéndome saber que estoy despedida. Bueno, técnicamente se trata de una renuncia involuntaria, por no haberme presentado a la cita con el fotógrafo de Praga ya que estaba demasiado ocupada siendo secuestrada.

—¿Has perdido tu trabajo? —le preguntó Rio frunciendo el ceño.

Dylan se encogió de hombros.

—No tiene importancia. Pero dudo que llegados a este punto mi jefe piense usar alguna de las fotos ni la historia que le mandé.

—Eso ya no nos preocupa. —El otro vampiro la miró como midiendo su reacción—. A estas alturas el virus que le enviamos debe de haber atacado todo el sistema informático de su oficina. Estará ocupado con eso el resto de la semana.

No es que ella quisiera alegrarse de eso, pero la verdad era que la imagen de Coleman Hogg exasperado por el hundimiento de sus sistemas informáticos era el único rayo de luz en una situación insoportable.

—Se trata del mismo virus que enviamos a todos los que recibieron tus fotos —le siguió informando—. Eso acaba con todas las pruebas importantes, pero todavía tenemos que vérnoslas con el hecho de que hay varias personas por ahí que disponen de una información que no podemos permitir que tengan. Información que pueden, con buena voluntad o sin ella, transmitir a otras personas. Así que tenemos que evitar ese riesgo.

A Dylan se le hizo un nudo en el estómago.

—¿A qué te refieres con... evitar ese riesgo?

—Tienes una decisión que hacer, señorita Alexander. Esta noche serás enviada a uno de los Refugios Oscuros bajo la protección de la estirpe o regresarás a tu casa en Nueva York.

—Tengo que ir a casa —dijo ella, sin ver ninguna posibilidad de decisión. Vio que Rio la miraba fijamente, con una mirada indescifrable—. Tengo que regresar a Nueva York ahora mismo. ¿Quieres decir que me vais a dar la libertad de hacerlo?

La mirada gris del vampiro se volvió ahora hacia Rio, sin darle a ella ninguna respuesta.

—Esta noche llevarás a la señorita Alexander a su hogar en Nueva York. Quiero que te encargues de arreglar las cosas con ella. Niko y Kade pueden borrar a los otros individuos con los que tuvo contacto.

—¡No! —estalló Dylan. El nudo de su estómago de pronto se transformó en un terror absoluto—. Oh, Dios mío... no, no puedes... Rio, dile que...

—Fin de la discusión —dijo el oscuro, dirigiéndose a Rio y no a ella—. Saldrás al amanecer.

Rio asintió con solemnidad, aceptando la orden como si no le perturbara en absoluto. Como si hubiera hecho ese tipo de cosas cientos de veces anteriormente.

—A partir de esta noche, Rio, no más cabos sueltos. —La mirada de piedra se deslizó hacia Dylan y luego volvió a Rio—. Ni uno solo.

Cuando su aterrador amigo se hubo marchado, Dylan se volvió temblando hacia Rio.

—¿Qué ha querido decir con evitar el riesgo? ¿Y no más cabos sueltos?

Rio la miró de un modo amenazador. Había una acusación en sus penetrantes ojos topacio, una frialdad destructiva y muy poco del hombre herido y tierno que ella había estado besando en esa habitación hacía muy poco tiempo. Ella sintió que se helaba bajo el peso de esa dura mirada, como si estuviera mirando el rostro de un extraño.

—No voy a permitir que tú ni tus amigos hagáis daño a nadie —le dijo, deseando que no se le quebrara la voz mientras lo hacía—. ¡No voy a permitir que los mates!

—Nadie va a morir, Dylan. —Su tono era plano y desapasionado, así que difícilmente podía animarla—. Vamos a quitarles los recuerdos de lo que vieron en esas fotografías y de cualquier cosa que puedas haberles contado acerca de la estirpe o de la cueva. No haremos daño a nadie, pero necesitamos borrar de sus mentes todo recuerdo de esas cosas.

—¿Pero cómo? No lo entiendo...

—No tienes por qué entenderlo —dijo él suavemente.

—Porque yo tampoco voy a recordar nada. ¿Es eso lo que quieres decir?

Él la miró un largo rato en silencio. Buscó en su rostro algún matiz de emoción más allá de la determinación de piedra que proyectaba. Lo único que vio fue a un hombre completamente preparado para desarrollar la tarea que le había sido encomendada, un guerrero dispuesto a cumplir con su misión. Y nada de la ternura que había visto en él anteriormente, o del ansia que ella creía que sentía por ella. De eso ya no quedaba nada. Estaba cautiva y a su merced. No era más que un problema incómodo que él estaba dispuesto a eliminar.

Rio alzó las cejas ligeramente y sacudió la cabeza.

—Esta noche volverás a casa, Dylan.

Debería sentirse contenta al oírlo, o al menos aliviada, pero Dylan se sintió extrañamente vacía al contemplarlo salir de la habitación y cerrar la puerta tras él.

Capítulo veintiuno

Él regresó al cabo de un par de horas para decirle que había llegado el momento de marcharse. A Dylan no le sorprendió recuperar la conciencia en el asiento trasero de un todoterreno negro, mientras Rio aparcaba el vehículo ante la puerta del edificio de apartamentos de Brooklyn donde ella vivía.

—Me hiciste entrar de nuevo en trance.

—Por última vez —dijo él en voz baja, como disculpándose.

Apagó el motor y abrió la puerta del lado del conductor. Estaba solo en la parte delantera del coche, no había señal de los otros dos guerreros con los que se suponía que harían el viaje. Aquellos que debían ocuparse de los cabos sueltos mientras Rio se encargaba de ella personalmente.

Dios, la idea de que su madre pudiera entrar en contacto con esa clase de individuos peligrosos con los que Rio parecía estar asociado la hizo temblar de ansiedad. Su madre ya tenía bastante con lo suyo; Dylan no quería que tuviera que enfrentarse con esa oscura realidad.

Dylan se preguntó cuánto tardaría Rio en atraparla si trataba de escapar del todoterreno. Si ella lograba llevarle la delantera tal vez pudiese llegar hasta la estación de metro para ir al hospital de Midtown. ¿Pero acaso estaba de broma? Rio le había seguido el rastro desde Jiein hasta Praga. Encontrarla en Manhattan podía ser para él un desafío de alrededor de treinta segundos.

Pero maldita sea, necesitaba ver a su madre. Necesitaba estar con ella, a su lado, ver su rostro para saber que se encontraba bien.

«Por favor, Dios mío, haz que se encuentre bien.»

—Pensaba que ibas a tener compañía en este viaje —dijo

Dylan, esperando que por algún milagro hubiese habido un cambio de planes y los amigos de Rio hubieran quedado atrás—. ¿Qué ha pasado con los otros tipos que supuestamente vendrían contigo?

—Los he dejado en el centro de la ciudad. No necesitaban venir aquí con nosotros. Se pondrán en contacto conmigo cuando terminen.

—¿Cuando terminen de aterrorizar a un puñado de personas inocentes, quieres decir? ¿Cómo sabes que tus compinches vampiros no decidirán llevarse un poquito de sangre junto a los recuerdos que les roben?

—Tienen una misión específica y cumplirán con ella.

Ella miró los ojos topacio que la observaban en el espejo.

—¿Igual que tú, verdad?

—Igual que yo. —Se bajó del vehículo y fue a la parte trasera para agarrar la mochila y el maletín del ordenador que estaban junto a ella—. Vamos, Dylan. No tenemos tanto tiempo para esto.

Ella no se movió y él la sorprendió con una suave caricia en la mejilla.

—Vamos dentro. Todo saldrá bien.

Ella se bajó y subió los escalones de cemento de la puerta principal del edificio. Rio sacó las llaves de su bolso. Dylan abrió la puerta y notó enseguida el olor a rancio y el color azul claro del vestíbulo, sintiéndose como si llevara diez años fuera de casa.

—Mi apartamento está en el segundo piso —murmuró, aunque Rio probablemente ya lo sabía. Él la siguió de muy cerca y los dos subieron las escaleras hasta su agujero en la parte posterior del pasillo común.

Ella abrió la puerta y Rio entró delante, manteniéndola protegida detrás de él como si estuviera acostumbrado a entrar a lugares peligrosos y llevar siempre la delantera. Después de todo, era un guerrero. Si su actitud de cautela y su inmenso tamaño no lo confirmaban, el enorme revólver que ocultaba en la cinturilla de sus pantalones militares lo dejaba todavía más claro. Ella lo observó registrar el lugar, deteniéndose cerca de un ordenador que había sobre un pequeño escritorio en una esquina.

—¿Voy a encontrar en este aparato algo que no debería estar aquí? —preguntó mientras encendía el monitor y éste se iluminaba de un pálido azul.

—Este ordenador es viejo. Casi no lo uso.

—No te importará que lo revise —dijo él, aunque no le estaba pidiendo permiso, pues ya estaba abriendo los archivos y examinando el contenido. No encontró más que algunos de sus primeros artículos y vieja correspondencia.

—¿Tienes muchos enemigos? —preguntó Dylan.

—Tenemos suficientes.

—Yo no soy uno de ellos, lo sabes. —Encendió una luz, más por ella que por él, ya que era evidente que no le molestaba la oscuridad. No voy a hablarle a nadie de lo que me has contado ni de lo que he visto durante los últimos días. A nadie, te lo juro. Y no porque vayas a borrarme esos recuerdos. Yo mantendría tus secretos a salvo, Rio. Sólo quiero que lo sepas.

—No es tan simple —dijo él, mirándola de frente—. No sería seguro. Ni para ti, ni para nosotros. Nuestro mundo se protege a sí mismo, pero hay peligros, y no podemos estar en todas partes. Dejar que alguien ajeno a la nación de los vampiros tenga información sobre nosotros podría ser catastrófico. Ocasionalmente se ha hecho, aunque sea muy imprudente. De vez en cuando hay algún humano en quien se puede confiar, pero es extremadamente infrecuente. Personalmente yo nunca he visto que uno de esos casos acabe bien. Siempre hay alguien que termina herido.

—Yo puedo cuidar de mí misma.

Él se rio, pero sin ningún rastro de humor.

—No me cabe duda. Pero esto es diferente, Dylan. No eres sólo humana. Eres una compañera de sangre, y eso siempre te hará diferente. Puedes unirte a un hombre de mi raza a través de su sangre y vivir eternamente. Bueno, casi eternamente.

—¿Como Tess y su compañero?

Rio asintió.

—Como ellos, sí. Pero para formar parte del mundo de la estirpe tendrías que cortar tus lazos con el de los humanos. Tendrías que dejarlos atrás.

—No puedo hacer eso —dijo ella, rechazando automáticamente la idea de abandonar a su madre—. Mi familia está aquí.

—La estirpe también es tu familia. Ellos cuidarían de ti como tu familia, Dylan. Puedes tener una vida muy agradable en los Refugios Oscuros.

Ella no podía dejar de notar que él hablaba de todo eso conservando una prudente distancia, manteniéndose todo el tiempo fuera de la ecuación. Una parte de ella se preguntó si le sería tan fácil darle la espalda en caso de que fuera él personalmente quien le pidiera que se uniese a su mundo.

Pero no lo estaba haciendo. Y la elección de Dylan, fácil o no, hubiera sido la misma de todos modos.

Ella sacudió la cabeza.

—Mi vida está aquí, con mi madre. Ella siempre ha estado a mi lado, yo no puedo abandonarla. No lo haría. Ni ahora, ni nunca.

Y necesitaba encontrar un modo de llegar hasta ella pronto, pensó, cansada de la mirada seria y calculadora de Rio. No estaba dispuesta a esperar a que él decidiera comenzar a borrarle los recuerdos ahora que ella había decidido salirse y mantenerse al margen del mundo de los vampiros.

—Yo... necesito ir al lavabo —murmuró—. Espero que no pretendas vigilarme mientras lo hago.

Rio afiló ligeramente la mirada y negó con la cabeza.

—Ve, pero no tardes.

A Dylan le costó creer que la dejara entrar en el cuarto de baño y encerrarse dentro. A pesar del examen que había hecho al apartamento, debió de haber olvidado que había una pequeña ventana en el baño.

Una ventana que daba a la escalera de incendios, y que bajaba hasta la calle.

Dylan abrió el grifo y dejó salir un buen chorro de agua fría mientras sopesaba la locura que estaba a punto de intentar. Había un vampiro de más de noventa quilos, seriamente armado y entrenado para el combate, esperándola al otro lado de la puerta. Ella ya había sido testigo de la velocidad de sus reflejos, así que sabía que las probabilidades de escapar de él eran prácticamente nulas. Su única esperanza era una huida sigilosa, y eso significaba lograr que la destartalada ventana no hiciera mucho ruido al abrirse, y luego debía bajar por la desvencijada escalera de incendios sin que ésta se desmoronase. Si conseguía superar esos dos considerables obstáculos, todo lo que tendría que hacer sería correr con todas sus fuerzas hasta la estación de metro.

Sí, era pan comido.

Sabía que era una locura, pero aun así fue apresuradamente hasta la ventana y descorrió el pestillo. La ventana necesitó un buen golpe para que se aflojaran las capas de pintura vieja que la mantenían cerrada. Dylan tosió un par de veces, lo bastante alto como para tapar el ruido que hizo la ventana al empujarla con la palma de la mano.

Esperó un segundo, escuchando los movimientos en la otra habitación. Al comprobar que no se oía nada, se asomó a la ventana y sintió en el rostro el aire húmedo de la noche.

Oh, Dios. ¿Realmente iba a hacer eso?

Tenía que hacerlo.

Lo único que le importaba era ver a su madre.

Dylan miró hacia abajo para asegurarse de que el camino estaba despejado. Sí lo estaba. Podía hacerlo. Tenía que intentarlo. Tomó aire profundamente dos veces para darse coraje y salió al exterior, mientras el agua seguía corriendo en el cuarto de baño.

Bajó por la escalera de incendios de manera torpe y acelerada, pero en menos de un minuto sus pies tocaron el pavimento. Tan pronto como pisó el suelo firme salió corriendo disparada hacia el metro.

Por encima del ruido del agua, Rio había oído a través de la puerta cerrada del cuarto de baño que una ventana se abría suavemente. Y el chorro de agua cayendo no tapó tampoco el ruido metálico de la escalera de incendios.

Dylan intentaba escapar, tal como él esperaba que ocurriría.

Había visto cómo su cabeza daba vueltas cuando hablaba con ella, y en su mirada crecía la desesperación por cada minuto que se veía obligada a compartir con él en el apartamento. Él sabía, incluso antes de que recurriese a la excusa del cuarto de baño, que ella iba a tratar de escaparse en cuanto tuviera la más mínima oportunidad.

Rio podría haberla detenido. Podría detenerla ahora, mientras bajaba por la escalera de hierro. Pero tenía curiosidad por saber a dónde planeaba ir. Y con quién quería encontrarse.

Él le creyó cuando ella le dijo que no tenía intención de exponer ante los humanos los secretos de la estirpe. Si le había mentido, él no respondía de sus actos. No quería ni considerar la posibilidad de que pudiera haberse equivocado tanto con ella, por más que se dijera a sí mismo que nada de eso importaba si se limitaba a borrar de su mente todo recuerdo y conocimiento acerca de la estirpe.

Pero había vacilado a la hora de borrar sus recuerdos cuando ella dijo que no abandonaría el mundo de los humanos por la estirpe. Vaciló porque se dio cuenta, egoístamente, de que él no estaba preparado para borrarse a sí mismo de los recuerdos de ella.

Y ahora ella huía en medio de la noche, lejos de él.

Con un puñado de recuerdos y conocimientos que él no podía permitirle conservar.

Rio se levantó de la mesa del ordenador de Dylan y fue hasta el pequeño cuarto de baño. Estaba vacío, tal como esperaba, y la ventana completamente abierta a la oscuridad de la noche.

Salió por ella. Sus botas golpearon en la escalera de incendios y en menos de una fracción de segundo dio un salto y aterrizó sobre el asfalto. Echó la cabeza hacia atrás e inspiró hasta captar en el aire el aroma de Dylan.

Y entonces fue tras ella.

Capítulo veintidós

*D*ylan se detuvo ante la puerta acristalada de la habitación de su madre en el décimo piso del hospital, tratando de reunir coraje para entrar. La planta de los enfermos de cáncer estaba completamente silenciosa a esa hora de la noche, sólo se oía la charla de las enfermeras en su puesto de guardia, y ocasionalmente el ruido de algún paciente que arrastraba los pies al recorrer su breve circuito, con los dedos aferrados al palo con ruedas que sostenía el suero y debían transportar con ellos. Su madre había sido una de esas tenaces pacientes no hacía mucho tiempo.

Dylan odiaba pensar que ahora su madre tuviera que volver a enfrentarse otra vez con ese dolor y esa lucha. La biopsia que habían solicitado los médicos no estaría hasta dentro de un par de días, según le había dicho la enfermera del mostrador. Había esperanzas de que si la biopsia daba positivo hubieran encontrado la recidiva justo a tiempo como para poder volver a empezar con una nueva y agresiva dosis de quimioterapia. Dylan rezaba para que ocurriese un milagro, a pesar de que sentía el pecho oprimido por el presentimiento de malas noticias.

Accionó el dispensador de jabón antiséptico que había en la puerta y se frotó las palmas de las manos. Mientras cogía y se ponía unos guantes de látex, todo aquello por lo que había tenido que pasar durante los últimos días, e incluso las últimas horas, se desvaneció. Sus propios problemas simplemente se evaporaron cuando empujó la puerta, porque en aquel momento lo único que le importaba era la mujer que estaba tumbada en la cama reclinada, atada a cables unidos a monitores y con varios catéteres intravenosos.

Dios, su madre parecía tan diminuta y frágil allí tendida. Siempre había sido una mujer menuda, varios centímetros más baja que Dylan. Y su cabello era de una tonalidad roja todavía más intensa que el de Dylan, a pesar de que le habían aparecido una buena cantidad de canas desde que comenzó su lucha contra el cáncer. Ahora que tenía sesenta y cuatro años, Sharon llevaba el pelo muy corto y de punta, y eso la hacía parecer como mínimo diez años más joven. Dylan sintió una oleada de ira irracional al pensar que la nueva dosis de quimioterapia iba a arrebatarle esa hermosa corona de tupido cabello.

Caminó despacio hacia la cama, tratando de no hacer ruido. Pero Sharon no estaba dormida. Abrió los ojos cuando Dylan se acercó, sus ojos verdes, brillantes y cálidos.

—Oh... Dylan... cariño. —Su voz sonaba débil. Ésa era en realidad la única evidencia física de que estaba enferma. Se estiró y apretó con fuerza la mano enguantada de Dylan—. ¿Cómo fue el viaje, querida? ¿Cuándo volviste?

Mierda. Es cierto que se suponía que había alargado su estancia en Europa. Le parecía que había pasado un año entero durante los pocos días que había estado con Rio.

—He llegado a casa hace un rato —respondió Dylan, mintiendo sólo a medias.

Se sentó en el borde del delgado colchón y continuó apretando la mano de su madre.

—Me quedé un poco preocupada al ver que cambiabas tus planes tan bruscamente. El correo electrónico que enviaste diciendo que habías decidido quedarte un poco más era muy corto y enigmático. ¿Por qué no me llamaste?

—Lo siento —dijo Dylan. La mentira la hacía sentirse todavía peor al saber que había preocupado a su madre—. Si hubiera podido te habría llamado. Oh mamá, lamento tanto que no te encuentres bien.

—Me encuentro bien. Mejor, ahora que estás aquí. —La mirada de Sharon era firme, decidida y tranquila—. Pero me estoy muriendo, cariño. Lo entiendes, ¿verdad?

—No digas eso. —Dylan apretó la mano de su madre, luego se llevó los dedos fríos hasta los labios y los besó—. Superarás esto, igual que lo hiciste antes. Vas a ponerte bien.

El silencio, la tierna indulgencia, podía palparse en la habitación. Su madre no iba a insistir con el tema, pero ahí estaba, como un fantasma acechando en una esquina.

—Bueno, hablemos de ti. Quiero oír todo lo que has hecho, dónde has estado... cuéntame todo lo que has visto mientras has estado fuera.

Dylan bajó la mirada, incapaz de mirar a su madre a los ojos si no podía decirle la verdad. La mayor parte de esa verdad resultaría inverosímil de cualquier forma, especialmente la parte en que Dylan tuviera que confesar que temía los sentimientos que estaba desarrollando por un hombre peligroso y lleno de secretos. Un vampiro. Simplemente pensar en esa palabra parecía una locura.

—Cuéntame más acerca de esa historia sobre un demonio en la que estás trabajando, cariño. Esas fotos que me enviaste son realmente sorprendentes. ¿Qué ha pasado con esa historia?

—No hay historia, mamá. —Dylan sacudió la cabeza. Lamentaba habérsela mencionado a su madre, y también a las demás personas—. Resultó que la cueva era simplemente una cueva —dijo, con la esperanza de convencerla—. No hay nada extraño en ella.

Sharon parecía escéptica.

—¿De verdad? Pero esa tumba que encontraste... y las increíbles marcas de las paredes. ¿Qué hacía todo eso ahí? Tiene que significar algo.

—Es sólo una tumba. Probablemente se trata de alguna clase de cámara funeraria tribal, muy antigua.

—Y la foto que sacaste de ese hombre...

—No es más que un vagabundo —mintió Dylan, odiando cada sílaba que salía de sus labios—. Las fotos hacen que todo parezca más importante de lo que es. Pero no hay historia, ni siquiera para el periódico de un mentiroso como Coleman Hogg. De hecho, me ha despedido.

—¿Qué? ¡No puede hacer eso!

Dylan se encogió de hombros.

—Sí, lo ha hecho. Y en realidad está bien. Encontraré otra cosa.

—Bueno, él se lo pierde. De cualquier forma, eras demasiado buena para ese sitio. Si te sirve de consuelo, yo pensé que harías un gran trabajo con esa historia. El señor Fasso también pensó lo mismo. De hecho, mencionó que tiene contactos en algunos de los grandes periódicos de la ciudad. Probablemente podría conseguirte algo si se lo pido.

Oh, mierda. Una entrevista de trabajo era lo último en lo que le interesaba preocuparse. Y mucho menos ahora que el resto de lo que acababa de oír le había provocado un nudo de terror en la garganta.

—Mamá, ¿no le habrás contado nada de esa historia, verdad?

—Por supuesto que lo hice. También le mostré tus fotografías. Lo siento, pero no puedo dejar de alardear sobre ti. Eres mi pequeña estrella.

—¿Cómo es posible...? Ah, mamá, por favor, dime que no hablaste de todo eso con mucha gente, por favor...

Sharon le dio unos golpecitos en la mano.

—No seas tan tímida. Tienes mucho talento, Dylan, y deberías trabajar en historias más grandes e impactantes. El señor Fasso coincide conmigo. Gordon y yo hablamos mucho de ti en nuestro crucero por el río hace dos noches.

A Dylan se le encogió el estómago al pensar en que más gente pudiera saber lo que había visto en la cueva, pero no pudo dejar de notar el pequeño brillo de alegría en los ojos de su madre al mencionar al hombre fundador del refugio para chicas de la calle.

—¿Así que ya usas el nombre de pila del señor Fasso?

Sharon soltó una risita adolescente, un sonido tan juvenil y travieso que Dylan por un momento olvidó que estaba sentada junto a su madre en la habitación de un hospital y en la planta de los enfermos de cáncer.

—Es muy atractivo, Dylan. Y totalmente encantador. Siempre lo había considerado tan distante, casi frío, pero en realidad es un hombre fascinante.

Dylan sonrió.

—Te gusta.

—Sí, me gusta —confesó su madre—. Sólo que puede que haya encontrado por primera vez un auténtico caballero, tal vez a mi príncipe azul, justo cuando ya es demasiado tarde para enamorarme.

Dylan negó con la cabeza, odiando escucharla hablar de ese modo.

—Nunca es demasiado tarde, mamá. Todavía eres joven. Te queda todavía mucho por vivir.

Los ojos de su madre estaban llenos de sombras cuando alzó la mirada hacia ella desde la cama.

—Siempre he estado muy orgullosa de ti. ¿Verdad que sabes eso, cariño?

Dylan asintió, con un nudo en la garganta.

—Sí, lo sé. Siempre he podido contar contigo, mamá. Tú has sido la única persona en mi vida con la que siempre he podido contar. Y aún lo eres. Los dos mosqueteros, ¿te acuerdas?

Sharon sonrió ante la mención de aquella antigua referencia, pero había lágrimas brillando en sus ojos.

—Quiero que estés bien, Dylan. Con esto, me refiero... Con esto de que te deje tan pronto... con el hecho de que vaya a morir.

—Mamá...

—Escúchame, por favor. Estoy preocupada por ti, cariño. No quiero que estés sola.

Dylan se secó una lágrima que le corría por la mejilla.

—Ahora no deberías pensar en mí. Sólo concéntrate en ti, en ponerte mejor. Necesitas pensar en positivo. Puede que la biopsia...

—Dylan, para y escúchame. —Su madre se sentó, con una expresión testaruda que Dylan conocía muy bien en sus bonitas pero cansadas facciones—. El cáncer ha vuelto, con más fuerza que antes. Lo sé. Lo siento. Tengo que aceptarlo. Y necesito saber que tú también lo vas a poder aceptar.

Dylan bajó la mirada y vio sus manos tapadas con los guantes de látex amarillos y las de su madre casi transparentes, los huesos y tendones podían intuirse por debajo de la piel fría y demasiado pálida.

—¿Cuánto tiempo has estado cuidando de mí, cariño? Y no me refiero desde que enfermé. Desde que eras una niña, siempre estabas preocupada por mí y tratando de cuidarme.

Dylan negó con la cabeza.

—Las dos nos cuidamos una a la otra. Siempre ha sido así...

Los dedos suaves de su madre le levantaron la barbilla para mirarla a los ojos.

—Tú eres mi niña. Yo he vivido por ti, y por tus hermanos también, pero tú has sido siempre la más fiel y constante. Tú no tenías que haber vivido por mí, Dylan. Tú no tenías que haber sido la adulta en esta relación. Deberías tener a alguien que cuide de ti.

—Puedo cuidar de mí misma —murmuró ella, aunque sin resultar muy convincente, ya que las lágrimas corrían por sus mejillas.

—Sí, tú puedes. Y tienes que hacerlo. Pero mereces algo más en la vida. Yo no quiero que tengas miedo de vivir, o que tengas miedo de amar, Dylan. ¿Puedes prometerme eso?

Antes de que Dylan pudiera contestar nada, la puerta se abrió de golpe y una de las enfermeras entró con dos nuevas bolsas de líquidos.

—¿Cómo estamos, Sharon? ¿Cómo va ese dolor ahora?

—Estoy un poco mejor —dijo, deslizando los ojos hacia Dylan como si hubiera estado ocultándole su malestar hasta ahora.

Por supuesto que lo había hecho. Todo era mucho peor de lo que Dylan quería aceptar. Se levantó de la cama y dejó que la enfermera hiciera su trabajo. En cuanto se marchó, Dylan regresó junto a su madre. Era muy difícil no quebrarse, hacerse la fuerte al mirar sus suaves ojos verdes y ver que el brillo que antes había en ellos, las ganas de luchar que antes había en ellos, ahora ya no estaba.

—Ven aquí y dame un abrazo, cariño.

Dylan se inclinó y rodeó con sus brazos los delicados hombros de su madre, incapaz de ignorar la fragilidad de todo su ser.

—Te quiero, mamá.

—Y yo te quiero a ti. —Sharon suspiró mientras se apoyaba de nuevo sobre la almohada—. Estoy cansada, cariño. Ahora necesito descansar.

—De acuerdo —respondió Dylan, con la voz tirante—. Me quedaré aquí hasta que te duermas.

—No, no harás eso. —Su madre negó con la cabeza—. No quiero tenerte aquí sentada preocupada por mí. No voy a dejarte esta noche, ni mañana, ni siquiera la próxima semana... te lo prometo. Pero ahora necesitas ir a tu hogar, Dylan. Quiero que hagas eso por mí.

«Mi hogar», pensó Dylan mientras su madre se sumía en un sueño inducido. La palabra resultaba extrañamente vacía para ella cuando recordaba su apartamento y las pocas posesiones que allí tenía. Aquel no era su hogar. Si ahora tenía que ir a alguna parte, a algún lugar donde se sintiera segura y protegida, aquel lastimoso agujero en la pared no lo era. Nunca lo había sido.

Dylan se levantó de la cama y se volvió para salir de la habitación. Mientras se secaba los ojos llorosos, su mirada distinguió a través del cristal de la puerta un rostro y una silueta de hombros muy anchos.

Rio.

La había encontrado, la había seguido.

Aunque todo su instinto debería indicarle que huyera de él, Dylan, en lugar de eso, fue hacia él. Abrió completamente la puerta y se reunió con él fuera de la habitación de su madre, incapaz de hablar mientras lo rodeaba con sus brazos y sollozaba suavemente contra su pecho.

Capítulo veintitrés

No esperaba que ella corriera hacia él al verle allí.

Ahora que Dylan estaba en sus brazos, con su cuerpo temblando mientras lloraba, Rio se sintió completamente perdido. Había albergado en su interior una gran cantidad de ira y de sospecha mientras seguía su rastro por la ciudad. Le daba vueltas la cabeza por tanto ruido y por la excesiva presencia de humanos en todas partes. Le dolían las sienes por el brillo de las luces de neón y también le dolía todo por dentro.

Pero nada de eso importaba ahora que estaba allí abrazando a Dylan, sintiéndola temblar completamente angustiada y con un miedo que le carcomía hasta los huesos. Estaba sufriendo, y Rio sentía una sobrecogedora necesidad de protegerla. No quería verla sufrir así.

Madre de Dios, no podía soportar verla así.

Acarició su delicada espalda y apretó los labios contra su cabeza, que descansaba bajo la barbilla de él. Le murmuró suaves palabras de consuelo. Eran gestos débiles, pero eso era todo lo que podía hacer por ella.

—Tengo tanto miedo de perderla —susurró—. Oh Dios, Rio, estoy aterrorizada.

Él no tuvo que adivinar de quién estaba hablando Dylan. La paciente que dormía en la habitación cercana de donde se encontraban tenía la misma tez color crema y el pelo rojo fuego de la versión más joven que Rio estrechaba entre sus brazos.

Dylan inclinó su rostro lloroso hacia él.

—¿Puedes sacarme de aquí, por favor?

—Te llevaré donde quieras. —Rio le pasó los pulgares por las mejillas, borrando el rastro de lágrimas—. ¿Quieres ir a tu casa?

Ella dejó escapar una triste risa que sonó rota y perdida.

—¿Podemos... simplemente caminar un poco?

—Sí, claro —asintió él, rodeándola con su brazo—. Salgamos de aquí.

Caminaron en silencio, bajaron por el ascensor y luego salieron del hospital al cálido aire de la noche. Él no sabía dónde llevarla, simplemente caminaba con ella. A pocas manzanas del hospital había un puente que conducía hasta el paseo junto al East River. Lo cruzaron, y mientras caminaban junto a la orilla del río, él se dio cuenta de que la gente lo miraba al pasar a su lado.

Eran miradas furtivas a sus cicatrices, y más de una mirada interrogante que parecía preguntarse qué hacía alguien como él con una belleza como Dylan. Una muy buena pregunta, y la verdad es que no tenía ninguna respuesta sensata en aquel momento. La había traído hasta la ciudad con una misión... una misión que desde luego no tenía nada que ver con un paseo como aquel.

Dylan disminuyó el paso y finalmente se detuvo ante la barandilla de hierro para observar el agua.

—Mi madre se enfermó gravemente el otoño pasado. Creyó que era bronquitis. No lo era. El diagnóstico fue cáncer de pulmón, a pesar de que nunca fumó un solo día en su vida. —Dylan se quedó callada durante un largo momento—. Se está muriendo. Eso es lo que acaba de decirme esta noche.

—Lo siento —dijo Rio, acercándose más a ella.

Quería tocarla, pero no estaba seguro de que necesitara su consuelo, ni siquiera de que fuera a aceptarlo. Optó por tocar un mechón de su cabello rojizo, simulando que lo hacía para que no le molestase en la cara.

—Se suponía que no era yo quien tenía que ir a ese viaje por Europa. Iba a ser su gran aventura con sus amigas, pero no se encontraba bien de salud como para ir y por eso yo ocupé su lugar. Yo no tenía que haber estado allí. Nunca debería haber puesto los pies en esa maldita cueva. Nunca debería haberte conocido.

—Y ahora desearías no haberme conocido. —No fue una pregunta, se limitó a constatar el hecho.

—Desearía no haber estado allí, por ella. Desearía que ella

hubiera vivido esa aventura. Desearía que no estuviera enferma. —Dylan volvió la cabeza y lo miró—. Pero no desearía no haberte conocido.

Rio quedó mudo y petrificado ante su afirmación. Llevó la mano hasta la suave línea de su mandíbula y contempló aquel rostro tan bello que le impedía respirar. Y la forma en que ella lo miraba... como si fuera un hombre que pudiera merecerla, un hombre que ella se sintiera capaz de amar...

Dylan dejó escapar un suspiro débil y vacilante.

—Quisiera que todo fuera muy distinto, Rio. Pero no esto. Tú no.

«Ah, Cristo.»

Antes de que pudiera decirse a sí mismo que era una mala idea, Rio inclinó la cabeza y la besó. Fue un encuentro suave de sus labios, un tierno roce que no debería haberlo encendido como lo hizo. Disfrutó de su sabor dulce y de sentirla entre sus brazos.

No debería desear aquello tan desesperadamente. No debería sentir esa necesidad, ese tierno afecto que crecía en su interior cada vez que pensaba en Dylan.

No debería apretarla tanto contra él, extendiendo los dedos en la cálida seda de su cabello mientras la besaba aún más y se perdía en su beso.

Le costó mucho interrumpirlo. Y después de apartar su cabeza, no pudo dejar de acariciarle la cara. No podía apartarse de ella.

Un grupo de adolescentes pasó al lado de ellos por el paseo, chicos vestidos con ropas varias tallas grandes, hablando en voz muy alta y empujándose unos a otros. Rio mantuvo los ojos fijos en ellos, mirándolos con desconfianza al observar que el grupo se detenía junto a la barandilla y se turnaban para ver quién escupía más lejos. No parecían demasiado peligrosos, pero sí de esos tipos siempre preparados para buscar problemas.

—¿Demetrio?

Rio miró de nuevo a Dylan, confundido.

—¿Cómo?

—¿Me estoy acercando? Tu verdadero nombre, me refiero... ¿es Demetrio?

Él sonrió y no pudo resistirse a besar las pecas de su nariz.

—No, no es ése.

—De acuerdo. Bien, entonces... ¿es Arrio? —preguntó tratando de adivinar, sonriéndole a la luz de la luna mientras se apartaba ligeramente de sus brazos—. ¿Oliverio? ¿Denny Terrio?

—Eleuterio —dijo él.

Ella abrió los ojos con asombro?

—¿Ele... te... cómo?

—Mi nombre completo es Eleuterio de la Noche Atanasio.

—Vaya... Supongo que eso hace que Dylan suene un poco vulgar.

Él se rio.

—Nada en ti es vulgar, te lo aseguro.

La sonrisa de ella fue sorprendentemente tímida.

—¿Y qué significa un nombre tan hermoso como ése?

—La traducción vendría a ser «aquel que es libre y eterno como la noche».

Dylan suspiró.

—Eso es hermoso, Rio. Dios, tu madre te debía adorar habiéndote dado un nombre tan maravilloso como ése.

—No fue mi madre quien lo hizo. Ella fue asesinada cuando yo era muy niño. El nombre vino después, por parte de una familia de la estirpe con la que viví en mi tierra natal. Me encontraron y me criaron como si fuera uno de ellos.

—¿Qué le ocurrió a tu madre? Quiero decir... no tienes por qué contármelo si no quieres... Hago muchas preguntas, ya lo sé —dijo sonriendo y encogiéndose de hombros, como pidiendo disculpas.

—No, no me molesta contártelo —dijo él, extrañado de que realmente quisiera hacerlo.

Normalmente, odiaba hablar de su pasado. Nadie en la Orden conocía los detalles acerca de sus horribles comienzos, ni siquiera Nikolai, a quien consideraba su mejor amigo. Y no había habido necesidad de hablar de ello con Eva, ya que se habían conocido en el Refugio Oscuro español donde Rio había crecido y conocía su ignominiosa historia.

Eva había decidido ignorar los espantosos hechos que rodearon su nacimiento y los años que había pasado como un niño abandonado, matando porque no tenía más remedio que hacerlo, porque no conocía nada mejor. El joven salvaje que había sido antes de entrar en los Refugios Oscuros, donde le enseñaron cómo vivir siendo una criatura mejor que ese animal en quien había tenido que convertirse para sobrevivir por su cuenta.

Rio no quería que Dylan lo mirase con terror o con asco, pero una parte de él deseaba que ella supiera la verdad. Si podía mirar abiertamente sus cicatrices y no despreciarlo, tal vez también sería lo bastante fuerte como para ver aquellas que lo arruinaban por dentro.

—Mi madre vivía en las afueras de una pequeña comunidad rural, en España. Era prácticamente una niña, como mucho tendría dieciséis años, cuando fue violada por un vampiro convertido en renegado. —Rio hablaba en voz baja para evitar que otros lo oyeran, pero los humanos que estaban más cerca, el grupo de adolescentes que aún se divertían a unos metros de ellos, no prestaban atención—. El renegado se alimentó de ella mientras la violaba, pero mi madre luchó contra él. Por lo visto lo mordió. Una cantidad suficiente de sangre entró en su boca y en consecuencia también en su cuerpo. Y como ella era una compañera de sangre, la combinación de sangre y esperma hizo que se quedara embarazada.

—De ti —susurró Dylan—. Oh Dios, Rio. Qué terrible para ella pasar por eso. Pero al menos al final te tuvo a ti.

—Es increíble que no me hubiera expulsado de su útero —dijo él, mirando el oscuro y brillante río y recordando la angustia de su madre ante la abominación de darlo a luz—. Mi madre era una chica sencilla de campo. No tenía educación, no en el sentido tradicional, o en los asuntos de la vida. Vivía sola en una cabaña del bosque, lejos de todos los demás, años antes de que yo llegara al mundo.

—¿Y eso por qué?

—Manos del diablo —respondió Rio—. Las gentes del pueblo temían sus manos diabólicas. ¿Recuerdas que te expliqué que todas las mujeres con la marca de nacimiento de las compañeras de sangre tienen también algún don especial... alguna habilidad psíquica de algún tipo?

Dylan asintió.

—Sí.

—Bueno, el don de mi madre era oscuro. Tocando a alguien y concentrando el pensamiento al mismo tiempo podía matarle. —Rio murmuró algo para sí y se miró sus propias manos letales—. Manos del diablo.

Dylan se quedó quieta, mirándolo silenciosamente.

—¿Tú también tienes esa habilidad?

—Una compañera de sangre pasa a su hijo muchos rasgos: el cabello, la piel, el color de los ojos... y también sus habilidades psíquicas. Creo que si mi madre hubiese sabido exactamente lo que estaba creciendo dentro de su vientre, me hubiera matado mucho antes de que hubiera nacido. De hecho lo intentó, al menos una vez, después de que naciera.

Dylan arrugó la frente y colocó suavemente su mano sobre la de él, que descansaba sobre la barandilla de hierro.

—¿Qué ocurrió?

—Es uno de mis primeros recuerdos más vívidos —confesó Rio—. Verás, los descendientes de la estirpe nacemos con pequeños y afilados colmillos. En cuanto salimos del útero, necesitamos sangre para sobrevivir. Y oscuridad. Mi madre tuvo que descubrir todo eso por su cuenta, y tolerarlo, porque es algo que ocurre durante toda nuestra infancia. Para mí era perfectamente natural evitar el sol y nutrirme mordiendo la muñeca de mi madre. Creo que debía de tener unos cuatro años la primera vez que advertí que ella lloraba cada vez que tenía que alimentarme. Me despreciaba, despreciaba lo que yo era, y sin embargo yo era lo único que tenía.

Dylan le acarició la mano.

—No puedo ni siquiera imaginar lo que tiene que haber sido para ti. Para los dos.

Rio se encogió de hombros.

—Yo no conocía otra forma de vida. Pero mi madre sí. Ese día en particular, las persianas de la cabaña estaban herméticamente cerradas para tapar la luz del sol, y mi madre me ofreció la muñeca. Cuando la tomé, sentí que me ponía la otra mano sobre la nuca. La sostuvo allí y de pronto sentí un dolor como si un tornillo afilado se me clavara en el cráneo. Grité y abrí los ojos. Ella estaba llorando, sollozaba terriblemente mientras me alimentaba y sostenía mi cabeza con la otra mano.

—Dios santo —susurró Dylan, evidentemente conmovida—. ¿Quería matarte usando su don?

Rio recordó su propia conmoción cuando él se dio cuenta... era un niño que contemplaba aterrorizado cómo la persona en la que confiaba por encima de todas las demás trataba de acabar con su vida.

—No pudo hacerlo —murmuró débilmente—. Por alguna razón, apartó su mano y salió huyendo de la cabaña. No volví a verla hasta el cabo de dos días. Cuando regresó yo estaba famélico y aterrorizado. Creí que me había abandonado.

—Ella también tenía miedo —señaló Dylan, y a Rio le gustó el hecho de no oír un rastro de lástima por él en su voz. Su mano era cálida y reconfortante sobre la de él. Sobre esa misma mano que, tal como acababa de explicarle, podía matarla—. Los dos os sentíais aislados y solos.

—Sí, supongo que sí. Todo acabó un año más tarde. Algunos de los hombres del pueblo vieron a mi madre y por lo visto se sintieron atraídos por ella. Fueron un día a la cabaña mientras estábamos durmiendo. Eran tres. Forzaron la puerta y fueron tras ella. Debían de haber oído los rumores que corrían acerca de su poder, porque la primera cosa que hicieron fue atarle las manos para que no pudiera tocarlos.

Dylan contuvo la respiración.

—Oh Rio...

La arrastraron fuera de la casa. Yo corrí tras ellos, tratando de ayudarla, pero la luz del sol era intensa. Me cegó por unos pocos segundos que me parecieron una eternidad mientras mi madre gritaba, implorándoles que no le hicieran daño a ella ni a su hijo.

Rio todavía tenía en la cabeza la imagen de los árboles... todo tan verde y exuberante, el cielo azul sobre su cabeza, una explosión de colores que hasta ese momento él sólo había visto en la oscuridad, a modo de sombras apagadas, cuando se hallaba protegido por la noche. Y todavía podía ver a aquellos hombres, tres humanos grandes, turnándose para violar a una mujer indefensa mientras su hijo lo contemplaba todo, helado de terror y con todas las limitaciones de sus cinco años de edad.

—La golpearon y profirieron insultos espantosos contra ella: maldita, manos del diablo, la puta del infierno. Algo me ocurrió cuando vi su sangre corriendo por el suelo. Salté sobre uno de esos hombres. Estaba tan furioso que quería que muriera con agonía... y murió. Cuando me di cuenta de lo que había hecho, fui tras el siguiente hombre. Le mordí la garganta y me alimenté con él mientras lo mataba lentamente con mis manos.

Dylan lo miraba fijamente sin decir nada. Se limitaba a estar allí, muy quieta.

—El último de los hombres alzó la vista y vio lo que había hecho. Me llamó las mismas cosas que a mi madre, y añadió dos nombres más que nunca había oído: chupasangre, monstruo. —Soltó una risa amarga antes de continuar—. Hasta aquel momento yo no sabía lo que era. Pero mientras mataba al último de los atacantes de mi madre y la veía a ella agonizando sobre la hierba iluminada por el sol, algún conocimiento profundamente enterrado en mi interior pareció despertarse. Por fin entendí que era diferente, y lo que eso significaba.

—Eras tan sólo un niño —dijo Dylan suavemente—. ¿Cómo sobreviviste después de eso?

—Durante un tiempo pasé hambre. Traté de alimentarme de animales, pero su sangre era como un veneno. Cacé a mi primer ser humano una semana después del ataque. Estaba fuera de mí por causa del hambre y no tenía experiencia en conseguir mi propia comida. Maté a varias personas inocentes durante esas pocas semanas en las que viví por mi cuenta. Hubiera terminado por convertirme en renegado, pero algo milagroso ocurrió. Estaba siguiendo a una presa en el bosque cuando una sombra enorme surgió de entre los árboles. Me pareció que era un hombre, pero se movía con tanta rapidez y agilidad que apenas podía detener la vista en él. También estaba cazando. Fue tras la misma presa que yo estaba persiguiendo, y con una destreza de la que yo carecía completamente, derribó al humano y comenzó a alimentarse de una herida que le abrió en la garganta. Era un chupasangre, igual que yo.

—¿Y qué hiciste tú, Rio?

—Lo observé fascinado —dijo, recordándolo con tanta claridad como si hubiera ocurrido tan sólo minutos atrás—. Cuando terminó, el humano se levantó y se alejó caminando como si nada extraordinario hubiera ocurrido. Yo estaba atónito, y cuando pude volver a respirar el chupasangre descubrió mi escondite. Me llamó y al oír que estaba solo me llevó con él a su hogar. Era un Refugio Oscuro. Allí conocí a muchos otros como yo, y aprendí que era parte de una raza llamada la estirpe. Como mi madre no había sido capaz de darme un nombre, mi nueva familia de los Refugios Oscuros me puso el que ahora tengo.

—Eleuterio de la Noche Atanasio —dijo Dylan, logrando que las palabras sonaran demasiado dulces al ser pronunciadas por ella. Su mano, que ahora había colocado suavemente sobre las cicatrices de su rostro, también resultaba demasiado reconfortante—. Dios mío, Rio, es un milagro que después de todo ahora estés aquí conmigo.

Se acercó más a él, mirándolo a los ojos. Rio apenas podía respirar cuando ella se puso de puntillas y le inclinó hacia abajo la barbilla para besarlo. Sus labios se unieron por segunda vez aquella noche, y con un ansia que ninguno de los dos parecía querer ocultar.

Él podría haberla besado así para siempre.

Pero en ese preciso instante, en el tranquilo paseo, estalló de repente nada menos que un tiroteo.

Capítulo veinticuatro

*R*io sintió el pánico en las venas como si fuera un ácido.

Los disparos se oyeron de nuevo, otro rápido tiroteo que partió la noche. La intensa ráfaga de balas provenía de algún lugar cercano; en su cabeza, conmocionada por el ataque repentino, sonaban como cañones de fuego, desgarrando sus sentidos, llenado su cabeza de una espesa niebla que empañaba el aquí y el ahora.

«Dylan», pensó con ferocidad.

Tenía que mantenerla a salvo.

Apenas era consciente de sus acciones cuando la agarró por los hombros y la lanzó sobre la hierba, debajo de él. El grito de alarma de ella sonó apagado, más que oírlo, él lo sintió mientras la cubría con su cuerpo, dispuesto a sacrificarse por ella.

Protegerla era lo único que importaba.

Pero cuando golpearon juntos la tierra dura, Rio sintió que su mente se hacía añicos. Pasado y presente comenzaron a mezclarse, enredarse, convirtiéndose en pura confusión de ideas que desafiaban toda lógica.

De pronto estaba de nuevo en el almacén... Lucan, Nikolai y los otros guerreros avanzaban para hacer una redada en una guarida de renegados de Boston. Alzó la vista hacia las vigas del edificio abandonado, advirtiendo el movimiento de los enemigos entre las sombras.

Viendo el brillo plateado de los aparatos electrónicos que sostenían en las manos los renegados.

Oyó que Nikolai advertía a gritos que una bomba iba a explotar...

«Ah, joder.»

Rio rugió al recordar el dolor que estalló en su cabeza, en

cada centímetro de su cuerpo. Se sentía como si se estuviera quemando, la piel le ardía, y la nariz se le llenaba del hedor de piel y pelo quemados.

Se llevó las manos a la cara, pero estaba demasiado confundido como para poder distinguir entre lo que era real y lo que no era más que una pesadilla de su reciente pasado.

—¿Rio?

Él oyó esa voz suave y sintió que unas delicadas manos le acariciaban el rostro.

Y procedentes de algún lugar no muy lejano, oyó las carcajadas de varios jóvenes humanos. Las risas venían acompañadas de los golpes del calzado deportivo sobre el pavimento, cada vez más lejanos.

—Rio, ¿estás bien?

Conocía esa voz. Se filtró a través de la locura que amenazaba con engullirlo, como un rayo de esperanza en la oscuridad de su mente. Trató de aferrarse a él, sintiendo que esa voz era el único suelo firme capaz de sostenerlo.

—Dylan —logró pronunciar con la respiración jadeante—. No quiero que resultes herida...

—Estoy bien. No han sido más que petardos. —Le acarició la frente con los dedos—. Esos chicos tiraron unos petardos, pero no ha ocurrido nada. Todo está bien.

Diablos si estaba bien.

Él sintió que estaba muy cerca de sufrir uno de sus desmayos, justo a punto. —Se apartó de Dylan con un gruñido—. Mierda... mi cabeza... me duele... no puedo pensar.

Ella debió de inclinarse sobre él, ya que él sintió su aliento en la mejilla al tiempo que la oía murmurar una maldición.

—Tus ojos, Rio. Mierda. Están cambiando... están de color ámbar.

Él sabía que tenía que ser así. Los colmillos se le estaban clavando en la lengua y sentía la piel tirante en todo el cuerpo mientras la rabia y el dolor lo transformaban. Era terriblemente letal cuando estaba así, cuando no poseía control sobre su mente.

Era entonces cuando sus manos diabólicas se volvían más impredecibles y poderosas.

—Tenemos que ir a un lugar menos público —dijo Dylan,

deslizando las manos por debajo de sus hombros—. Sujétate a mí. Te ayudaré a mantenerte en pie.

—No.

—¿Cómo que no?

—Déjame —gruñó él.

Dylan se burló.

—¿Cómo demonios voy a hacer eso? No puedes quedarte aquí tendido en medio de Manhattan y pretender pasar inadvertido. Ahora vamos. Levántate.

—No puedo... no quiero tocarte. No quiero hacerte daño, Dylan.

—Entonces no me lo hagas —dijo ella, empleando todas su fuerzas para tratar de levantarlo.

Rio no tuvo más opción que colocar las manos sobre sus hombros para ponerse en pie mientras la niebla de su mente se hacía más espesa, impidiéndole la visión. Luchó por evitar la pérdida de conciencia, pues sabía que Dylan estaría a salvo sólo si él conseguía permanecer lúcido.

—Apóyate en mí, maldita sea —le ordenó ella—. Voy a ayudarte.

Dylan se acomodó debajo del brazo de Rio y le agarró la muñeca con la mano, cargando con tanto peso como podía mientras trataba de encontrar algún lugar privado para que él se recuperara de su ataque. Lo apartó del paseo junto al río y lo guió a través de una calle con menos tráfico y poco concurrida, tratando de pasar lo más lejos posible de la gente para impedir que vieran su transformación.

—¿Estás bien? —le preguntó, dirigiéndose apresuradamente hacia una iglesia antigua de ladrillo donde había muchas sombras—. ¿Puedes ir un poco más rápido?

Él asintió con un gruñido, pero cada paso le costaba más que el anterior.

—Me... des... ma...yo...

—Sí, lo sé —dijo ella—. Está bien, Rio. Sólo consigue sujetarte a mí un minuto más, ¿de acuerdo?

No hubo respuesta esta vez, pero ella podía sentir que él se esforzaba para mantenerse en pie y avanzar. Luchaba por permanecer lúcido el tiempo suficiente para que ella pudiera ayu-darlo.

—Lo estás haciendo bien —le dijo ella—. Ya casi llegamos.

Ella lo guió detrás del edificio, en la oscuridad, hacia un hueco que había cerca de una puerta oxidada y cerrada con candado. Le hizo apoyar la espalda sobre la pared de ladrillo y con cuidado lo ayudó a sentarse en el suelo. Miró en las dos direcciones, aliviada al ver que estaban casi ocultos para cualquier transeúnte que pasara por la calle. Allí estaban a salvo por ahora.

—Dime qué tengo que hacer, Rio. ¿Qué necesitas para superar esto?

Él no respondió. Tal vez no era capaz. Dylan le apartó el cabello oscuro de la cara y buscó sus ojos para descubrir alguna señal de que estaba consciente. Las delgadas pupilas verticales la asombraron tanto como siempre, pero todavía más el feroz brillo ámbar que las rodeaba. Los ojos de Rio ardían como carbones encendidos en su cráneo. Cualquiera que pasara caminando o con el coche cerca de la iglesia tendría que ser ciego para no ver aquel brillo sobrenatural.

Dylan miró la vieja puerta y la decrépita cerradura. Ella había visto a Rio encender lámparas y abrir grifos con la mente, así que vencer el candado de aquella iglesia no tendría por qué ser un gran desafío. Excepto que era evidente que no estaba en condiciones de intentarlo. Él dejó caer la cabeza sobre el pecho con un gruñido de dolor y empezó a inclinarse hacia un lado.

—Mierda —susurró Dylan.

Se apartó de él apenas un momento para buscar rápidamente algún objeto pesado. Regresó con un bloque de ladrillo carbonizado que se usaba para mantener cerrada la tapa de un cubo de basura. El ladrillo era duro en sus manos e hizo un crujido con eco cuando lo golpeó contra la cerradura de la puerta de la iglesia. Necesitó otros dos golpes fuertes para que el candado se abriera con un ruido sordo.

—Rio —susurró enérgicamente mientras lo agarraba de los hombros—. Rio, ¿puedes oírme? Tenemos que entrar ahí. ¿Puedes ponerte de pie?

Le alzó la barbilla y miró sus ojos abiertos, que estaban fijos e incapaces de ver, como dos agujeros de fuego vacíos.

—Joder —murmuró ella. Luego hizo una mueca de disgusto ante el improperio que acababa de soltar, considerando que estaba a punto de meter a una criatura de la noche inconsciente dentro de un santuario sagrado para protegerlo.

Dylan abrió la puerta de la iglesia y comprobó si se oía algún ruido en el interior. Todo estaba en silencio y no había ninguna luz en la pequeña antecámara ni en la nave principal.

—Bien, ahora vamos —dijo por lo bajo, al tiempo que volvía hasta Rio y lo agarraba de los brazos para empujarlo hacia el umbral.

Su peso era infernal, más de noventa quilos de sólidos músculos y huesos que no cooperaban con ella. Dylan lo empujó y lo arrastró en la oscuridad, y luego cerró la puerta tras ellos.

No tardó en encontrar un par de velas y una caja de cerillas en los armarios. Dylan las encendió y las sujetó en los agujeros cilíndricos del ladrillo. Luego fue a ver cómo estaba Rio.

—Oye —le dijo suavemente, inclinándose sobre su cuerpo, desplomado en el suelo. Sus ojos ahora estaban cerrados, pero se movían inquietos detrás de los párpados. Un músculo de su mandíbula se tensó, sus piernas no se movían pero estaban en tensión y emitían una energía que Dylan podía sentir al estar cerca.

Le acarició el rostro suavemente, pasándole los dedos por la mejilla y ese pómulo que lo hacía tan extraordinariamente guapo, y también por ese otro lado de su rostro que le rompía el corazón. ¿Quién iba a decirle que podría experimentar todas las cosas de aquellos últimos días? ¿Cómo podría estar preparada para el encuentro con ese hombre tan complicado e increíble?

¿Sería alguna vez capaz de olvidarlo si él borrara todo aquello de sus recuerdos tal como pretendía hacer?

Ella lo dudaba. Incluso si su mente se viera forzada a olvidarlo, sería imposible que hiciera lo mismo su corazón.

Dylan se inclinó y apretó los labios sobre su boca floja.

Los ojos de Rio se abrieron de golpe. Y le rodeó la garganta con las manos con tanta rapidez que ella no tuvo ni siquiera la oportunidad de tomar aire para lanzar un grito.

Capítulo veinticinco

Él no sabía qué era lo que lo había arrancado de la espesa niebla de su mente, si el contacto de unos suaves labios en su boca o el hecho de darse cuenta, un segundo más tarde, de que estaba sujetando una delgada garganta entre las manos. Apretó con fuerza, mientras la furia se abría paso entre la confusión de su mente y llegaba hasta las yemas de sus dedos, esos dedos que apretaban, con intención mortal, la delicada laringe de una mujer.

No podía soltarla.

Sus ojos estaban abiertos, pero era incapaz de concentrarse en el rostro que tenía ante él. Oyó un jadeo apagado, la vibración de un gemido contra los dedos apretados.

Nada de eso lo sacó de esa densa oscuridad.

No fue hasta que una suaves manos le tocaron el rostro, las cicatrices, cuando sintió el primer atisbo de claridad.

Dylan.

Cristo... le estaba haciendo daño.

Con un rugido, Rio se apartó de ella, soltándola en el mismo instante en que se dio cuenta de lo que estaba haciendo.

«Dios bendito, lo que podría haberle hecho si la hubiese apretado por más tiempo.»

Oyó que ella respiraba agitadamente detrás de él. Esperaba oír sus pasos al huir corriendo presa del pánico. No la hubiera culpado. Y tampoco habría ido tras ella. Ni siquiera con el propósito de borrarle la mente para proteger a la estirpe y el secreto encerrado en la cueva de Bohemia.

Si ella salía corriendo, él la dejaría completamente libre.

—Vete, Dylan. Aléjate de mí... por favor.

Oyó que ella se levantaba y cerró los ojos, dispuesto a dejarla marchar.

Rogando que lo hiciera.

En lugar de eso, ella se acercó a él. Rio se sobresaltó cuando su mano se posó suavemente sobre su cabeza y le acarició el pelo.

—Vete —rogó—. Antes de que pierda de nuevo la maldita cabeza y haga algo todavía peor. Por el amor de Dios, podía haberte matado.

Él suspiró cuando ella se arrodilló en el suelo a su lado. Con un suave movimiento, le hizo volver la cabeza hacia ella para que la mirara.

—Estoy bien, como puedes ver. Me asustaste un poco, pero eso es todo. Dios, Rio... ¿cada cuánto tiempo te ocurre esto?

Él frunció el ceño y sacudió la cabeza, sin ganas de tener esa conversación justo en ese momento.

—¿Cómo puedes superarlo? —le preguntó—. Me gustaría ayudarte...

—No puedes.

Él no pudo apartar la mirada de su garganta cuando le habló, por más que intentara dejar de mirar la elegante columna de su cuello. No le había dejado moratones, lo cual era un milagro, pero todavía era capaz de sentir la piel aterciopelada en las palmas de las manos, su calor en las yemas de los dedos.

Y allí, cerca del hueco que había en la base de su garganta, el fuerte y tentador latido.

—Necesitas sangre, ¿verdad? —dijo ella, demasiado inteligente como para no advertir la debilidad que él apenas podía esconder—. ¿Te sentirás mejor si te alimentas?

—Pero no de ti.

—¿Por qué no, si lo necesitas?

Él soltó una maldición, sintiendo todavía en la cabeza los efectos de su desmayo.

—Tu sangre en mi cuerpo crearía un lazo imperecedero e irrompible. Me sentiría siempre unido a ti... atraído por ti mientras viviera.

—Oh —dijo ella suavemente—. Y definitivamente no queremos eso. No puesto que tú prefieres estar aislado y solo.

Rio se burló.

—Tú no sabes cómo me siento.

—¿Cuándo empezaste a odiarte a ti mismo? —le preguntó,

iluminada por el fuego de su mirada afilada—. ¿Fue después de que Eva te traicionara o mucho antes de eso? ¿Fue desde que vivías en esa cabaña del bosque en España?

Él rugió, apartándose de ella antes de que lograra ponerlo todavía más nervioso. En su estado actual estaba muy voluble, era un depredador letal bordeando el límite de la locura.

Ésa era otra buena razón para acabar con la bestia en que se había convertido. Antes de volver a hacer daño a alguien. Antes de permitirse el lujo de pensar que el futuro podía reservar algo de valor para él.

Y desde luego mucho antes de considerar la imprudente oferta que le había hecho Dylan.

—Mi madre lleva casi un año luchando por su vida. Y tú pareces ansioso por acabar con la tuya.

—¿Qué crees que pasará si me dejas beber de ti ahora? —le respondió él, con un tono brusco y combativo. Un poco desesperado, incluso—. Yo soy lo que menos necesitas, Dylan. Si caes en la trampa de ayudarme no puedo prometerte que no te arranque el brazo mientras sucede.

—Tú no vas a hacerme daño.

Rio gruñó con un sonido animal.

—¿Cómo sabes que no lo haré?

—Porque yo confío en que no lo harás.

Él cometió el grave error de darse la vuelta para mirarla. Mirándolo a los ojos, Dylan se apartó el pelo por encima de un hombro y se acercó a él, hasta dejar el cuello expuesto cerca de su boca. Rio miró fijamente la pálida piel, con la mirada clavada en el rápido latido de la tierna carne.

Lanzó una violenta maldición.

Luego levantó los labios dejando asomar los colmillos y los hundió en su cuello.

Oh... Dios.

El cuerpo entero de Dylan se estremeció en el instante en que el mordisco de Rio penetró en su piel. Sintió un repentino y penetrante dolor, y luego... el éxtasis.

Un calor la embriagaba mientras los labios de Rio se recreaban en la herida que le había infligido y su lengua lamía la sangre que le llenaba la boca. Bebió de ella con una necesidad acuciante, sus colmillos le raspaban la piel, su lengua provocaba una exigente y deliciosa fricción con cada empujón húmedo sobre su vena.

—Rio —susurró, casi sin respiración, en un suspiro tembloroso.

Él hizo un ruido grave en el fondo de su garganta, un gruñido sordo que ella sintió vibrar a través de la piel y de los huesos mientras la extendía sobre el suelo, debajo de él. Sus fuertes brazos amortiguaron la caída y su cuerpo la calentaba.

Dylan se derretía contra él, perdiéndose en el vertiginoso placer del oscuro y erótico beso de Rio. Ella estaba ardiendo por dentro. Se movió debajo de él, el deseo la embargó mientras él la apretaba con fuerza y bebía más de su sangre.

También él estaba encendido.

Dylan podía sentir su rígido miembro contra sus caderas mientras yacía encima de ella. Él movió sus muslos separándole las piernas hasta abrírselas. Ella deseaba estar desnuda junto a él. Deseaba sentir cómo la penetraba mientras le seguía chupando el cuello. Gimió con esa necesidad que crecía en su interior, haciendo que se apretara contra su muslo.

—Rio... yo deseo... Oh, Dios, necesito tenerte dentro de mí.

Él emitió un gruñido denso, y apretó la pelvis más fuerte contra ella. Pero comenzó a disminuir el ritmo con el que chupaba su garganta, a hacerlo de forma más calmada, más tierna, aunque Dylan deseaba sentir más fuego. Sintió que pasaba la lengua por la zona del mordisco, creando una sensación de hormigueo que viajó a través de todo su cuerpo como una corriente eléctrica. Él levantó la cabeza y Dylan se quejó al dejar de sentir su boca sobre la piel.

—No quiero que pares —le dijo—. No pares.

Él la miró y le dijo en voz baja algo en español. Sonó furioso y profano.

Dylan miró fijamente sus ardientes ojos ámbar.

—¿Ahora me odias también a mí, verdad?

—No —rugió, con los colmillos brillando a la tenue luz de las velas.

Él sacó un brazo de debajo de ella y le tocó la cara. Los dedos le temblaban, pero eran muy suaves. Le apartó el pelo de la frente, luego dejó que su mano viajara lentamente por su mejilla y a lo largo de la línea de su esternón. Dylan contuvo el aire cuando le acarició los pechos. Le desabrochó la blusa apenas en un momento y luego abrió el cierre delantero de su sujetador.

—Eres tan suave —murmuró, mientras cubría con la palma de la mano su carne desnuda.

Se movió hacia abajo y le besó un pezón, chupando la punta perlada. Dylan se arqueó ante la repentina flecha de placer que la atravesó, sintiendo crecer el deseo en espiral.

Rio fue en busca de su boca mientras le desabrochaba el botón y la cremallera de los tejanos y deslizaba la mano por dentro de sus bragas. Sentir el gusto de la sangre en su lengua no tendría por qué haberla excitado tanto, pero saber que él se había alimentado de ella, que había extraído fuerza y consuelo de su cuerpo de una manera tan primitiva y tan íntima era el afrodisíaco más fuerte que había conocido jamás.

Y con lo que ahora le estaba haciendo con los dedos iba a lograr que se corriera en su mano.

Ella gritó, al borde del éxtasis.

—Rio, por favor...

Él le desgarró la blusa y las medias, y luego le quitó los tejanos. Con las bragas fue más lento, besándole cada centímetro entre el muslo y el tobillo mientras deslizaba la prenda de satén por su pierna hasta arrojarla a un lado.

Él se sentó sobre sus rodillas dobladas, gloriosamente desnudo.

—Ven conmigo, Dylan.

Ella deseaba explorar la musculosa belleza de su cuerpo, pero su deseo era mucho más inmediato. Él la tomó de las manos y la colocó sobre su regazo. Su sexo era una gruesa lanza de carne dura que empujaba entre ellos. La ancha cabeza de su miembro brillaba con una humedad tan tentadora que Dylan no pudo resistir la urgencia de inclinarse y meterlo entero dentro de su boca.

—Cristo —murmuró él, al sentir su sexo resbalando contra su lengua.

Hundió los dedos en su pelo mientras ella jugaba por todo lo largo de su miembro. Cuando levantó la cabeza, Rio clavó los ojos en los suyos. Sus colmillos ahora parecían inmensos, y su rostro estaba tenso. La acarició mientras la atraía hacia él y la hacía colocarse a horcajadas sobre sus muslos.

Le besó los pechos, los hombros, la garganta, la boca.

—Qué me has hecho —dijo con voz ronca, echando la cabeza hacia atrás mientras ella tomaba su sexo entre las manos y lo guiaba hacia la resbaladiza grieta de su cuerpo—. Ah, joder, Dylan.

Ella se sentó sobre su miembro y lentamente hizo que se hundiera dentro hasta el fondo.

Oh, era tan agradable.

Rio la llenó de un calor que nunca antes había conocido.

Al principio, Dylan sólo pudo quedarse allí quieta, inmóvil, disfrutando del placer celestial de sus cuerpos unidos. Rio la abrazó y comenzó a moverse a un ritmo lento y acompasado. Se encontró con ella golpe a golpe, con el miembro erecto penetrándola cada vez más profundo con cada embestida de sus caderas.

Dylan no tardó en alcanzar el clímax. Estaba ya muy cerca de alcanzarlo antes de la penetración, cada una de sus terminaciones nerviosas estaba llena de sensaciones que buscaban liberarse. Ella lo montó con fuerza, agarrándolo de los hombros cuando la primera ola de su orgasmo la inundó. Gritó de placer, sufriendo un terremoto por dentro, estallando en un millón de titilantes pedazos.

El gruñido posesivo de Rio cuando ella se corrió la hizo sonreír. Él colocó los brazos debajo de los de ella y la inclinó hacia abajo, haciéndola acostarse en el suelo, con los cuerpos todavía íntimamente unidos. Empujó su miembro con fuerza en su interior. Su ritmo era feroz, urgente, lleno de un poder apenas contenido.

Dylan lo agarraba mientras él se sacudía contra ella, deleitándose con sus racimos de músculos, flexibles contra las palmas de sus manos. Por encima de su cabeza, las velas provocaban eróticas formas en el techo, lanzando llamaradas de brillo mientras Rio se hundía más profundo dentro de ella y gritaba ante el estallido de su orgasmo.

Dylan le acarició la espalda y sintió que se le escapaban las lágrimas por la fuerza del placer que acababa de experimentar con él... y también porque una voz en su cabeza le advertía que estaría loca si se enamoraba de aquel hombre.

Aunque tenía que reconocer que en realidad eso era algo que ya había sucedido.

Capítulo veintiséis

Si le preocupaba cometer más errores, especialmente en lo que a Dylan se refiere, Rio tenía que reconocer que acababa de cruzar la línea de no retorno.

Tomar su vena de aquella manera era realmente inadmisible; ningún hombre de la estirpe con un mínimo de sentido del honor se alimentaría jamás de una compañera de sangre para saciar su propia necesidad. La sangre de Dylan lo había liberado de horas de angustia y de una pérdida de conciencia que lo hubiera vuelto vulnerable, corriendo el peligro de ser descubierto por humanos o por otros vampiros... mierda. Vulnerable a más niveles de los que quería examinar.

Pero lo necesitara o no había sido un error tomar la sangre de Dylan. Aunque ella se la hubiera ofrecido voluntariamente no podía entender lo que estaba haciendo... formando un lazo con él, ¿y para qué? Por caridad. Tal vez incluso por lástima.

Lo atormentaba pensar que había sido demasiado débil para negarse. Él deseaba lo que ella le ofrecía... todo. Y era demasiado tarde para volver atrás. Lo que había hecho era irrevocable. Él lo sabía, y tal vez instintivamente ella también, ya que se había quedado tan tranquila descansando en sus brazos.

Ahora Rio estaba unido a ella, por un lazo que no se podía deshacer. Con su sangre corriendo a través de su cuerpo, dentro de sus células, Dylan formaba ya parte de él. A menos que la muerte se llevara a uno de los dos, Rio sentiría su presencia, su estado emocional, su esencia, por muy separados que sus futuros pudieran llegar a estar.

Acarició la curva increíblemente suave de su hombro desnudo mientras yacía en sus brazos y se preguntó si el lazo de sangre tendría algo que ver con la profunda atracción que sentía por esa mujer. Había sentido una conexión con ella desde el principio, incluso desde que ella entró en aquella cueva y él oyó su voz en la oscuridad.

Hacer el amor con Dylan había sido tal vez un error tan grande como beber su sangre: ahora que había probado su pasión únicamente tenía deseos de más. Era egoísta y codicioso, y se había demostrado a sí mismo que no era capaz de mantener sus deseos a raya.

Se concentró en ella... respiraba con dificultad... había en ella un pesar que no tenía nada que ver con la miríada de errores que habían tenido lugar entre ellos un rato antes.

Estaba haciendo su duelo privado.

—¿Qué gravedad tiene... tu madre?

Dylan tragó saliva, y él sintió la caricia de su pelo contra el pecho cuando movió ligeramente la cabeza.

—No está bien. Está cada vez más débil —murmuró—. No sé cuánto tiempo más podrá luchar. A decir verdad, no sé cuánto tiempo más lo intentará.

—Lo siento —dijo Rio, acariciándole la espalda y sabiendo que sólo podía ofrecerle débiles palabras de consuelo.

No quería que Dylan sufriera, y sabía que estaba atravesando un duro dolor. No necesitaba un lazo de sangre para comprender eso. Y se sintió todavía mucho más despreciable por lo que le había hecho esa noche.

—No podemos quedarnos aquí —dijo él, sin querer sonar brusco—. Tenemos que movernos.

Él se movió con dificultad debajo de ella y gruñó al ver que sólo conseguía una posición más incómoda. Murmuró un insulto en español.

—¿Estás bien? —le preguntó Dylan. Levantó la cabeza y lo miró, frunciendo el ceño con preocupación—. ¿El dolor ha vuelto de nuevo? ¿Cómo te sientes?

Él sintió que un quejido de frustración crecía en su garganta, pero lo reprimió. En lugar de dejarlo salir, le acarició la mejilla.

—¿Siempre tratas de cuidar de los demás antes que de ti misma?

Ella frunció más el ceño.

—Yo no necesito ser cuidada. Llevo mucho tiempo sin necesitarlo.

—¿Cuánto tiempo, Dylan?

—Desde siempre.

Al decirlo alzó ligeramente la barbilla, y a Rio le fue fácil imaginar a Dylan como una chiquilla pecosa y testaruda que se negaba a recibir ningún tipo de ayuda, por mucho que pudiera necesitarla. Al hacerse mujer había continuado igual. Desafiante, orgullosa. Con mucho miedo de ser herida.

Él conocía muy bien ese tipo de personalidad. Había seguido un camino similar cuando era niño. Era un camino solitario; él estuvo a punto de sobrevivirlo. Pero Dylan era más fuerte que él en muchos sentidos. Hasta ahora no se había dado cuenta realmente de lo fuerte que era.

Y también de lo sola que estaba.

Recordó que ella había mencionado de pasada que tenía hermanos, un par, los dos con nombres de estrellas de rock, pero nunca la había oído hablar de su padre. De hecho, la única familia que parecía haber tenido en su vida era la mujer que ahora estaba enferma de cáncer en el hospital. La persona que probablemente iba a perder dentro de poco.

—¿Hace mucho tiempo que estáis solas las dos? —le preguntó él.

Ella asintió.

—Mi padre se marchó cuando yo tenía doce años, nos abandonó. Se divorciaron poco después, y mamá nunca volvió a casarse. No por falta de interés. —Dylan se rio, pero era una risa triste—. Mi madre siempre ha sido un espíritu libre, enamorándose de un nuevo hombre y jurando cada vez haber encontrado por fin al único y verdadero amor de su vida. Creo que está enamorada del concepto mismo de estar enamorada. Ahora mismo está entusiasmada con el hombre que dirige el centro para chicas donde trabaja. Dios, tiene tanto amor para dar, aun cuando el cáncer le está arrebatando tanto...

Rio acarició el brazo de Dylan al oír el inesperado quiebre de su voz.

—¿Y qué ocurre con tu padre? ¿Has estado en contacto con él desde que se marchó?

Ella se burló con rabia.

—A él no le importa nada, ni siquiera le importaría si estuviera lo bastante sobrio como para poder escucharme. Su familia sólo tiene algún valor para él cuando le servimos para sacarlo de algún problema o para ayudarlo a conseguir más alcohol y más drogas.

—Parece un verdadero capullo —dijo Rio, cabreado porque el dolor de Dylan le encogía el estómago. Me gustaría encontrarme con ese maldito cabrón.

—¿Quieres saber por qué se marchó?

Él le acarició el pelo, contemplando el brillos de sus ondas a la luz de las velas.

—Sólo si tú quieres contármelo.

—Fue por mi don, como lo llamas tú. Mi extraña habilidad de ver muertos.

Dylan acariciaba distraídamente uno de sus glifos mientras hablaba, recordando lo que tenía que haber sido una época desagradable.

—Cuando era pequeña, en la escuela elemental y antes, mis padres no prestaban mucha atención al hecho de que ocasionalmente yo hablara con gente invisible. No es extraño que los niños tengan amigos imaginarios, así que supongo que no le daban importancia. Además, con los problemas y discusiones que había constantemente en nuestra casa, no es extraño que no escucharan demasiado lo que decía. Bueno, no ocurrió hasta unos años más tarde. En uno de sus pocos momentos sobrios, mi padre se puso a leer mi diario. Yo había estado escribiendo sobre el hecho de que veía mujeres muertas de tanto en tanto, que además me hablaban. Estaba tratando de entender por qué me ocurría eso, qué significaba... pero él vio una oportunidad de sacar dinero conmigo.

—Dios. —Rio despreciaba cada vez más a ese hombre—. ¿Sacar dinero contigo?

—Él nunca logró conservar un trabajo por mucho tiempo, y siempre estaba buscando maneras de hacer dinero fácil. Pensó que si encontraba personas que hubieran perdido algún ser querido y quisieran contactar con él a través de mí, podía limitarse a sentarse detrás y extender la mano para recoger el dinero. —Negó con la cabeza lentamente—. Traté de explicarle que mis visiones no funcionaban así. No podía provocarlas a la fuerza. Nunca sabía cuándo iba a producirse ni cuándo iba a desaparecer, y no era como si pudiera sostener una conversación con esos fantasmas. Eran las mujeres muertas quienes decidían hablarme a mí, me decían cosas que querían que escuchara o cosas que querían que hiciera, pero eso era todo. No es que tuviéramos una charla sobre el más allá o una especie de tertulia como las que puedes ver en la tele. Pero mi padre no me escuchaba. Me exigía que aprendiera a manejar mi habilidad, y por eso, durante un tiempo, intenté hacerlo. No duró mucho. Una de las familias con las que él trató presentó cargos y mi padre desapareció. Desde entonces no lo vimos ni supimos nada más de él.

Mejor que se haya ido, pensó Rio con rabia, pero podía entender lo mucho que habría sufrido Dylan ante un abandono de ese tipo.

—¿Y qué pasó con tus hermanos? —preguntó él.

La voz de Dylan sonó muy débil, más dolorosa que cuando estaba reviviendo la traición de su padre.

—Yo tenía tan sólo siete años cuando Morrison murió en un accidente de coche. Acababa de sacarse el carné de conducir esa semana, tenía dieciséis años. Mi padre salió con él para celebrarlo. Hizo beber a Morrie, y evidentemente él estaba todavía más borracho, así que le dio las llaves para que condujera hasta casa. Se equivocó al girar por una curva y chocó el coche contra un poste de teléfono. Mi padre salió con alguna contusión y huesos rotos, pero Morrie... nunca pudo salir del coma. Murió tres días después.

Rio no pudo contener el gruñido que le salió de la garganta. La urgencia de matar, de vengarse y proteger a esa mujer en sus brazos era salvaje, ardía como un fuego dentro de sus venas.

—Realmente necesito encontrar a ese tipo y hacerle saber lo que es el dolor —murmuró—. Dime que tu otro hermano le dio su merecido a tu padre.

—No —dijo Dylan—. Lennon era un año y medio mayor que Morrie, pero mientras que Morrie era extrovertido y sociable, Len era callado y reservado. Recuerdo la expresión de su rostro cuando mamá llegó a casa y nos dijo que Morrie había muerto y que nuestro padre pasaría unos días en la cárcel al salir del hospital. Len simplemente... se deshizo. Yo vi cómo algo en él murió también ese día. Salió de la casa y fue directamente a reclutarse en el ejército. No podía esperar más para escapar... de nosotros, de todo. Nunca miró hacia atrás. Algunos amigos de él nos dijeron que se fue en barco hasta Beirut, pero no lo sé con seguridad. Nunca escribió ni llamó. Simplemente... desapareció. Sólo espero que sea feliz, donde sea que la vida le haya llevado. Él se lo merece.

—Tú también te lo mereces, Dylan. Por dios, tú y tu madre os merecéis mucho más de lo que la vida os ha dado.

Ella levantó la cabeza y se volvió a mirarlo, con los ojos brillantes y húmedos. Rio le agarró su hermoso rostro y la atrajo hacia él, besándola con un leve roce de labios. Ella lo rodeó con sus brazos y mientras él la tenía así abrazada se preguntó si habría algún modo de que él pudiera darle a Dylan algo de esperanza... algo de felicidad para ella y para su madre, a la que tanto amaba.

Pensó en Tess, la compañera de sangre de Dante, y en la increíble habilidad que tenía para curar con sus manos. Tess había ayudado a Rio con algunas de sus heridas, y más de una vez él había sido testigo de primera mano de cómo podía curar completamente heridas de batalla y arreglar huesos rotos.

Su habilidad había quedado suspendida ahora que estaba embarazada, pero tal vez existiese alguna oportunidad, aunque fuese remota.

Mientras su mente consideraba esa posibilidad, sonó el teléfono. Él lo sacó del bolsillo y lo miró.

—Mierda. Es Niko. —Atendió la llamada—. ¿Sí?

—¿Dónde demonios estás?

Él miró a Dylan, tan deliciosamente desnuda a la luz de las velas.

—Estoy en la ciudad... en el centro, con Dylan.

—En el centro con Dylan —repitió Niko, con un matiz sardónico en la voz—. Supongo que eso explica por qué el coche está aparcado junto al bordillo y no hay nadie en su casa. ¿Habéis decidido ir juntos a ver un espectáculo o algo así? ¿Qué demonios estás haciendo con esa mujer, amigo?

Rio no sabía cómo explicarse en aquel momento.

—Por aquí todo está en orden. ¿Tú y Kade habéis tenido algún problema?

—Ninguno. Localizamos a los cuatro individuos y les borramos delicadamente los recuerdos de la cueva. —Soltó una risita—. Bueno, quizás no fuimos tan delicados con ese idota del periódico donde trabaja. Ese tipo es un gilipollas de primera clase. Sólo nos falta la madre. Intentamos localizarla en su casa y en el refugio donde trabaja, pero no hubo suerte. ¿Tienes idea de dónde está?

—Ah... sí —dijo Rio—. No te preocupes por eso tampoco, está bajo control. Yo mismo me ocupo de eso.

Se hizo un silencio al otro lado de la línea.

—De acuerdo. Mientras te encargas... de la situación, ¿quieres que Kade y yo cojamos el coche y pasemos a recogerte? Tenemos poco tiempo si queremos regresar a Boston antes de que amanezca.

—Sí, necesito que me recojáis —dijo Rio. Le indicó el cruce de dos calles cercanas al hospital—. Te veo en veinte minutos.

—Una cosa, amigo...

—¿Sí?

—¿Te recogemos a ti solo o esperamos compañía?

Rio observó a Dylan mientras ella comenzaba a vestirse. No quería despedirse de ella, pero llevarla de vuelta al recinto tampoco parecía lo mejor. Ya le había ocasionado bastantes problemas, primero bebiendo de ella y luego seduciéndola. Si ahora la llevaba de vuelta con él se sentiría tentado de volver a hacerlo.

Pero había una parte de él que deseaba retenerla cerca, a pesar de saber que ella podía y debería estar con alguien mejor que él. Tenía tan poco que ofrecerle a Dylan, y sin embargo desearía poder darle el mundo entero.

—Simplemente llámame cuando llegues —le dijo a Niko—. Estaré esperándote.

Capítulo veintisiete

Dylan acabó de vestirse mientras Rio hacía sus planes con Niko por teléfono. Él iba a regresar a Boston esa noche. Por lo que pudo oír, se iría tan pronto como lo recogieran los otros guerreros. Veinte minutos, había dicho. No era mucho.

Por no mencionar que él no parecía dispuesto a hablar sobre lo que acababa de ocurrir entre los dos.

Dylan trató de que eso no le doliera, pero le dolía. Quería recibir algún indicio de que lo que había sucedido entre ellos aquella noche significaba también algo para él. Pero él guardaba silencio en la pequeña sala de la iglesia mientras cerraba su teléfono y comenzaba a vestirse.

—¿Nancy y los demás están bien?

—Sí —dijo él desde algún lugar detrás de ella—. Están todos bien. Niko y Kade no les han hecho ningún daño, y el proceso de borrar sus recuerdos no es doloroso.

—Está bien. —Ella se inclinó hacia las dos velas encendidas y sopló para apagarlas. En la oscuridad, encontró el coraje para hacerle la pregunta que había estado latente entre ellos toda la noche—. ¿Y ahora qué va a pasar, Rio? ¿Cuándo vas a borrarme mis recuerdos?

Ella no lo oyó moverse, pero sintió el aire tirante cuando él se situó cerca de su espalda y le colocó las manos en los hombros.

—No quiero hacerlo, Dylan. Por tu bien, y tal vez por el mío también, debería borrarme de tus recuerdos, pero no quiero eso. Y no creo que sea capaz de hacerlo.

Dylan cerró los ojos, disfrutando de las tiernas palabras.

—Entonces... ¿dónde nos vamos?

Lentamente, él la hizo volverse para mirarla.

—No lo sé. Sólo sé que no estoy preparado para despedirme de ti ahora.

—Tus amigos estarán aquí pronto.

—Sí.

—No te vayas con ellos.

Él inclinó la barbilla y le besó la frente.

—Tengo que hacerlo.

En su corazón, antes incluso de que él lo dijera, Dylan sabía que él tenía que regresar. Su mundo estaba con los de la Orden. Y a pesar de la marca de nacimiento que le garantizaba a ella un lugar especial entre la estirpe, Dylan tenía que quedarse junto a su madre.

Apoyó la mejilla contra el pecho de Rio, escuchando los sólidos latidos de su corazón. Ahora que lo abrazaba, no estaba segura de poder separarse de él.

—¿Vienes conmigo de vuelta al hospital? Quiero verla una vez más esta noche.

—Por supuesto —dijo Rio, separándose de ella y tomándola de la mano.

Abandonaron su refugio improvisado en la iglesia vacía y caminaron de la mano hasta el hospital. Las horas de visita habían terminado hacía rato, pero el vigilante de guardia que se encontraba sentado en el mostrador parecía acostumbrado a hacer excepciones para los familiares de enfermos de cáncer. Les hizo un gesto a Dylan y Rio para que pasaran y subieron con el ascensor hasta la décima planta.

Rio esperó fuera de la habitación mientras Dylan se ponía los guantes y abría la puerta. Su madre estaba dormida, así que Dylan se sentó en una silla junto a la cama y se quedó en silencio viéndola respirar.

Tenía tantas cosas que decirle... y una de ellas era que había conocido a un hombre extraordinario. Quería decirle a su madre que estaba enamorada. Que estaba entusiasmada y asustada y llena de una intensa esperanza por lo que le depararía el futuro junto a ese hombre que ahora se encontraba al otro lado de la puerta.

Quería que su madre supiera que estaba llena de amor de la cabeza a los pies por Eleuterio de la Noche Atanasio... un hombre diferente a cualquier otro que hubiera conocido nunca.

Pero Dylan no pudo decir ninguna de esas cosas. Eran secretos que tenía que guardar, al menos por ahora. Tal vez para siempre.

Se acercó y acarició el cabello de su madre, tapándola cuidadosamente con la delgada manta hasta la delicada barbilla. Cómo deseaba que su madre pudiera conocer un amor profundo y verdadero en su vida. Le parecía injusto que hubiera hecho tantas elecciones equivocadas, que hubiera amado a tantos hombres que no estaban a su altura, cuando ella se merecía alguien bueno y decente.

—Oh, mami —susurró Dylan en voz baja—. Esto es demasiado injusto.

Las lágrimas se le escaparon a borbotones. Tal vez había estado toda la vida acumulando ese llanto, y ahora no había manera de detenerlo. Dylan se limpió las lágrimas, pero seguían saliendo, eran demasiadas como para que pudiera secarlas con las manos cubiertas de látex. Se levantó y fue en busca de un pañuelo de papel de la caja que había sobre la mesilla de noche de su madre. Mientras se secaba los ojos reparó en un paquete con lazos que había en una mesa situada en un rincón de la pequeña habitación. Se acercó y vio que era una caja de bombones. Estaba sin abrir, y por el aspecto se notaba que era cara. Llena de curiosidad, Dylan cogió la pequeña tarjeta blanca que había bajo la cinta de seda.

La leyó: «Para Sharon. Vuelve conmigo pronto. Tuyo, G. F.».

Dylan se fijó en las iniciales y se dio cuenta que correspondían al dueño del refugio, el señor Fasso. Gordon, lo había llamado su madre. Debía de haber venido a visitar a su madre poco después de que se hubiera marchado Dylan. Y el mensaje de la tarjeta sonaba bastante más íntimo que aquel que un jefe escribiría a una empleada, lleno de buenos sentimientos...

Dios santo, ¿aquella vez podría tratarse de algo más que esas desastrosas fantasías de su madre?

Dylan no sabía si reírse o llorar más fuerte ante la idea de que su madre pudiera haber encontrado a un hombre decente. Claro que ella no conocía a Gordon Fasso, más allá de su buena reputación como hombre rico, caritativo y algo excéntrico. Pero teniendo en cuenta los gustos de su madre, Dylan imaginaba que podía haber escogido mucho peor.

Ella no puede oírme.

Dylan se quedó helada al oír de pronto una voz femenina en la habitación.

No era la de su madre.

No era una voz terrenal, se dio cuenta un segundo después de registrar el eléctrico susurro. Se dio la vuelta y se halló ante el espíritu de una mujer joven.

Traté de decírselo, pero ella no puede oírme... ¿tú me oyes?

Los labios del fantasma no se movían, pero Dylan oía sus palabras con la misma claridad con que oía siempre a todos los espectros que su don le permitía ver. Contempló la mirada triste de aquella muchacha muerta que no debía de tener ni veinte años.

De pronto se dio cuenta de que sus ropas góticas y las trenzas negras que le llegaban a los hombros le resultaban vagamente familiares. Había visto a esa chica en el refugio. Era una de las favoritas de su madre: Toni. La chica sin hogar que había desaparecido del refugio donde trabajaba la madre de Dylan había acudido ahora a ella. Sharon se sentía muy decepcionada cuando le contó a Dylan que Toni se había perdido en las calles. Ahora aquella pobre chica había regresado, pero de la tumba, y ya era demasiado tarde para poder ayudarla.

Entonces, ¿por qué trataba de comunicarse con Dylan?

En el pasado, Dylan hubiera tratado de ignorar la aparición, o de negar su posibilidad de verla, pero ahora no. Dylan asintió cuando la chica volvió a preguntarle si podía oírla.

Es demasiado tarde para mí, dijeron aquellos labios que no se movían. *Pero no para las demás. Te necesitan.*

—¿Me necesitan para qué? —preguntó Dylan en voz baja, sabiendo que su propia voz nunca parecía ser oída en el otro mundo—. ¿Quién me necesita?

Hay más de nosotras... tus hermanas.

La joven inclinó la cabeza, dejando expuesto un lado de su barbilla. Sobre su delgada piel etérea estaba la marca de nacimiento que Dylan conocía tan bien.

—Eres una compañera de sangre —dijo Dylan ahogando un grito.

Dios santo.

¿Acaso todas ellas serían compañeras de sangre? Todos los

fantasmas que veía habían sido siempre exclusivamente femeninos, siempre jóvenes, con aspecto de mujeres saludables. ¿Habrían nacido todas con la misma lágrima sobre la luna creciente que había grabada en su piel?

Es demasiado tarde para mí, dijo el fantasma de Toni.

Su forma empezaba a desvanecerse, extinguiéndose como un débil holograma. Se estaba volviendo transparente, apenas un distante chisporroteo eléctrico en el aire. Su voz era ahora tan sólo un susurro, debilitándose cada vez más mientras la imagen de Toni se disolvía en la nada.

Pero Dylan oyó lo que dijo, y eso le produjo un escalofrío.

No le dejes matar a ninguna más de nosotras...

El rostro de Dylan estaba pálido cuando salió de la habitación de su madre.

—¿Qué pasa? ¿Se encuentra bien? —preguntó Rio, con un nudo en el corazón al pensar que Dylan hubiera tenido que enfrentarse a solas a la muerte de su madre—. ¿Ha ocurrido algo...?

Dylan negó con la cabeza.

—No, mi madre está bien. Está dormida. Pero había... Oh Dios, Rio. —Lo llevó hasta un rincón del pasillo y bajó la voz—. Acabo de ver al fantasma de una compañera de sangre.

—¿Dónde?

—En la habitación con mi madre. Era una chica del refugio, una chica que estaba muy unida a mi madre, hasta que desapareció recientemente. Se llamaba Toni y ella... —Dylan se interrumpió y se pasó los brazos sobre los hombros—. Rio, acaba de decirme que fue asesinada, y que no es la única. Ha dicho que hay más como ella. Me mostró su marca de compañera de sangre y me dijo que no permitiera que mataran a más de «nuestras hermanas».

Dios bendito.

Rio sintió un nudo de terror en el estómago mientras Dylan le transmitía el mensaje sobrenatural de advertencia. Inmediatamente pensó en el hijo corrupto de Dragos y en la posibilidad, completamente real, de que el bastardo hubiera sacado al Antiguo de la cripta, tal como la Orden temía. Podría estar haciendo procrear a la criatura en aquel mismo instante, creando multitud de nuevos vampiros de la primera generación en multitud de hembras.

Por el amor de Dios, podría haber estado recolectando compañeras de sangre de las cuatro esquinas del mundo para aquel propósito.

—Ella dijo «no permitas que maten a ninguna más de nosotras», como si yo también estuviera en peligro.

La piel de Rio se puso tensa ante aquella premonición.

—¿Estás segura de que eso es lo que viste y lo que oíste?

—Sí.

—Enséñamelo. —Dio un paso hacia la habitación—. Necesito verlo con mis propios ojos. ¿Ella está todavía allí?

Dylan negó con la cabeza.

—No, ya se ha ido. Las apariciones son como una especie de niebla... no permanecen visibles mucho tiempo.

—¿Le preguntaste dónde podrían estar las demás, o quién las mató?

—Desgraciadamente no funciona de esa manera. Pueden hablar, pero creo que no pueden oírme. Lo he intentado, pero nunca funciona. —Dylan lo miró fijamente durante un largo momento—. Rio, creo que cada una de esas visitas que he tenido, desde la primera, cuando era niña, han sido espíritus de compañeras de sangre muertas. Siempre me pareció extraño que sólo viera mujeres, mujeres jóvenes, que deberían gozar de excelente salud. Cuando vi la marca de nacimiento bajo la barbilla de Toni, todo cobró sentido en mi mente. Rio, ahora lo sé... lo siento. Todas han sido compañeras de sangre.

Rio se pasó la mano por el cuero cabelludo, dejando escapar un insulto entre dientes.

—Necesito llamar a Boston y contarles todo esto.

Dylan asintió, todavía mirándolo fijamente a los ojos. Cuando habló, lo hizo con la voz ligeramente temblorosa.

—Rio, estoy asustada.

Él la abrazó, sabiendo lo que tenía que haberle costado reconocer eso, incluso ante él.

—No tienes que estarlo. Te mantendré a salvo. Pero no puedo dejarte aquí esta noche, Dylan. Te llevaré conmigo al recinto.

Ella frunció el ceño.

—Pero mi madre...

—Si puedo ayudarla, lo haré —dijo él, con total sinceridad. Pero primero necesito saber que tú estás a salvo.

Dylan lo miró con ojos suplicantes, hasta que al fin asintió débilmente con la cabeza.

—Está bien, Rio. Regresaré contigo.

Capítulo veintiocho

Rio no le provocó un trance a Dylan durante el camino de vuelta a Boston.

A pesar de las miradas de soslayo que Nikolai y Kade le dirigían, sugiriendo que era un idiota por romper de esa manera el protocolo, Rio no podía tratar a Dylan más que con total confianza. Sabía que corría un gran riesgo confiándole la localización de los cuarteles de la Orden, aun sin estar seguro de por cuánto tiempo y de qué manera iba a permanecer allí. Pero confiaba en ella.

Diablos, más que eso, estaba seguro de que la amaba.

Sin embargo, se reservó esa sorprendente revelación para sí mismo, pues veía claramente que Dylan estaba ansiosa por tener que dejar a su madre sola en Nueva York. Conforme se acercaban a Boston, él sentía que su corazón se aceleraba. No necesitaba tener un lazo de sangre con ella para sentir el penetrante sabor de la indecisión creciendo en oleadas dentro de su cuerpo, mientras descansaba apoyada contra él en el asiento posterior, con la mirada fija en el paisaje que pasaba a toda velocidad al otro lado de las ventanillas tintadas.

Ella no quería estar allí.

Rio no dudaba que sentía algún afecto por él. Después de aquella noche, sabía que era así. Y necesitaba creer que, bajo circunstancias diferentes, ella no tendría ese aspecto de tener ganas de saltar del vehículo en marcha y correr de vuelta a su hogar en Nueva York.

—Hey —le murmuró al oído mientras Niko hacía entrar el vehículo a la propiedad cercada del recinto—. Resolveremos todo lo que haya que resolver, ¿de acuerdo?

Ella le sonrió débilmente, pero sus ojos estaban tristes.

—Simplemente abrázame, Rio.

Él la tomó en sus brazos con más fuerza y apretó los labios contra los suyos en un tierno beso.

—No permitiré que te ocurra nada malo, te lo prometo.

No sabía muy bien cómo podía cumplir con un juramento como ese, pero al ver el brillo de esperanza en los ojos de Dylan supo que haría de esa promesa la misión de su vida, por mucho que costase.

El todoterreno se dirigió hacia el garaje de la Orden. A Rio no le gustó nada soltar a Dylan mientras el coche estacionaba.

—Hogar, dulce hogar —dijo Kade arrastrando las sílabas al tiempo que abría la puerta y se bajaba del coche.

Nikolai le lanzó una mirada a Rio desde su asiento.

—Vamos al laboratorio. ¿Le decimos a Lucan y a los demás que vendrás enseguida?

Rio asintió.

—Sí, enseguida voy. Dadme diez minutos.

—Hecho. —Niko dirigió la mirada a Dylan—. Escucha, de verdad siento mucho lo de tu madre. Tiene que ser duro. Es difícil saber qué decir, ¿sabes?

—Lo sé —murmuró ella—. Pero gracias, Nikolai.

Nikolai le sostuvo la mirada un momento, luego dio unos golpecitos con la palma de la mano en el asiento.

—Bien, te vemos abajo, amigo.

—Dile a Lucan que voy a llevar a Dylan a la reunión.

Niko y ella lanzaron una mirada de sorpresa en su dirección. En el exterior del coche, Kade soltó una maldición irónica y comenzó a reírse por lo bajo como si Rio hubiera perdido la cabeza.

—Quieres llevar a una persona civil a una reunión con Lucan —dijo Niko—. Cuando además él esperaba que esta noche borraras los recuerdos de ese civil.

—Dylan vio algo esta noche —dijo Rio—. Creo que la Orden debe oírlo de primera mano.

Nikolai lo miró en silencio durante un largo rato. Luego asintió, como si pudiera ver que Rio no iba a echarse atrás con esa idea. Rio comprendió que su viejo amigo se daba cuenta de que Dylan no era simplemente un civil o una misión que Rio había fallado al ejecutar. Por el brillo de sus fríos ojos azules,

Rio pudo ver que Niko entendía lo mucho que Dylan significaba para él. Lo entendió, y a juzgar por la forma en que curvó las comisuras de sus labios para dedicarle una sonrisa torcida, también lo aprobaba.

—Joder, amigo. Sí, le diré lo que me has dicho.

Mientras Niko y Kade se dirigían juntos hacia el ascensor del recinto, Rio y Dylan se bajaron del coche y al cabo de unos minutos fueron tras ellos. Cogidos de la mano, tomaron el ascensor y bajaron los noventa metros hasta los cuarteles de la Orden.

A Rio le resultaba extraño caminar a través del laberinto de pasillos de seguridad y no sentirse como se sentía durante los meses que siguieron a la explosión: como una bestia perdida deambulando en su guarida sin ningún lugar ni propósito.

Ahora tenía ambas cosas, y las dos podían resumirse en una palabra: Dylan.

—¿Te sentirás cómoda hablando de lo que viste en la habitación del hospital esta noche? —le preguntó mientras avanzaban por los pasillos—. Porque si tú prefieres no hacerlo, yo puedo hacerlo en tu lugar...

—No, está bien. Quiero ayudar, si tú crees que puedo.

Él la hizo detenerse en el largo pasillo de mármol blanco cercano a las paredes de vidrio del laboratorio de tecnología donde sus hermanos esperaban.

—Dylan, lo que hiciste por mí esta noche... darme tu sangre, quedarte conmigo cuando tenías todo el derecho a dejarme allí y no mirar atrás... Todo lo que sucedió entre nosotros esta noche... quiero que sepas que significa mucho para mí. Yo...

Quería decirle que estaba enamorado de ella, pero no había dicho esas palabras desde hacía tanto tiempo que había llegado a creer que jamás las diría de nuevo, y mucho menos sintiéndolas de una manera tan honesta y profunda como ahora. Titubeó en el intento y la pausa incómoda hizo que el abismo pareciera aún más ancho.

—Estoy... muy agradecido —dijo, concentrándose en la otra emoción que llenaba su corazón cuando la miraba—. No creo que nunca pueda recompensarte lo suficiente por todo lo que has hecho por mí esta noche.

Algo del brillo de sus ojos se apagó al escucharle decir aquello.

—¿Crees que voy a pedirte una recompensa? —Sacudió la cabeza lentamente—. Tú no me debes nada, Rio.

Iba a tratar de decir algo más... iba a emprender otro débil intento de decirle lo que ella significaba para él. Pero Dylan ya caminaba por delante.

—Mierda —susurró, pasándose la mano por el pelo.

La alcanzó en unos pocos pasos, justo a tiempo para oír la voz de Lucan retumbando a través del cristal del laboratorio de tecnología.

—¿Qué diablos significa que la va a traer con él? Más vale que mi hombre tenga una buena razón para meter a esa reportera de nuevo en el recinto.

Toda irritación que Dylan pudiera sentir hacia Rio por aquella gratitud tan políticamente correcta, se hizo diminuta en comparación con el miedo que le heló la sangre en las venas al oír al líder de la Orden lleno de indignación. No quería pensar que necesitaba la protección de Rio, pero la presencia de la palma de la mano de él en su espalda al entrar en la sala de reuniones, donde se hallaban ocho vampiros guerreros de rostro serio y vestidos para el combate, fue lo único que logró que no le fallaran las rodillas.

La mirada de Dylan escaneó rápidamente la amenaza a la que se enfrentaba: Lucan, el de pelo negro, estaba al mando, eso era evidente. Había estado con Rio aquella mañana y le había dado las instrucciones de llevarla de vuelta a su hogar en Nueva York y borrar su memoria, así como la de su madre, su jefe y sus amigas.

Junto a Lucan, ante un impresionante centro de mando con más de media docena de ordenadores y el doble de monitores había un hombre de la estirpe con el pelo cortito, rubio y de punta completamente despeinado. Miró a Dylan por encima de sus delgadas gafas de sol rectangulares de lentes de un azul pálido. De todos los guerreros allí reunidos, aquel parecía el menos amenazador, a pesar de que medía más de dos metros y tenía un cuerpo tan esbelto, delgado y musculoso como los otros.

—Ésta es Dylan Alexander —anunció Rio al grupo—. Sin duda a estas alturas todos habréis oído lo que pasó en Jiein, con la cueva y las fotos que Dylan sacó en el interior.

Lucan se cruzó de brazos.

—Lo que me gustaría saber es por qué al parecer ignoras las directrices que te son encomendadas y la traes de vuelta contigo esta noche. Por más que sea una compañera de sangre es también una persona civil, Rio. Una civil con contactos en el mundo de la prensa, por el amor de Dios.

—Ya no —intervino Dylan, hablando por sí misma antes de que Rio se viera forzado a defenderla—. Mis contactos en la prensa se han terminado. Y aunque todavía los tuviera, os doy mi palabra de que jamás divulgaría ninguna información al mundo exterior. Desearía no haber sacado nunca esas fotografías ni haber escrito aquella historia. Lamento mucho todo lo que pueda haber puesto en riesgo a la estirpe.

Si la creyeron ninguno dio muestras de que así fuera. Los otros integrantes de la Orden la contemplaban desde la mesa de conferencias ante la que estaban sentados, como un jurado sopesando a un convicto. Niko y Kade estaban allí, sentados junto a un guerrero negro con unos hombros que harían parecer diminuto al defensa más enorme de la liga de fútbol americano.

Pero si ese tipo resultaba amenazante, el que había al otro lado de la mesa frente a él era todavía más intimidante. El cabello pelirrojo le llegaba por el hombro y su mirada era astuta y de un verde esmeralda, y parecía que aquel guerrero lo hubiera hecho todo y visto todo... y todavía más.

Observaba a Dylan examinándola con mirada penetrante, igual que los otros dos hombres de la habitación: un guerrero con pinta de gallito y un par de horribles puñales curvos, y otro vestido de militar con la cabeza rapada y ojos de acero azules y serios.

Rio le pasó el brazo por encima de los hombros. Era un abrazo ligero que la hacía sentirse a salvo, como si no estuviera sola ante aquel peligroso cuadro de guerreros entrenados para el combate. Rio la apoyaba, tal vez fuera su único aliado en aquella habitación.

Él confiaba en ella. Dylan podía sentir esa confianza en el

calor de su cuerpo, y la ternura con que la miraba mientras se dirigía a sus camaradas.

—Todos estáis al corriente del descubrimiento de Dylan en la cueva de la montaña, pero no sabéis cuál fue exactamente el modo en que dio con ella. —Rio se aclaró la garganta—. Eva le mostró el camino.

Un murmullo de incredulidad descaradamente hostil se alzó en la habitación. Pero fue la voz de Lucan la que se oyó por encima de las otras.

—¿Ahora nos estás diciendo que tiene algún tipo de conexión con esa perra traidora? ¿Cómo demonios es posible si Eva murió hace un año?

—Dylan vio el fantasma de Eva —dijo Rio—. Ésa es la habilidad especial de Dylan, ver y oír a los muertos. Eva se le apareció y la guió hacia mí cuando estaba en la cueva.

Dylan vio cómo los guerreros asimilaban esas nuevas noticias. Podía ver en cada uno de los rostros de aquella habitación que Eva no tenía allí ningún amigo. Y no era extraño, considerando lo que le había hecho a Rio. Lo que les había hecho a todos a través de su traición.

—Esta noche Dylan vio a otra mujer muerta —dijo Rio—. Vio, de hecho, a otra compañera de sangre. Esta vez la aparición tuvo lugar en la habitación del hospital donde se encuentra su madre. La mujer muerta le dijo algo que creo que todos vais a querer oír.

Se volvió hacia Dylan y le hizo un gesto para que ella misma continuara con la explicación. Ella se enfrentó a esas miradas serias y relató con detalle todo lo que el espíritu de Tony le había dicho, paso a paso, recordando cada palabra exacta por si pudiera tener algún significado especial que alterara el mensaje de aviso del otro mundo.

—Dios bendito —dijo el guerrero que estaba ante los ordenadores cuando Dylan terminó su explicación. Se pasó los dedos por el pelo, despeinando todavía más aquel lío de cabellos rubios—. Rio, recuérdame lo que dijiste el otro día acerca de que alguien pudiera estar procreando otra primera generación de la estirpe.

Rio asintió, y la expresión de gravedad de su rostro hizo que Dylan sintiera un escalofrío recorriéndole la columna.

—Si el Antiguo ha sido despertado con éxito de su hibernación, ¿qué nos dice que no esté procreando? ¿O siendo obligado a procrear?

Mientras Dylan los escuchaba hablar, las piezas del rompecabezas que había estado acumulando durante aquellos días, desde la primera vez que puso los pies en esa cueva, empezaban ahora a encajar en su mente. La cripta escondida con su tumba abierta. Los extraños símbolos de otro mundo que había en las paredes. La terrible sensación de algo diabólico que impregnaba la oscura cueva, aun cuando su ocupante original no estuviera allí...

La cueva había sido una cámara de hibernación, tal como Rio había dejado escapar.

Y la peligrosa criatura que había estado durmiendo en su interior ahora estaba suelta en alguna parte.

Procreando.

Matando.

Oh, Dios.

Al otro lado de la mesa, Nikolai lanzó una mirada a Rio.

—Si el último de esos alienígenas salvajes ha vuelto a dedicarse a la procreación, la pregunta es cuánto tiempo lleva haciéndolo.

—Y con cuántas compañeras de sangre —añadió Lucan con mucha sobriedad—. Si lo que tenemos es un escenario donde las compañeras de sangre están siendo capturadas, retenidas y en algunos casos asesinadas, no quiero ni pensar dónde puede llevarnos esto. Gideon, tienes que revisar todos los archivos de los Refugios Oscuros, para comprobar si hay informes de compañeras de sangre desaparecidas durante la pasada década, más o menos.

—Ahora mismo —respondió, golpeando el teclado y revisando múltiples búsquedas en varios monitores.

El guerrero de la mesa de conferencias que parecía salido de *Soldado de fortuna*, fue el siguiente en hablar.

—Bueno, es poco menos que un milagro, pero el director regional de las Agencias del Orden de los Refugios Oscuros ha aceptado una reunión esta noche. ¿Quieres que le mencione las nuevas noticias acerca de la compañera de sangre muerta al director Starkn?

Lucan pareció ponderar la idea, luego negó débilmente con la cabeza.

—Mantengámoslo en secreto por ahora, Chase. Aún no sabemos exactamente lo que estamos buscando, y ya hemos alarmado bastante a la Agencia al decirles que creemos que los pocos miembros de la primera generación que siguen con vida están siendo asesinados.

Chase asintió mostrándose de acuerdo.

Mientras los del grupo comenzaron a hacer comentarios entre ellos, Lucan se acercó a Rio y a Dylan para hablarles en privado.

—Te agradezco esta información —le dijo a ella—. Pero por muy valiosa que pueda ser, este recinto no es el lugar adecuado para una civil. —Aquellos ojos plateados examinaron a Rio de cerca—. Se le dio la oportunidad de elegir y lo hizo. Sabes que no podemos permitirle quedarse aquí. No si es una civil.

—Sí —dijo Rio—. Lo sé.

Lucan esperó, obviamente consciente de que algo íntimo había ocurrido entre Dylan y Rio. Se aclaró la garganta.

—Así que si tienes algo que decirme, amigo...

Durante el largo silencio que precedió a la respuesta, Dylan contuvo la respiración. No sabía qué era lo que esperaba que dijese Rio: ¿Que estaba preparado para desafiar la regla de Lucan? ¿Que la amaba y lucharía por conservarla a su lado, sin que importara lo que el resto de la Orden pensara de ella?

Pero él no dijo nada parecido a eso.

—Necesito hablar con Dante —le dijo a Lucan—. Y también necesito hablar con Tess. Hay algo importante que tengo que pedirle.

Lucan lo miró con ojos afilados.

—Ya sabes lo que espero, Rio. Si cambia algo, házmelo saber.

—Sí —respondió Rio.

Cuando Lucan se volvió y se fue a conversar con Gideon, Rio levantó con una mano la barbilla de Dylan.

—Te prometí que iba a intentar ayudar a tu madre —le recordó suavemente. Cuando ella asintió, él continuó—: No sé si puedo hacerlo, pero antes de que hablemos de lo que ocurre entre nosotros, es necesario responder esa pregunta. Sé que no puedo pedirte que te quedes aquí conmigo si vas a sufrir por estar lejos de tu familia. Jamás te pediría eso.

Ella sintió en el pecho una llama de esperanza.

—¿Pero... quieres pedirme que me quede contigo?

Él le acarició la mejilla y le colocó un mechón de cabello detrás de la oreja.

—Dios, sí. Por supuesto que quiero eso, Dylan.

Inclinó la cabeza y la besó, delante de los otros guerreros. Fue un beso breve, pero muy dulce. Cuando él se apartó, Dylan sintió los ojos de los demás de la Orden clavados en ellos dos. Pero fueron los ojos de Rio los que la dejaron hechizada. Estaban encendidos de deseo y de ternura, y sus iris agrandados brillaban con luz ámbar.

—Déjame llevarte a mis habitaciones y traerte algo de comer. Tengo que hablar con Dante y Tess, pero no tardaré mucho.

Capítulo veintinueve

*L*as habitaciones de Rio estaban en silencio cuando regresó un rato más tarde. Pudo notar el aroma de otras compañeras de sangre que habían estado allí no hacía mucho para llevarle comida y hacerle compañía a Dylan, pero fue su fragancia a miel y enebro lo que lo guió a través de los cuartos vacíos hasta el dormitorio principal. La ducha estaba funcionando en el baño, y a él no le costó mucho trabajo imaginar el agua caliente y espumosa lamiendo su hermoso cuerpo.

Se acercó a la puerta entreabierta y descubrió que la realidad era incluso mejor que su imaginación.

Dylan estaba de pie bajo la doble cabeza de la enorme ducha, con las manos apoyadas en las baldosas y la espalda arqueada en una elegante curva que recibía todo el chorro de agua. Tenía la barbilla inclinada hacia atrás y los ojos cerrados. Su fogoso cabello al estar empapado cobraba un tono cobrizo y dorado, pegado a su cabeza como una seda húmeda mientras se enjuagaba el champú.

La espuma blanca le corría por las mejillas y por la espalda... Dios... y también más abajo, por la tirante grieta entre sus nalgas y por sus largos y esbeltos muslos.

Rio se relamió los labios, con la boca de repente seca. Notó el dolor en las encías al salirle los colmillos y la respuesta de su miembro ante el deseo que sentía por aquella mujer.

Su mujer, se dijo en un impulso de puro macho perteneciente a la estirpe.

La deseaba. La deseaba húmeda y cálida debajo de él, y no creía que pudiera esperar mucho antes de poseerla.

Debió de hacer algún ruido, porque Dylan bajó la cabeza de repente y lo miró. Le sonrió a través del cristal, con una sonrisa seductora que le hizo desear estar desnudo a su lado, bajo la ducha, con ella.

Pero hacer el amor en la oscuridad de la pequeña alcoba de una iglesia era algo muy distinto a hacerlo cara a cara, cuerpo a cuerpo, ante la brillante luz amarilla y el enorme espejo del cuarto de baño. Allí no tenía donde esconderse. Dylan lo vería, vería todas las cicatrices que tal vez no había advertido al hacer el amor horas atrás.

La vergüenza hizo que deseara apagar la docena de luces que había sobre su cabeza, pero la voz de Dylan lo distrajo de su pensamiento.

—Rio... ven aquí.

Madre de Dios, el ronco sonido de la incitante invitación lo distrajo completamente de todo pensamiento, menos de la urgencia de quitarse la ropa y hacer lo que le estaba pidiendo.

Él la miró a los ojos a través del cristal de la ducha, con los párpados pesados y la mirada inundada de un brillo ámbar rodeando las delgadas hendiduras negras en que sin duda se habrían convertido sus pupilas.

—Quiero que vengas aquí conmigo —dijo Dylan. Le sostuvo la mirada mientras se pasaba las palmas de las manos por su vientre plano y sobre los generosos pechos—. Ven aquí conmigo... Quiero sentir tus manos sobre mí. Por todo mi cuerpo.

Dios... bendito.

La mandíbula de Rio estaba tan tensa que sus molares debían de estar a punto de hacerse añicos. Era muy difícil regodearse en la duda o en la vergüenza cuando la única mujer que deseaba... la mujer que deseaba más de lo que había deseado a ninguna otra en toda su existencia... lo miraba como si pretendiera devorarlo entero.

Se quitó las botas y los calcetines, luego la camisa, los pantalones y los calzoncillos. Estaba allí de pie, desnudo, completamente erecto, con los dermoglifos latiendo con todos los colores del deseo. Puso las manos a los lados y dejó que Dylan lo mirara bien. Fueron insoportables esos primeros segundos en que los ojos de ella lo recorrieron lentamente.

Él sabía lo que estaba viendo. Diablos, él mismo podía verlo también: su torso completamente estropeado, la piel brillante y tirante en algunas zonas y destrozada en otras, donde todavía tenía diminutos pedazos de metralla enterrados varias capas adentro de la carne. Y más abajo estaba la gruesa cicatriz roja que iba todo a lo largo de su pierna izquierda, un corte que casi le había hecho perder el miembro entero.

Dylan ahora estaba viendo todo aquel horror.

Él esperaba que ella apartara la vista.

Esperaba ver compasión en su rostro, y temía ver también repugnancia.

—Rio —murmuró ella seductora.

Alzó la mirada lentamente hasta encontrarse con sus ojos. Sus ojos verdes tenían ahora el color de un bosque de noche, con sus pupilas agrandadas bajo las espesas pestañas. No había lástima en ellos, sólo un intenso deseo femenino.

Rio quiso echar la cabeza hacia atrás y gritar su alivio, pero la visión de los labios de Dylan separados y sus ojos hambrientos deseándolo con esa intensidad lo dejaron sin voz.

Ella abrió la puerta de vidrio de la ducha.

—Ven aquí —le ordenó, curvando los labios para esbozar la sonrisa más increíblemente seductora—. Ven aquí... ahora mismo.

Él sonrió y avanzó hasta reunirse con ella bajo el chorro de la ducha.

—Esto está mejor —ronroneó Dylan mientras lo rodeaba con los brazos y le daba un beso profundo y húmedo.

Le gustaba tanto sentirla contra él, con toda esa piel resbaladiza y caliente, y esas curvas exquisitas. Rio la apretó más fuerte, hundiendo los dedos en su pelo mojado, sintiendo el cálido latido de su pulso contra la muñeca que descansaba sobre su cuello.

—Quiero probarte —dijo ella, apartando los labios de su boca para recorrer su garganta, de arriba abajo hasta la línea de su hombro. Luego siguió más abajo, pasando la lengua sobre los músculos de su pecho, jugando con sus tirantes pezones masculinos.

—Sabes muy bien, Rio. Podría devorarte.

Él gruñó mientras ella dejaba que su boca bajara por su esternón, pellizcándolo mientras continuaba bajando. Su beso se volvió menos juguetón al moverse hacia el lado izquierdo, donde él tenía las cicatrices.

Rio contuvo la respiración.

—No —dejó escapar, incómodo y asustado ante la idea de que ella se acercara a esas espantosas marcas—. No tienes que...

—¿Te duele si te toco aquí? —preguntó ella con suavidad, pasando los dedos con mucho cuidado por la piel arruinada—. ¿Esto te duele, Rio?

Él consiguió negar débilmente con la cabeza.

No le dolía. Lo poco que podía sentir a través de las terminaciones nerviosas dañadas de las cicatrices cuando Dylan lo tocaba no era dolor.

Por todos los santos, era maravilloso sentir que ella lo tocaba.

—¿Duele? —volvió a preguntar, besando suavemente y con el mayor cuidado esa zona de piel estropeada—. ¿Cómo te sientes, Rio?

—Bien —logró pronunciar, con la garganta tensa, y no sólo del puro placer que le hacía sentir la boca de Dylan en su cuerpo. Aquel tierno regalo, ese dulce beso con que ella le demostraba su aceptación, conmovió una zona profundísima de su ser, que él creía muerta hacía ya mucho tiempo—. Dylan... eres... Dios... eres la mujer más increíble que he conocido jamás. Te lo digo de verdad.

Ella le sonrió llena de satisfacción.

—Bueno, más vale que te prepares, porque apenas acabo de empezar.

Arrodillándole en las baldosas delante de él, Dylan le besó la pelvis y los muslos, lamiendo los riachuelos de agua que caían desde sus hombros. Cada roce de su lengua cerca de su sexo hacía que su erección se volviera todavía más dura. Cuando ella le tomó el miembro con las manos húmedas creyó que iba a desmayarse.

—¿Cómo se siente esto? —preguntó ella mientras le acariciaba el miembro desde los testículos hasta la punta una y otra vez, con una mirada pícara en los ojos que demostraba que sabía exactamente lo que estaba sintiendo.

Y eso estaba bien, ya que él era absolutamente incapaz de hablar ahora que ella le prodigaba esa espléndida atención.

Y como si no fuera suficiente aquella maravilla, ahora la lengua de Dylan se unió a la fiesta también. La deslizó a lo largo de su sexo, luego envolvió la cabeza del miembro con los labios y chupó hasta meterlo entero en la boca.

Rio dejó escapar un gemido ronco, y eso fue lo único que pudo hacer para mantener el equilibrio mientras ella continuaba tragando su miembro entero. Se estremeció cuando la lengua alcanzó la base de su pene y ella siguió moviendo la boca arriba y abajo, aumentando la presión que él comenzaba a sentir subiendo por su columna. Un feroz orgasmo rugía en su interior como un tren de carga.

Ah, joder, si no paraba pronto iba a correrse...

Con un rugido animal, apartó a Dylan de su sexo vibrante.

—Ahora es mi turno —dijo, con una voz profunda y como salida de otro mundo.

Dylan ahogó un grito cuando él le hizo apoyar la espalda contra las baldosas y la besó de la misma manera lenta y torturante que había empleado ella. Jugó con su boca a lo largo de su garganta y entre sus pechos, sintiendo los latidos de su corazón contra su lengua. Besó sus pezones sonrosados y perfectos, rozándola apenas con la punta de sus colmillos y bajando luego hasta tu ombligo y la deliciosa curva de sus caderas.

—Tú también sabes muy bien —le dijo con voz densa, dejándole ver una destello de sus colmillos completamente extendidos. Ella abrió los ojos con asombro, pero sin miedo. Él oyó cómo se incrementaba el ritmo de su respiración cuando él inclinó la cabeza y chupó suavemente el dulce y pequeño triángulo de rizos rojizos que tenía entre las piernas.

—Mmmmm —gimió él contra su cremosa carne—. Realmente sabes bien pero que muy bien.

Ella gritó al sentir el primer contacto de su boca en el sexo, y luego el grito se fundió en un lento y sensual gemido cuando la lengua de él se adentró en las tiernas capas de su centro. Fue despiadado, quería oírla gritar por el placer que le estaba dando. Se hundió más profundamente entre la suavidad de sus muslos y ella lo agarró del pelo para apretarlo contra ella, temblando mientras la conducía al orgasmo.

—Oh, Dios mío —susurró, jadeando—. Oh Rio... sí...

Dijo de nuevo su nombre, no el diminutivo por el que lo conocía todo el mundo, sino su nombre verdadero. Ése que sonaba tan bien en sus labios. Gritó su nombre mientras el orgasmo la sobrecogió, y para él fue la cosa más hermosa que jamás había experimentado.

Rio quería abrazarla, pero su deseo era demasiado grande ahora. Tenía el sexo a punto de explotar, y quería que fuera dentro de ella, necesitaba que fuera dentro de ella, tanto como necesitaba el aire y la sangre para sobrevivir.

Se puso de pie y le apartó el pelo mojado de la cara.

—Gírate —le dijo con voz ronca—, apoya las manos en las baldosas y arquea la espalda, como estabas cuando llegué.

Con una sonrisa de placer, ella le obedeció, apoyando las manos extendidas contra las baldosas y colocando su hermosa espalda ante él. Rio acarició esa piel perfecta, pasando los dedos por la grieta entre sus nalgas hasta la resbaladiza boca de su sexo. Ella contuvo la respiración cuando la hizo abrirse y puso la punta de su miembro contra los hinchados pliegues rosados.

—Esto es lo que quise hacer desde el primer momento en que te vi aquí, Dylan.

—Sí —susurró ella, temblando mientras la acariciaba tan íntimamente.

Él la penetró y sintió las paredes de su sexo contra su carne dura. Luego retrocedió lentamente, estremeciéndose de puro goce durante todo el recorrido. Dios santo, no iba a poder aguantar mucho así. Pero tampoco le importaba. Necesitaba perderse dentro del calor de Dylan, entregarse a ella por completo, porque en lo profundo de su corazón sabía que su tiempo juntos se estaba acabando.

Ella regresaría a su mundo dentro de poco, mientras que él permanecería en el suyo.

Rio la envolvió con sus brazos, apretándola contra él mientras la conducía hacia el clímax que él ya sentía estallar. Dejó escapar un grito ante el estallido de su orgasmo.

Y aun después de que todo acabara, siguió abrazando con fuerza a esa mujer que no podría conservar.

Capítulo treinta

Dylan no sabía muy bien cuántas horas habían pasado desde que Rio la había llevado a su cama. Se habían secado el uno al otro y luego habían hecho de nuevo el amor, más lenta esta segunda vez, como para memorizar cada detalle del momento y retenerlo.

Por más que no quisiera pensar en ello, Dylan sabía que no podía quedarse allí con Rio mucho tiempo. Tenía una vida en Nueva York a la que tenía que regresar, y no estar cerca de su madre en un momento en que ella la necesitaba tanto le estaba partiendo el alma.

Pero Dios santo, cómo le gustaba estar allí tendida entre los brazos de Rio.

Con la mejilla apoyada sobre su pecho desnudo, Dylan acarició su suave piel, recorriendo distraídamente los elegantes adornos de uno de sus dermoglifos. Las marcas eran tan sólo un tono más oscuras que su piel oliva, pero al tocarlas, el color de los intrincados diseños comenzó a cobrar intensidad, de modo que ella supo que de nuevo empezaba a excitarse.

También otro síntoma de su interés comenzaba a notarse, apretando con dureza su vientre.

—Continúa haciendo eso y no conseguirás salir nunca de esta cama —dijo él arrastrando las sílabas, con una voz que sonó profunda y vibrante contra su mejilla.

—No estoy segura de que quiera salir de esta cama muy pronto —respondió ella. Levantó la cabeza para mirarlo y vio que los ojos de Rio estaban cerrados, y su sensual, pícara y talentosa boca esbozaba una sonrisa de satisfacción—. No recuerdo haber sentido nunca esta felicidad, Rio. Estar contigo así parece un sueño. Sé que tendré que despertarme alguna vez, pero no quiero.

Él levantó los párpados y Dylan se sumergió en la calidez de su mirada topacio.

—Lo que ha ocurrido entre nosotros ha sido... muy inesperado, Dylan. Cuando tú entraste en la cueva de esa montaña yo pensaba que mi vida estaba acabada. Lo sabía y estaba preparado para ponerle fin. Esa misma noche, de hecho.

—Rio —susurró ella, con el corazón acongojado al oírlo.

—Nikolai me dejó una caja de explosivos cuando la Orden descubrió la cripta oculta en febrero. Todos regresaron a Boston, pero yo me quedé atrás. Se supone que tenía que sellar la cueva para que nadie pudiera encontrarla. Prometí que lo haría, y le dije a Niko que regresaría a España durante un tiempo, una vez cumpliera con mi misión. —Dejó escapar un breve suspiro—. Nunca tuve intenciones de salir de esa montaña. Todo lo que tenía que hacer era colocar los explosivos y hacerlos detonar desde el interior...

—¿Ibas a quedarte allí atrapado? —preguntó Dylan, horrorizada—. Dios santo, Rio, esa hubiera sido una manera de morir larga, terrible y solitaria.

Él se encogió de hombros.

—No me importaba. Creía que cualquier cosa tenía que ser mejor que vivir como vivía.

—Pero te quedaste allí varios meses antes de que yo encontrara la cueva. Debes de haber encontrado alguna esperanza que te hiciera posponer tus planes.

Una risa amarga surgió del fondo de su garganta.

—Al principio lo retrasé porque no tenía el coraje para hacerlo. Luego mis dolores de cabeza y mis desmayos comenzaron otra vez, con tanta violencia que creí que me estaba volviendo loco.

—Tus desmayos... ¿te refieres a ataques como el que tuviste aquella noche junto al río?

—Sí. Pueden ser ataques muy fuertes. Además, por entonces ya no me estaba alimentando, y el hambre sólo empeoraba la situación. En cierto momento, perdí totalmente la noción del tiempo.

—Entonces llegué yo.

Él sonrió.

—Entonces llegaste tú. —Él levantó su mano y le besó la palma, y luego el pulso de la muñeca—. Llegaste de un modo muy inesperado, Dylan. Y me trajiste una felicidad que tampoco había conocido jamás.

—¿Jamás? ¿Ni siquiera antes... con Eva? —Dylan odiaba pedirle que las comparase, pero sin embargo necesitaba saber la respuesta. Rio permaneció callado un momento y su corazón comenzó a quebrarse—. Lo siento. No tienes que decírmelo. No quería ponerte en una situación tan incómoda.

Él negó con la cabeza y alzó las cejas.

—Eva era seductora y coqueta. Era una mujer muy hermosa. Cada hombre que la veía la deseaba, tanto los humanos como los de la estirpe. Yo estaba sorprendido de que se hubiera fijado en mí. Y todavía me sorprendí más cuando dejó claro que quería ser mi compañera. Me persiguió como si no tuviera ningún otro objetivo en la vida, y mi ego se sintió muy complacido. Las cosas se enfriaron entre nosotros un poco cuando yo me uní a la Orden. Eva se resintió ante el hecho de que la compartiera con mis deberes como guerrero.

Dylan lo escuchaba, presa de un estado de celos muy desagradable por lo que estaba oyendo, y lamentando haberse provocado a sí misma esa sensación al forzarlo a hablar de la mujer que había amado antes.

—Después del desastre ocurrido con Eva, no buscaba abrir mi corazón a otra mujer. Pero tú, Dylan... —Le cogió un mechón de cabello, fijándose en el brillo de un rojo dorado mientras enroscaba la sedosa onda en torno a su dedo—. Tú eres pura llama. Te toco y me quemo. Te beso y ardo en deseos de besarte más. Me consumes... como no me ha ocurrido jamás con otra mujer y como no volverá a ocurrirme jamás.

Ella se levantó y lo besó, sujetando su rostro entre las manos. Al retirarse, no pudo evitar decirle cuánto significaba para ella.

—Te amo, Rio. Me asusta mortalmente decirlo en voz alta, pero es así. Te amo.

—Ah, Dios —susurró él—. Dylan... yo me he estado enamorando de ti desde el principio. Cómo puedes amarme, de la forma en que soy ahora, no lo entiendo...

—De la forma en que eres ahora —dijo Dylan, sacudiendo

lentamente la cabeza con asombro—, de la forma en que me miras, de la forma en que me tocas... cómo no voy a amarte. A ti, Rio. Tal como eres ahora.

Ella lo acarició con toda la emoción que sentía por él, pasando los dedos lentamente por el estropeado lado izquierdo de su hermoso rostro, que jamás se cansaría de mirar.

Ahora ya apenas veía las cicatrices. Oh, lamentablemente aquello por lo que había tenido que pasar no era reversible. La prueba del infierno al que había sobrevivido estaría siempre allí, en su rostro y en su cuerpo. Pero cuando Dylan miraba a Rio, veía su coraje, su fuerza.

Veía su honor, y ante sus ojos, era el hombre más hermoso que había visto nunca.

—Te amo, Eleuterio de la Noche Atanasio. Con todo mi corazón.

Una ternura feroz asomó a sus facciones. Con un nudo en la garganta que le impedía decir nada, la atrajo hacia él y simplemente la retuvo allí abrazada.

—Quiero tu felicidad más que nada en el mundo —le murmuró al oído—. Sé que tu familia... sé que la salud de tu madre lo significa todo para ti. Sé que necesitas estar con ella.

—Sí —susurró Dylan. Se liberó de su abrazo y lo miró a los ojos—. No puedo abandonarla ahora, Rio. Simplemente... no puedo.

Él asintió.

—Lo sé. Entiendo que necesitas estar allí con ella, Dylan. Pero hay una parte egoísta en mí que desea tratar de convencerte de que ahora perteneces a este mundo. Conmigo, unida por un lazo de sangre a mí, convirtiéndote en mi compañera.

Oh, a ella le gustaba cómo sonaba eso. Recordaba vívidamente lo increíble que había sido que Rio se alimentara de su vena. Quería que ocurriera otra vez... ahora, cuando el amor que sentía por él desbordaba su corazón.

Pero no podía quedarse.

—No voy a pedírtelo ahora, Dylan. Pero quiero que sepas que eso es lo que deseo, estar contigo, siempre. Y que estoy dispuesto a esperarte.

Ella se llenó de alegría por dentro ante la ternura de sus palabras.

—Me esperarás...

—Te esperaré tanto como haga falta, Dylan. —Él le apartó un mechón de pelo de la mejilla y se lo colocó detrás de la oreja—. ¿Recuerdas que te dije que intentaría encontrar una manera de ayudar a tu madre cuando estuviésemos de vuelta aquí en el recinto?

—Sí.

—Es por eso que necesitaba hablar con Tess. Ella es la compañera de sangre de Dante.

Dylan asintió.

—Sí, me ayudó a limpiar y vendar mi mejilla el otro día.

—Exacto. Es curandera. Antes de estar embarazada, Tess tenía el don de curar heridas abiertas sólo con tocarlas. Y también curaba dolencias internas. Hay un pequeño terrier muy feo correteando por el recinto que está vivo únicamente porque Tess pudo curarlo de media docena de cosas que lo estaban matando. Incluyendo un cáncer, Dylan. No quería decirte nada de esto antes de tener una oportunidad de hablarlo con Tess y Dante.

Dylan se había quedado sin respiración. Miraba a Rio atónita, sin saber si podía confiar en sus oídos.

—¿Tess puede curar el cáncer? ¿Pero sólo en animales, verdad? Me refiero, no estás diciendo que ella pueda ayudar...

—Su don no parece estar limitado a los animales, pero existe una complicación. Desde que está embarazada, sus habilidades han remitido. Ella no está segura de que pueda funcionar con tu madre, pero me ha dicho que está dispuesta a intentar...

Dylan no lo dejó terminar. Una luminosa esperanza se abría paso en su interior, con una fuerza que la obligó a lanzarse a los brazos de Rio.

—¡Oh, Dios mío! Rio, gracias.

Él la apartó con suavidad.

—No es una garantía. Es tan sólo una pequeña posibilidad, y eso siendo optimistas. Es muy posible que Tess no sea capaz de ayudarla.

Dylan asintió, aceptando la idea de que era tan sólo una posibilidad remota, y sin embargo eufórica de que hubiera al menos una esperanza de salvar a su madre.

—Tendremos que traerla aquí, a la mansión. Dante no

quiere arriesgarse a que Tess viaje ahora que está en estado. Y no podemos arriesgarnos a que tu madre sepa dónde estamos localizados o qué vamos a hacerle, eso significa que una vez terminemos debemos borrarle los recuerdos de lo ocurrido. Y no existe una garantía de que el cáncer quede curado.

—Pero es una oportunidad —dijo Dylan—. Es más de lo que ahora tiene. Sin esa oportunidad probablemente tan sólo le queden unos pocos meses. Y si Tess puede ayudarla...

Ese milagro haría que su madre viviera muchos años más, incluso décadas. Con sesenta y cuatro años y una buena salud no había razón para que su madre no pudiera vivir otros veinticinco o treinta años.

¿Y en qué momento estaría Dylan preparada para abandonarla a cambio de su propia porción de felicidad de nuevo junto a Rio?

Ella lo miró y se dio cuenta de que él ya se había formulado esa pregunta. Estaba dispuesto a tratar de ayudar a su madre porque sabía que ella no podría soportar perderla, a pesar de saber que eso podía significar que se mantuviera alejada de él durante más tiempo.

—Rio...

—Esperaré —dijo solemnemente—. Esperaré hasta que estés preparada.

Ella cerró los ojos y sintió la pureza de su amor como un bálsamo. Que él le diera un regalo tan generoso, el regalo de la esperanza, hizo que Dylan lo adorara todavía más. Lo besó con toda la devoción que sentía en el corazón, necesitaba estar cerca de él... sentirlo dentro de ella de todas las maneras posibles.

Pensó en el lazo que él había mencionado... ese lazo de sangre que compartirían si fuese su compañera. Deseaba eso. Necesitaba sentirse unida a él de esa manera tan primaria y exclusiva de la estirpe.

—Hazme tuya —murmuró contra su boca—. Ahora mismo, Rio... quiero que me hagas tuya a través de la sangre. Quiero estar unida a ti. No quiero esperar para eso.

Su gruñido de aprobación le hizo sentir un hormigueo de impaciencia.

—Es un lazo irrompible. Una vez hecho no se puede deshacer.

—Todavía mejor.

Ella le mordió el labio inferior y fue recompensada con un roce de sus colmillos mientras rodó sobre ella dejándola debajo de él en la cama. Chispas de un brillo ámbar salpicaban sus iris color topacio. Sus pupilas se afilaron, fijas en ella llenas de deseo. La besó y Dylan dejó que su lengua jugara con las puntas de sus largos colmillos, ansiando sentir cómo se clavaban en la fina piel de su cuello.

Pero Rio retrocedió, incorporándose y sosteniéndose con los puños. Parecía tan poderoso, allí suspendido encima de ella, y era tan hermoso su cuerpo de hombre desnudo.

—No debería hacerte esto —dijo con suavidad y lleno de respeto—. Si llevas mi sangre dentro de tu cuerpo, Dylan, yo siempre formaré parte de ti... incluso si decides vivir tu vida sin mí. Siempre me sentirás en tus venas, lo quieras o no. Debería darte más libertad que ésa.

Dylan lo miró fijamente sin la más mínima vacilación.

—Deseo esto, Rio. Quiero que seas siempre parte de mí. Mi corazón te pertenecerá para siempre, fundemos o no fundemos este lazo de sangre ahora.

Él dejó escapar un insulto en voz baja, sacudiendo la cabeza.

—¿Estás segura de que es eso lo que quieres? ¿Estás segura de que me quieres... a mí?

—Para siempre —le dijo—. Nunca he estado más segura de nada en toda mi vida.

Él dejó escapar un suspiro tosco mientras se colocaba a horcajadas sobre su cintura, apoyándose en las rodillas. Se llevó la muñeca a la boca. Con sus ardientes ojos ámbar fijos en ella, subió los labios haciendo asomar sus colmillos y hundió las afiladas puntas en su carne.

La sangre comenzó a correr por su antebrazo, los pinchazos que acababa de hacerse latían al ritmo de su corazón. Con mucha delicadeza, ayudó a Dylan a incorporar de la almohada la cabeza y los hombros y le ofreció su herida.

—Bebe de mí, amor.

Ella sintió el líquido caliente en los labios, y al oler el sabroso aroma de su sangre, inspiró y cubrió la herida con la boca.

El primer contacto de su lengua con las venas abiertas fue electrizante. Sintió que un poder invadía todo su cuerpo con el primer trago que tomó de él. Notó un hormigueo en los brazos y las piernas. Los dedos de las manos y de los pies le ardían con un extraño y delicioso calor. Ese calor se extendió hacia su pecho y su estómago, y luego a todo su ser. Se derretía de tanta intensidad, y el deseo comenzó a crecer rápidamente desde su centro.

Dios, era tan exquisito su sabor.

Dylan bebió de él, perdiéndose en el vibrante calor que la alimentaba a través de sus venas. Alzó la mirada y vio que él la contemplaba, con una cruda necesidad y un puro orgullo masculino. Su sexo estaba completamente erecto, más grande que nunca.

Dylan extendió la mano hasta el miembro, acariciándolo mientras chupaba con fuerza su muñeca. Cuando abrió las piernas y guió el miembro hacia ella, Rio echó la cabeza hacia atrás y dejó escapar el aire, con las venas de su cuello tensas como cables. Luego bajó la cabeza y ella se sintió invadida por el brillo ámbar de sus ojos inundados de pasión.

Ella apenas tuvo que mover las caderas para que su miembro la penetrara. Entró hasta el fondo y empujó con fuerza, extendiendo las piernas junto a las de ella mientras la cubría con todo su cuerpo.

—Ahora eres mía, Dylan.

Su voz sonó espesa junto a su oído, no parecía la suya, pero era diabólicamente erótica. Él se sacudió contra su cuerpo mientras ella continuaba bebiendo, a punto ya de alcanzar el clímax.

Cuando ella estalló debajo de él en un segundo deslumbrante, Rio enterró el rostro en su cuello y le clavó los colmillos en la vena.

Capítulo treinta y uno

*F*ue muy duro ver a Dylan ducharse y vestirse a la mañana siguiente, sabiendo que iba a marcharse.

Pero Rio no trató de detenerla. Iba a un lugar donde no podía seguirla, a un mundo a la luz del día que probablemente la mantendría alejada más de lo que él quería reconocer. Probablemente más de lo que podría soportar.

Las horas que habían compartido en la cama, forjando un lazo a través de la mezcla de sangre y las promesas de que no era un verdadero adiós, debía ser suficiente para él. Al menos por el momento. No podía retenerla y apartarla de la vida que la estaba esperando ahí fuera, por mucho que le doliera acompañarla hasta el ascensor del recinto y recorrer con ella la larga distancia que los separaba del garaje de la Orden, arriba.

Se detuvieron juntos al salir del ascensor. Rio sacó las llaves de uno de sus coches. No uno de esos deportivos con motores que alcanzan un límite de velocidad más allá de lo legal, sino un bonito y seguro Volvo Sedán. Diablos, la habría metido en un tanque armado si hubiera tenido uno para darle. Le dio al control remoto y el Volvo de cinco puertas respondió con un pequeño gorjeo.

—Llámame cada hora y hazme saber que estás bien —le dijo, entregándole las llaves del coche y un teléfono móvil—. Con el número cifrado que he programado en tu teléfono la llamada me entrará directamente a mí. Quiero oírte cada hora, sólo para saber que todo va bien.

—¿Quieres que me arriesgue a recibir una multa por hablar por teléfono mientras conduzco un vehículo? —Le sonrió y arqueó una ceja—. Quizás quieras insertarme un chip GPS antes de que me vaya...

—El coche ya está equipado con un GPS —dijo él, alegrándose de que ella pudiera tomarse la situación con sentido del humor—. Si me esperas aquí un segundo conseguiré que Gideon o Niko vengan a instalarte uno a ti también.

Ella dejó escapar una risa algo apagada. Extendió la mano y le pasó los dedos por el cabello de la nuca.

—Me mata tener que dejarte, lo sabes. Ya te estoy extrañando.

Él la atrajo hacia sus brazos y la besó.

—Lo sé. Lo superaremos, saldremos adelante de alguna forma. Pero no bromeaba al decirte que me llames cada hora desde la carretera. Quiero saber dónde estás y que te encuentras a salvo.

—Estaré bien. —Sacudió la cabeza y le sonrió—. Te llamaré cuando llegue al hospital.

—De acuerdo —dijo él, sabiendo que su petición no era razonable. Se preocupaba por nada. Simplemente se inventaba una débil excusa tras otra para tapar la profunda necesidad de tenerla cerca. La soltó y dio un paso atrás, metiendo las manos en los bolsillos de sus tejanos anchos—. Está bien, llámame cuando llegues.

Dylan se puso de puntillas y lo besó otra vez. Cuando trató de apartarse, él no pudo resistir el impulso de abrazarla una vez más.

—Ah, diablos —murmuró por lo bajo—. Vete de aquí antes de que te lleve de nuevo al dormitorio y te encadene a las columnas de la cama.

—Eso suena interesante.

—Recuérdamelo más tarde —le dijo—. Cuando regreses.

Ella asintió.

—Tengo que irme.

—Sí.

—Te amo —le dijo, dándole un tierno beso en la mejilla—. Te llamaré.

—Estaré esperando.

Rio se quedó allí de pie, con los puños metidos en los bolsillos mientras la observaba dirigirse al coche. Se subió y encendió el motor, luego salió lentamente del estacionamiento. Le hizo una pequeña señal de despedida con la mano, demasiado lista como para bajar la ventanilla y darle una vez más la oportunidad de decirle que no se marchara.

Él accionó el botón de la puerta automática del hangar y tuvo que protegerse los ojos porque la rosada luz del amanecer ya se filtraba a través de la espesa vegetación. Dylan se adentró en la luz del día. Rio quería esperar hasta que el coche desapareciera en el camino, pero los rayos UV eran demasiado fuertes para sus ojos, a pesar de pertenecer a una de las últimas generaciones de la estirpe.

Apretó de nuevo el botón y la ancha puerta se cerró.

Cuando se bajó del ascensor, ya de vuelta en el recinto, Nikolai salía de la zona de armas y caminaba por el pasillo como llevado por el diablo. Rio prácticamente veía salir humo de las orejas del vampiro, tan furioso como estaba.

—¿Qué ocurre? —le preguntó mirando sus fríos ojos azules.

—Que me han jodido —respondió Niko lleno de ira.

—¿Quién?

—Starkn —masculló—. Resulta que el director de las Fuerzas del Orden de la región nos está jodiendo. Cuando Chase y yo nos encontramos con ese tipo anoche y le dijimos que sospechábamos que esos asesinatos habían sido premeditados y tenían relación, nos aseguró que alertaría a todos los vampiros de la primera generación conocidos. Bueno, pues adivina lo que no ha hecho.

—No ha alertado a todos los vampiros de la primera generación conocidos —se burló Rio.

—Exacto —dijo Niko—. Mi contacto de la primera generación, Sergei Yakut, dice que no ha recibido ninguna información de la Agencia de Montreal, donde ahora vive, y tampoco han sabido nada ninguno de los otros de la primera generación que él conoce. Para rematar, hemos sabido que esta mañana se ha producido otro asesinato en Denver. Otro individuo de la primera generación de la estirpe ha sido decapitado, Rio. Esta situación de mierda se está poniendo realmente crítica muy rápidamente. Se está cociendo algo gordo.

—¿Y tú crees que Starkn tiene algo que ver en todo esto?

Los astutos ojos de Nikolai estaban llenos de sospecha.

—Sí, lo creo. Algo en las entrañas me dice que ese maldito cabrón está implicado.

Rio asintió, agradeciendo que aquella distracción no le permitiera dedicarse a la autocompasión por añorar a Dylan y lo obligara a concentrase en las preocupaciones de la Orden. Sus preocupaciones, su mundo.

Cuando Niko retomó su camino hacia el laboratorio tecnológico, Rio fue junto a él, como en los viejos tiempos.

A Dylan le llevó cinco horas conducir desde Boston hasta Manhattan, así que llegó al hospital a la una de la tarde. Llamó a Rio desde el coche mientras esperaba al guarda del garaje, le aseguró que estaba sana y salva y después se dirigió al vestíbulo para tomar un ascensor hasta la planta de oncología.

Dios, pensar que aquel podía ser uno de los últimos días que su madre pasara en aquel lugar. Uno de los últimos días que estuviese enferma. Dylan lo deseaba tan desesperadamente que casi se mareó ante aquel pensamiento mientras cruzaba las puertas dobles que conducían al ala donde se hallaba su madre.

Las enfermeras de guardia estaban ocupadas con algún problema de la impresora, así que pasó ante el mostrador sin detenerse a pedir una cita ni preguntar por los resultados de la biopsia. Se detuvo ante la puerta de la habitación de su madre, y estaba a punto de ponerse en las manos el desinfectante cuando justo vio salir a una enfermera. La mujer llevaba el brazo cargado de bolsas de enfermería medio vacías. Cuando vio a Dylan le hizo un gesto de saludo con la cabeza y le dedicó una sonrisa bastante triste.

—¿Qué ocurre? —preguntó Dylan a la enfermera en el pasillo.

—Le estamos retirando las medicinas y fluidos. En menos de media hora le daremos el alta.

—¿El alta? —Dylan frunció el ceño, totalmente confundida—. ¿Qué ha ocurrido? ¿Ya tenemos los resultados de la biopsia?

La enfermera asintió con la cabeza.

—Nos han llegado esta mañana, sí.

Y a juzgar por el tono, los resultados no eran buenos. Sin embargo, tenía que preguntar, porque no quería imaginarse lo peor.

—No estoy segura de entenderlo. Si le estás quitando los líquidos y la medicación, ¿significa que va a ponerse bien?

La enfermera palideció un poco.

—Todavía no has hablado con ella...

Dylan miró hacia la habitación por encima del hombro de la enfermera. Su madre estaba sentada en el borde de la cama mirando por la ventana mientras se ponía un jersey azul. Estaba completamente vestida y bien peinada. Como si fuera a dejar el hospital en cualquier momento.

—¿Por qué le van a dar el alta a mi madre?

La enfermera se aclaró la garganta.

—Creo que es necesario que hables de eso con ella, ¿de acuerdo?

Cuando la mujer se marchó, Dylan se puso en las manos el líquido desinfectante y entró en la habitación.

—¿Mamá?

Ella se dio la vuelta y le dedicó una gran sonrisa.

—¡Oh, Dylan! No esperaba que volvieras tan pronto, cariño. Iba a llamarte más tarde.

—Menos mal que he llegado ahora. Me acaban de decir que te vas a casa dentro de unos minutos.

—Sí —respondió—. Sí, ya es la hora. No quiero quedarme más tiempo aquí.

A Dylan no le gustó el tono de resignación en la voz de su madre. Sonaba demasiado a aceptación.

Parecía que estuviera aliviada.

—Tu enfermera me ha dicho que han llegado los resultados de la biopsia esta mañana.

—No hablemos de eso. —Agitó la mano con desdén y caminó hasta la mesa donde estaba la caja de bombones, ahora abierta. La cogió y se la ofreció a Dylan—. Prueba una de estas trufas. ¡Son deliciosas! Gordon me las trajo anoche. De hecho estuvo aquí poco después de que te marcharas. Me hubiera gustado que te quedaras para verlo. Quiere conocerte, Dylan. Se mostró muy interesado cuando le dije que ibas a necesitar un nuevo trabajo...

—Oh mamá, no... —se quejó Dylan. Ya tenía bastante con que su madre hubiera estado jactándose ante su jefe acerca de la historia de Dylan sobre la cueva de la montaña. Que ahora intentara encontrarle un trabajo desde su cama del hospital ya era demasiado.

—Gordon tiene contactos con mucha gente importante en la ciudad. Puede ayudarte, cariño. ¿No sería maravilloso que pudiera conseguirte un puesto en alguna de las mayores agencias de noticias?

—Mamá —dijo Dylan, ahora con más determinación—. No quiero hablar de trabajo, ni de Gordon Fasso ni de nada de eso. Lo único que quiero es que me expliques qué te pasa. Es evidente que los resultados de la prueba no han sido buenos. Entonces, ¿por qué te dan hoy el alta?

—Porque eso es lo que yo quiero. —Suspiró y caminó hacia Dylan—. No quiero quedarme más tiempo aquí. No quiero más pruebas, ni tubos, ni agujas. Estoy cansada, sólo quiero ir a casa.

—¿Qué te ha dicho el doctor? ¿Podemos hablar con él acerca de los resultados de la biopsia?

—No pueden hacer nada más, cariño. Excepto retrasar lo inevitable, y tan sólo un poco más.

Dylan bajó la voz al nivel de un susurro.

—¿Qué pasa si te digo que conozco a alguien que tal vez pueda hacer que recuperes la salud?

—No quiero más tratamientos...

—Esto sería distinto. Sería una especie de... medicina alternativa. Algo que no te pueden proporcionar en el hospital. No existe garantía, pero hay una posibilidad de que quedes completamente curada. Creo que puede ser una buena oportunidad, mamá. Tal vez puede ser la única...

Su madre sonrió suavemente mientras le acariciaba con los dedos fríos en la mejilla.

—Sé que esto es muy duro para ti, cariño, lo sé. Pero la decisión es mía, tengo que tomarla yo. He tenido una vida completa. No estoy buscando milagros ahora.

—¿Y qué pasa conmigo? —La voz de Dylan sonaba espesa—. ¿Serías capaz de intentarlo... por mí?

Durante el largo silencio que obtuvo por respuesta, Dylan trató desesperadamente de contener el sollozo que sentía en la garganta. Tenía el corazón hecho pedazos, pero podía ver que su madre ya había tomado una decisión. Probablemente la había tomado mucho antes de ese momento.

—De acuerdo —logró decir, finalmente—. Entonces, dime lo que quieres hacer, mamá.

—Llévame a casa. Comamos juntas, bebamos un poco de té y simplemente charlemos. Eso es lo que realmente me gustaría hacer ahora, más que ninguna otra cosa.

Capítulo treinta y dos

*R*io no volvió a saber nada de Dylan hasta última hora de la tarde. Cuando el teléfono de su bolsillo empezó a sonar, estaba en el laboratorio junto a Lucan, Gideon, Niko y Chase. Los cinco discutían sobre el aparente engaño de Gerard Starkn y analizaban cuál sería la manera de que la Orden tomara el control de la situación. Rio se disculpó y salió al pasillo a atender la llamada de Dylan.

—¿Qué ocurre? —No era un buen saludo, pero advirtió que ella estaba preocupada en cuanto atendió la llamada y sintió su angustia como una corriente eléctrica al otro lado de la línea—. ¿Estás bien?

Hubo una pausa, luego respondió.

—Estoy bien, sí. Acabaré estando bien, creo.

—¿Cómo está tu madre?

—Cansada —dijo Dylan, sonando cansada también—. Oh, Rio... he estado con ella toda la tarde en el apartamento de Queens. Ha dejado hoy el hospital y se niega a recibir más tratamiento. Quiere... ya no quiere vivir, Rio. Ya ha tomado una decisión sobre eso en su cabeza.

Él soltó una maldición por lo bajo, sintiendo la angustia de Dylan como si fuera propia.

—¿Le has hablado de Tess?

—Lo he intentado, pero no quiere escucharme. Esto me está matando, pero veo que es realmente lo que ella quiere, así que tengo que dejarla ir.

—Ah, amor... No sé qué decirte. —Dylan sollozó un poco, pero se mantenía entera con admirable coraje—. Hemos pasado el día charlando... algo que no habíamos podido hacer desde hace mucho tiempo. Ha sido bonito. Le he hablado de ti, le he dicho que he conocido a un hombre muy especial y que lo quiero mucho. Está deseando conocerte algún día.

Rio sonrió, con ganas de poder estar allí con ella en ese mismo momento.

—Seguro que puede arreglarse un encuentro.

—He hablado con el médico antes de salir del hospital. Dice que, siendo realistas, sin tratamiento, mamá probablemente no vivirá más de algunas semanas, tal vez un par de meses. Van a darle una medicina para el dolor, pero me ha advertido de que el tiempo que le queda de vida no va a ser fácil.

—Mierda, Dylan. ¿Quieres que vaya allí contigo esta noche? Está anocheciendo. Si me necesitas allí, puedo salir en cuanto anochezca y estar en la ciudad alrededor de las once.

—¿Y qué pasa con la Orden? Estoy segura de que tienes cosas que hacer.

—No estamos hablando de eso. —De hecho se suponía que tenía una misión esa noche, pero qué demonios. Si Dylan quería estar con él, Lucan tendría que asignar la patrulla a otro—. ¿Necesitas que esté contigo esta noche, Dylan?

Ella suspiró.

—Me encantaría verte. Sabes que nunca te diría que no. ¿Realmente quieres hacer todo ese camino para venir a verme?

—Trata de detenerme —le dijo, notando que ella, al otro lado, se alegraba. Oyó al fondo el bocinazo de un camión—. ¿Estás conduciendo?

—Voy a recoger algunas cosas de mi madre al refugio. Llamamos allí a sus amigas al salir del hospital, sólo para explicarles lo que ocurría. Todos están muy preocupados por ella, como podrás imaginarte. Y supongo, además, que algunos clientes del refugio y las chicas habrán hecho una tarjeta especial para ella.

—Eso le gustará.

—Sí —dijo Dylan—. Voy a pasarme por allí y luego llevaré algo de cenar a casa de mamá. Quiere costillitas de cerdo, patatas dulces y pan de maíz... ah, y también un champán de lujo, ha dicho, para celebrar mi nuevo amor.

—Parece que tenéis una noche bien planeada.

Dylan se quedó callada un momento.

—Es una alegría verla sonreír, Rio. Quiero que disfrute estas próximas semanas todo lo que pueda.

Él lo entendía, por supuesto. Y mientras Dylan terminaba la conversación, prometiendo llamarlo cuando estuviera de vuelta en el apartamento de su madre, Rio se preguntó cómo iba a pasar las próximas semanas, tal vez un par de meses, lejos de Dylan. No era mucho tiempo, y menos para las medidas de la estirpe, pero para un hombre enamorado parecía un periodo interminable.

Necesitaba acompañar a Dylan a través de ese trago.

Y sabía que ella también lo necesitaba a él.

Cuando cerró el teléfono móvil, se encontró a Lucan de pie ante las puertas del laboratorio. Rio le había hablado ya de la madre de Dylan y de lo mucho que Dylan significaba para él, de lo profundamente enamorado que estaba. Se lo había contado todo, desde que Dylan y él compartían ahora un lazo de sangre hasta la oferta de usar las habilidades curativas de Tess que él le había hecho.

Rio no sabía cuánto tiempo llevaba Lucan allí parado, pero sus astutos ojos grises parecían totalmente conscientes de que las cosas al otro lado no iban bien.

—¿Cómo lo está llevando Dylan?

—Es fuerte. Lo superará.

—¿Y qué me dices de ti, amigo?

Él iba a decir que estaba bien, pero la mirada de Lucan lo detuvo antes que las palabras salieran de sus labios.

—Le he dicho que iría con ella esta noche —le dijo al líder de la Orden—. Tengo que ir con ella, Lucan. Por mi propia cordura, incluso. Si me quedo aquí no sé qué va a pasarme, si quieres que te diga la verdad. Ella es lo único que me ha hecho sentirme vivo en mucho tiempo. Estoy loco por esa mujer, amigo. Le pertenezco.

—¿Incluso más que a la Orden?

Rio hizo una pausa para pensar bien su respuesta.

—Estaría dispuesto a morir por la Orden, por ti y por cualquier otro de mis hermanos. Lo sabes.

—Sí, sé que lo harías —respondió Lucan—. Diablos, has estado a punto de hacerlo más de una vez.

—Moriría por servir a la Orden, pero Dylan... Dios. Esa mujer me ha dado una razón para vivir, como no me ha ocurrido con nada en el mundo antes. Ahora tengo que estar con ella, Lucan.

Él asintió con sobriedad.

—Pondré a otro de los chicos en tu patrulla esta noche. Haz lo que tengas que...

—Lucan. —Rio lo miró a los ojos—. Tengo que estar con Dylan hasta que termine este calvario con su madre. Podrían ser semanas, tal vez meses.

—¿Entonces qué me estás diciendo?

Rio soltó una maldición por lo bajo.

—Te estoy diciendo que voy a irme para estar con ella todo el tiempo que haga falta. Dejo la Orden, Lucan. Me voy a Nueva York esta noche.

—Aquí hay una caja para estas cosas, cariño. —Janet entró en la oficina de su madre con una caja de papel para la fotocopiadora vacía—. Es bonita, sólida y además tiene tapa.

—Gracias —dijo Dylan, dejándola sobre el escritorio, abarrotado de cosas—. Mamá es como un trapero, ¿verdad?

Janet se rio.

—¡Oh, cariño! Esta mujer no ha tirado ni una nota ni una tarjeta de felicitaciones ni una fotografía desde que la conozco. Lo guarda todo como si fuera de oro, Dios bendito. —Miró en torno a la habitación, con los ojos humedecidos de lágrimas—. Vamos a extrañar mucho a Sharon aquí. Tenía una habilidad tan peculiar con las chicas. Todo el mundo la adoraba, incluso el señor Fasso estaba encantado con ella, y no es un hombre que se deje impresionar fácilmente. Creo que el espíritu libre de tu madre atraía a la gente.

Dylan sonrió, pero le resultaba muy duro oír hablar de su madre ya en pasado.

—Gracias por la caja, Janet.

—De nada, cariño. ¿Quieres que te ayude?

—No, gracias. Ya falta poco.

Esperó a que Janet saliera, y luego retomó su tarea con las cosas del escritorio. Era difícil decidir qué sería importante para su madre y qué podía tirar, así que Dylan se puso a reunir los papeles y las viejas fotos para guardarlos todos en la caja.

Se detuvo a mirar algunas de las fotos: en una su madre rodeaba los hombros de dos jovencitas del refugio con un peinado años ochenta, tops apretados y pantalones cortos; en otra su madre sonreía detrás del mostrador de una tienda de helados, mirando radiante la condecoración de empleada del mes que una chica sostenía a su lado.

Su madre se había hecho amiga de todas las jóvenes con problemas que habían pasado por aquel lugar, genuinamente interesada en verlas superar las dificultades que las habían hecho huir de su hogar sintiendo que no podían encajar en la sociedad normal. Su madre había intentado cambiar las cosas. Y en muchas ocasiones lo había conseguido.

Dylan se enjugó las lágrimas de orgullo que brotaron en sus ojos. Buscó un pañuelo entre aquel revoltijo, pero no encontró ninguno. Aquello era justo lo que no tenía que hacer, estar sentada en la oficina de su madre, llorando como un bebé frente a la plantilla de empleados de la noche.

—Mierda. —Recordaba haber visto un puñado de toallitas de papel en uno de los cajones del armario del fondo. Hizo girar la silla con ruedas de su madre y rodó por la alfombra para echar un vistazo.

Ahí estaban.

Se secó los ojos y la cara y, al girarse de nuevo, casi se cae del asiento.

De pie al otro lado del escritorio de su madre, había una aparición fantasmal. Una joven a la que pronto se unió otra, y luego otra más. Al momento, el fantasma de Toni, la chica que Dylan había visto en la habitación de hospital de su madre, también estaba allí.

—Oh, Dios mío. —Dylan ahogó un grito, consciente de que los empleados del refugio estaban ahí fuera, completamente ignorantes de aquella reunión de fantasmas.

—¿Todas estáis aquí por mi madre?

El grupo la miraba con espeluznante silencio, y sus formas eran como llamas agitadas por la brisa.

Ayúdalas, dijo una de ellas sin mover los labios. *Necesitan que las ayudes.*

Maldita sea, no tenía tiempo para eso ahora. No tenía la cabeza preparada para enfrentarse a eso.

Pero algo ardía en su interior, algo le decía que tenía que escucharlas.

Que tenía que hacer algo.

No dejarán de hacerles daño, dijo otra voz fantasmal. *Él no va a parar de matarlas.*

Dylan cogió un trozo de papel y un bolígrafo y comenzó a escribir todo lo que estaba oyendo. Tal vez Rio y la Orden le encontrarían un sentido, si ella no podía.

Están bajo tierra.

En la oscuridad.

Gritando.

Muriendo.

Dylan captó el dolor y el miedo que impregnaba los susurros de esas compañeras de sangre muertas que trataban de comunicarse con ella.

Sentía una especie de parentesco con cada una de ellas, y con aquellas otras que, según decían, aún estaban vivas pero corrían un terrible peligro.

—Decidme quién —dijo en voz baja, esperando que nadie la oyera más allá de la puerta—. No puedo ayudaros si no me decís algo más. Por favor, escuchadme. Decidme quién les está haciendo daño.

Dragos.

No supo cuál de ellas había contestado, ni siquiera estaba segura de que alguna la hubiera oído a través de la barrera que separa a los vivos de los muertos. Pero la palabra quedó marcada en su mente al instante.

Era un nombre.

Dragos.

—¿Dónde está él? —preguntó Dylan, tratando de sacar más información—. ¿Podéis decirme algo más?

Pero el grupo ya se estaba extinguiendo. Una por una desaparecían... desvaneciéndose en la nada.

—Casi me olvido de darte éstas, cariño. —La voz cantarina de Janet junto al umbral de la puerta sobresaltó a Dylan e hizo que se le escapara un grito—. ¡Oh, lo siento! No quería asustarte.

—Está bien. —Dylan sacudió la cabeza, todavía aturdida por el otro encuentro—. ¿Qué has encontrado?

—Un par de fotos que saqué del crucero que el señor Fasso organizó a principios de esta semana. Creo que a tu madre le gustará tenerlas. —Janet puso sobre el escritorio un par de fotografías a color—. ¿No está guapa con este vestido azul? Estas chicas que están en la mesa con ella son algunas de las que tutoraba. Oh... y aquí está el señor Fasso, al fondo de la habitación. Casi no se le ve, pero observa su rostro. ¿No es atractivo?

Desde luego lo era. Y mucho más joven de lo que ella imaginaba. Parecía veinte años más joven que su madre... como mucho estaría al final de los cuarenta, y probablemente ni siquiera tanto.

—¿Podrás llevárselas a tu madre de mi parte, cariño?

—Claro. —Dylan sonrió, con la esperanza de no parecer tan afectada como estaba.

No fue hasta que Janet se marchó que Dylan examinó atentamente las fotografías. Muy atentamente.

—¡Cielo santo!

Una de las chicas sentada en la mesa junto a su madre, en ese crucero por el río de hacía tan sólo unos días, estaba entre el grupo de compañeras de sangre que había visto hacía un momento en la oficina.

Cogió un puñado de fotografías anteriores que había metido en la caja y se puso a revisarlas. Se le cayó el alma a los pies. Reconoció el rostro de otra de las jóvenes que acababa de ver un minuto antes.

—Oh, Dios.

Dylan se sentía enferma del estómago mientras salía corriendo de la oficina y se dirigía al cuarto de baño de las mujeres. Marcó el número de Rio y casi no le dejó ni decir hola para relatarle de golpe todo lo que acababa de pasar.

—Una de ellas pronunció el nombre de Dragos —le dijo en un susurró frenético—. ¿Significa algo para ti?

El silencio de Rio al otro lado de la línea hizo que se le helara aún más la sangre en las venas.

—Sí, conozco el nombre de ese maldito cabrón.

—¿Quién es, Rio?

—Dragos es quien creó la cámara de hibernación de esa cueva. Su hijo liberó la criatura que dormía allí. Es malvado, Dylan. Me refiero al peor tipo de maldad que podría existir.

Capítulo treinta y tres

Sharon Alexander estaba calentando otra tetera cuando alguien llamó a la puerta de su apartamento del décimo piso.

—Está abierta, cariño —gritó desde la cocina—. ¿Qué te has olvidado? ¿Tu llave?

—Nunca he tenido ninguna.

Sharon se sobresaltó ante el sonido repentino de una profunda voz masculina. Reconocía aquella voz, pero oírla en su apartamento, de forma imprevista y de noche era una especie de conmoción.

—¡Oh! Hola, Gordon. —Tironeó inconscientemente de su chaqueta de lana, deseando llevar puesta una prenda menos usada, y más atractiva para un hombre tan sofisticado como Gordon Fasso—. Yo... bueno, santo cielo... ésta es una sorpresa muy inesperada.

Él recorrió con la mirada el pequeño apartamento abarrotado de cosas.

—¿Vengo en mal momento?

—No, por supuesto que no. —Ella sonrió, pero él no le devolvió la sonrisa—. Estaba justo preparando té. ¿Quieres un poco?

—No. De hecho no soporto nada en el estómago. —Ahora sonrió, pero con una sonrisa que no la ayudó a sentirse más cómoda—. Pasé por el hospital, pero la enfermera me dijo que te habían dado el alta. Entendí que tu hija te trajo a casa.

—Sí —respondió Sharon, observando cómo caminaba lentamente por la habitación. Ella se alisó el pelo, esperando que no fuera un completo desastre—. Me encantaron los chocolates que me regalaste. No tenías por qué traerme nada, ya lo sabes.

—¿Dónde está ella?

—¿Cómo?

—Tu hija —dijo él con tensión—. ¿Dónde está Dylan?

Por un segundo, el instinto maternal de Sharon la incitó a mentir diciendo que Dylan no estaba y no iba a volver por allí aquella noche. Pero se dijo que era ridículo.

No tenía ninguna razón para temer al señor Fasso. Gordon, se recordó a sí misma, tratando de ver al caballero encantador que hacía poco había demostrado ser.

—Puedo olerla, Sharon.

La afirmación era tan extraña que la dejó completamente desconcertada.

—¿Que puedes... qué?

—Sé que ha estado aquí. —Clavó en ella una mirada de hielo—. ¿Dónde está y cuándo va a volver? No son preguntas difíciles.

Sintió un escalofrío que le heló los huesos al contemplar a aquel hombre de quien realmente sabía tan poco. Una palabra se abrió paso en su mente cuando él avanzó hacia ella... maldad.

—Te dije que quería conocerla. —Mientras hablaba algo muy extraño ocurría con sus ojos. Su color estaba cambiando, adoptando un fogoso brillo de color ámbar—. Estoy cansado de esperar, Sharon. Necesito ver a esa perra, y necesito verla ahora mismo.

Sharon empezó a murmurar una oración. Retrocedió cuando él se acercaba, pero no tenía dónde ir. A los lados las paredes le impedían la huida, y la puerta corredera que tenía detrás se abría al balcón, a una altura de más de diez pisos. Una cálida brisa se filtraba a través de ella, junto con el ruido del tráfico del transitado Queens Boulevard.

—¿Qué es lo que quieres de Dylan?

Él sonrió y Sharon casi se desmaya al ver sus dientes desmesuradamente largos.

No, pensó, sin comprender nada. No eran dientes.

Eran colmillos.

—Necesito a tu hija, Sharon. Es una mujer extraordinaria, que puede ayudarme a dar a luz el futuro. Mi futuro.

—Oh, Dios mío... ¿estás loco, verdad? Estás enfermo.

—Sharon se alejó de él un poco más, sintiendo que el pánico le martilleaba en el pecho—. ¿Quién demonios eres?

Él se rio, con voz grave y amenazante.

—Soy tu amo, Sharon. Aunque aún no lo sabes. Ahora voy a desangrarte, y tú me dirás todo lo que quiero saber. Me ayudarás a encontrar a Dylan. Voy a convertirte en mi esclava, y tú entregarás a tu hija directamente a mis manos. Y entonces la convertiré en mi puta.

Hizo asomar esos enormes y empapados colmillos y dejó escapar un sonido como el de una víbora a punto de atacar a su presa.

Sharon no supo qué la poseyó, más allá del terror que le inspiraba lo que aquel hombre, aquella criatura terrible, pudiera hacerle a Dylan. No dudó un segundo de lo único que podía hacer ante aquella amenaza. Y fue esa certeza la que arrastró sus pies hacia la puerta de cristal.

Gordon Fasso se echó a reír cuando la vio chocar contra el ligero plástico de la cerradura corredera. Ella abrió la puerta.

—¿Dónde te crees que vas, Sharon?

Ella salió al balcón y él la siguió, ocupando todo el espacio abierto de la puerta con sus anchos hombros. Sharon sintió la presión de la barandilla del balcón en la espalda. Abajo, muy lejos, sonaban las bocinas y los motores del tráfico veloz.

—No permitiré que me uses para llegar hasta ella —le dijo, apretando los dientes.

No miró hacia abajo. Mantuvo la mirada clavada en los brillantes ojos ámbar del monstruo. Y sintió una especie de pequeña satisfacción cuando éste rugió e hizo un rápido intento de atraparla... demasiado tarde.

Sharon se arrojó por encima de la barandilla, hacia el oscuro pavimento de abajo.

El tráfico junto el apartamento de su madre estaba detenido alrededor de dos manzanas. En la oscuridad, destacaban las luces de emergencia, y los vehículos de la policía se dirigían directamente por un acceso alternativo a Queens Boulevard. Dylan trató de ver algo por encima de una pequeña camioneta que tenía delante. Aquello parecía la escena de un crimen.

Unas cintas amarillas bordeaban todo el perímetro del edificio de su madre.

Dylan dio unos golpecitos en el volante y echó un vistazo a la comida que llevaba al lado y se estaba enfriando. Llegaba más tarde de lo que pretendía. El episodio en el refugio la había hecho atrasarse como una hora, y todas las llamadas que había hecho al apartamento de su madre para avisarle habían sido atendidas por el buzón de voz. Probablemente estaría descansando, preguntándose qué demonios habría ocurrido con su pequeña cena de celebración.

Llamó de nuevo al apartamento y volvió a salirle el mensaje del contestador.

—Mierda.

Un par de muchachos con aire arrogante venían por la acera desde el lugar donde se concentraba la actividad. Dylan bajó la ventanilla.

—¿Qué ha ocurrido allí? ¿Van a dejar pasar los coches?

Uno de los chicos negó con la cabeza.

—Una mujer mayor se tiró por el balcón. Los *polis* están tratando de limpiar todo el desastre.

Dylan sintió una oleada de pánico en el estómago.

—¿Sabes desde qué edificio?

—Uno de esos de la calle 108.

Oh, joder. ¡Dios santo!

Dylan se bajó del coche de un salto sin ni siquiera apagar el motor. Tenía el teléfono móvil en la mano y llamó a su madre mientras se dirigía por la calle cortada hacia la conmoción que se había formado unas manzanas más allá. Al acercarse y comenzar a reunirse con la multitud, su paso comenzó como por su cuenta a hacerse más lento.

Lo sabía.

Simplemente... lo sabía.

Su madre estaba muerta.

Pero el sonido del teléfono móvil la sobresaltó como si se disparase una alarma. Miró la pantalla y vio el número del móvil de su madre.

—¡Mamá! —gritó, al atender la llamada.

Se hizo un silencio al otro lado de la otra línea.

—¿Mamá? ¿Mamá, eres tú?

Una mano pesada se posó sobre su hombro. Ella volvió la cabeza y se encontró mirando los ojos crueles del hombre que acababa de ver en una foto en la oficina de su madre.

Gordon Fasso sostenía en la otra mano el teléfono de su madre. Sonrió, dejando asomar las puntas de sus colmillos. Cuando habló, Dylan oyó su profunda voz vibrar en sus oídos y también en la palma de su mano, a través del teléfono que aún sostenía.

—Hola, Dylan. Es un placer conocerte por fin.

Capítulo treinta y cuatro

*E*n algún lugar de Conéctica, al cabo de un par de horas circulando por la carretera que va de Boston a Nueva York, Rio tuvo la sensación de que unas manos heladas le tocaban el pecho.

Estaba hablando por teléfono con el recinto, tratando de ver si Gideon podía averiguar algún dato acerca de las compañeras de sangre muertas que Dylan había visto en el refugio. La Orden tenía las fotos que ella había tomado con su teléfono móvil, y Gideon estaba revisando información sobre personas desaparecidas tanto en los Refugios Oscuros como entre las poblaciones humanas.

Rio oía que el otro guerrero le estaba hablando, pero las palabras no penetraban en su cerebro.

—Ah, mierda —gruñó, frotándose el pecho a la altura del corazón, que había recibido esa ráfaga de frío.

—¿Qué ocurre? —preguntó Gideon—. ¿Rio? ¿Me oyes?

—Sí, pero... algo va mal.

«Dylan.»

Algo muy malo le estaba ocurriendo a Dylan. Podía sentir su miedo, y un dolor tan profundo que casi lo cegaba.

No era una buena cosa conduciendo por la I-84 a más de 140 kilómetros por hora.

—Tengo un mal presentimiento, Gideon. Tengo que ponerme en contacto con Dylan ahora mismo.

—Por supuesto. Estaré aquí cuando termines.

Rio cortó la llamada y pulsó el número de Dylan. Le salió el buzón de voz. Una y otra vez.

Ese mal presentimiento fue empeorando por minutos. Dylan corría peligro, grave peligro... lo sabía por el martilleo repentino de su pulso, el vínculo de sangre que compartía con ella le decía que algo atroz le estaba sucediendo.

En ese mismo instante, cuando ella estaba por lo menos a tres horas de distancia de él.

—Maldita sea —gritó, pisando el acelerador.

Volvió a llamar a Gideon.

—¿Lograste contactarla?

—No. —Una ráfaga de frío le llegó hasta los huesos—. Tiene problemas, Gid. Está sufriendo en algún lugar. ¡Maldita sea! ¡No tenía que haberla dejado apartarse de mi vista!

—Vale —dijo Gideon, con calma—. Voy a intentar rastrear el GPS del Volvo y también su móvil. La encontraremos, Rio.

Oyó el sonido de las teclas al otro lado de la línea, pero el miedo en su estómago le decía que ninguna de estas búsquedas lo iban a acercar a Dylan. En efecto, después de pocos segundos, Gideon le respondió con malas noticias.

—El coche está aparcado en Jewel Avenue en el barrio de Queens, y hemos localizado el móvil a una manzana de distancia de allí. No hay indicios de movimiento en ninguno de los dos.

Mientras Rio soltaba una maldición, oyó la voz de Niko al fondo, apenas audible. Decía algo sobre el director Starkn y una de las fotografías que tomó Dylan.

—¿Qué es lo que acaba de decir? —preguntó Rio—. Ponme a Niko. Quiero saber lo que acaba de decir.

Oyó que Gideon dudaba un instante... y el taco que soltó a continuación no ayudó a calmar a Rio.

—Por Dios, ¿qué ha dicho Niko?

—Niko acaba de preguntarme qué está haciendo Starkn en el fondo de una de las fotos de Dylan...

—¿Cuál?

—Una de ese crucero en el que viajó su madre. Ésa en la que, según Dylan, aparece el fundador del refugio donde trabaja su madre, un tal Gordon Fasso.

—No puede ser —dijo Rio, mientras una voz en su interior le decía exactamente lo contrario—. Pásame a Niko.

—Qué tal, amigo —dijo Niko un instante más tarde—. Te digo que he visto a Starkn con mis propios ojos. Lo reconocería en cualquier lugar. Y el tipo que está de pie al fondo de esa foto es el Director Regional de la Agencia del Orden de los Refugios Oscuros, el cabrón de Gerard Starkn.

El nombre se hundió en el cerebro de Rio como ácido mientras adelantó con dificultad a un coche con remolque que iba a paso de tortuga, y aprovechó un tramo despejado de la carretera para pisar el acelerador.

Gerard Starkn.

¿Qué tipo de nombre era ése, maldita sea?

Gordon Fasso.

Otro nombre raro.

Y luego estaba Dragos, y el traidor de su hijo. No podía olvidar a ese maldito cabrón. Él también estaba mezclado en el asunto, Rio estaba convencido de ello.

¿Podría ser que Gordon Fasso, o Gerard Starkn, estuviese conspirando con el hijo de Dragos?

«Dios santo...»

Gordon Fasso. Hijo de Dragos.

Las letras empezaban a confundirse y realinearse en la mente de Rio. Y luego lo vio, tan claro como la irradiación de los dos kilómetros de rojas luces traseras que tenía ante él en la carretera.

—Niko —dijo, con voz trémula—. Es cierto que Gordon Fasso es el hijo de Dragos. Gordon Fasso no es su nombre. Es un maldito anagrama. «Son of Dragos.»

—Ah, Dios —respondió Nikolai—. Y si barajas las letras de Gerard Starkn... tienes otro anagrama: «Dark Stranger».

—Es él quien tiene a Dylan. —Rio frenó al llegar al atasco de coches y golpeó la guantera con un puñetazo de frustración—. El hijo de Dragos tiene a Dylan, Niko.

Estaba viva, de eso estaba seguro, y era suficiente para mantenerlo cuerdo.

Pero Dylan estaba en poder del enemigo, y Rio no tenía manera de saber dónde podría haberla llevado.

Incluso sin el embotellamiento que bloqueaba todos los carriles de la carretera del sur, seguía estando a varias horas de distancia de la frontera del estado de Nueva York.

Era posible que la estuviera perdiendo para siempre... en ese mismo instante.

Υ

Dylan despertó en el oscuro asiento de atrás de un vehículo que avanzaba a gran velocidad. Tenía la cabeza espesa y estaba aturdida. Ya conocía esa sensación neblinosa en la cabeza. En ese momento estaba saliendo de un trance, lo supo porque no era la primera vez que le inducían uno. A través de la pesada manta psíquica con la que habían cubierto su mente, Dylan sintió otra fuerza que luchaba por alcanzarla.

«Rio.»

Lo podía sentir en sus venas. Lo percibía a través del potente vínculo de sangre que compartían, y también en su corazón. Era Rio el que intentaba llegar más allá del trance de Fasso para darle fuerza, para animarla a aguantar. A mantenerse viva.

«Dios mío.»

«Rio.»

«Encuéntrame.»

El grave zumbido de la carretera bajo las ruedas del vehículo vibraba en sus oídos. Intentó ver hacia dónde se dirigían, pero a través de la breve grieta de sus párpados, lo único que veía era la oscuridad detrás de los cristales polarizados. Veía pasar las copas de los árboles, negros contra el cielo nocturno.

Le ardía la cara por el golpe que le había propinado Gordon Fasso cuando ella opuso resistencia a su captura. Intentó gritar, y huir, pero él y el corpulento guardia que lo acompañaba demostraron ser demasiado fuertes para ella.

Fasso solo ya habría sido demasiado fuerte para ella.

Era lógico que fuese así, ya que no era un hombre sino un vampiro.

Tenía la sensación muy real de que tampoco era Gordon Fasso, si es que existía en alguna parte un hombre que de verdad se llamara así.

El monstruo que la tenía a ella ahora era el mismo que había matado a su madre. No necesitaba ver el cuerpo quebrado de su madre para saber que era Gordon Fasso quien la había asesinado, empujándola desde ese balcón o asustándola hasta el punto de que ella misma decidiese arrojarse a la muerte para escapar de él.

A lo mejor lo había hecho por ella, pensó Dylan, y esa idea hizo su pérdida aún más difícil de soportar.

Pero tendría tiempo de llorar por la muerte de su madre, y desde luego lo haría. Pero en aquel momento era necesario mantenerse alerta y buscar la forma de huir de esa situación tan espantosa.

Porque si su raptor lograba llevarla a donde pretendía, Dylan sabía que no tendría escapatoria.

Lo único que la esperaba al final de ese camino era el dolor y la muerte.

En algún momento, en medio del estado de Conéctica, Rio se dio cuenta de que por muy rápido que condujera, no tenía ninguna posibilidad de encontrar a Dylan. Ni aunque llegara a Nueva York. Seguía a unas dos horas de distancia, y no había manera de saber dónde estaba, ni tampoco ninguna certeza de que siguiera estando en Nueva York.

La estaba perdiendo.

Estaba tan cerca que sentía cómo le tendía los brazos, pero estaba demasiado lejos para llegar a sujetarla.

—¡Maldita sea!

El miedo poblaba cada célula de su cuerpo, en combinación con una tristeza tan profunda que lo hacía trizas por dentro. Estaba en carne viva, sangrando... atenazado por una furia inútil.

Las sienes le latían con tanta fuerza que se le nublaba la vista. Pero su cráneo emitió un chillido cuando notó que sus sentidos estaban a punto de apagarse.

—¡No! —gritó, pisando otra vez el acelerador.

Se restregó los ojos y se obligó a mantenerse alerta. No podía sucumbir a su debilidad. No le podía fallar a Dylan... no de ese modo.

—No, maldita sea. Tengo que encontrarla. Ay, Dios —dijo, conteniendo en su garganta un sollozo—. No puedo perderla.

Vete al embalse.

Rio oyó el susurro, a través de la interferencia, pero al comienzo no se dio cuenta.

Al embalse de Croton.

Volvió la vista rápidamente hacia el asiento del copiloto y vislumbró los ojos oscuros y el pelo negro. La imagen era casi transparente, y el rostro era el de la única persona en la que jamás podría confiar.

Eva.

Soltó un grito y se libró de la alucinación fantasmal. Hasta aquel instante, sólo había visto a Eva en la oscuridad de sus sueños. Sus falsas disculpas y la lacrimosa insistencia en que quería ayudarle habían sido simples ilusiones, trampas de su mente retorcida. Quizá ésta también lo fuese.

La vida de Dylan estaba en peligro. No iba a permitir que su propia locura lo desviara del camino.

Rio, escúchame. Déjame ayudarte.

La voz de Eva se quebraba como una señal de radio con mucha interferencia, pero el tono era inequívocamente enfático. Sintió un tacto helado sobre su muñeca y vio que una mano espectral estaba posada allí. Quería librarse de su tacto como el veneno, evitar que Eva volviese a traicionarlo. Pero cuando miró otra vez al asiento contiguo, el fantasma de su enemiga muerta estaba llorando, y las lágrimas brillaban sobre sus pálidas mejillas.

No la has perdido aún, dijeron los labios inmóviles que le habían mentido con tanta facilidad en el pasado. Todavía hay tiempo. *El embalse de Croton...*

Miró fijamente mientras la imagen empezaba a temblar y diluirse. ¿Podía creerla? ¿Era posible fiarse de algo que dijese Eva, aunque fuese bajo esa forma fantasmal? La había odiado por todo lo que le había quitado. ¿Cómo podía concebir, entonces, por un solo segundo, que fuese posible confiar en ella?

Perdóname, susurró.

Con un último parpadeo de visibilidad... desapareció.

—Mierda —dijo Rio.

Contempló la carretera sin término que se extendía por delante. Tenía muy pocas alternativas. Un paso equivocado podía significar despedirse de Dylan. Tenía que estar seguro. Tenía que decidir bien. Sería incapaz de vivir consigo mismo si le fallara a Dylan.

Murmurando una oración, Rio volvió a pulsar su móvil.

—Gideon. Necesito saber dónde queda el embalse de Croton. Ahora mismo.

Oyó en respuesta el ruido de dedos tecleando rápidamente.

—Está en Nueva York... Condado de Westchester, cerca de la Ruta 129. El embalse forma parte de una antigua represa.

Rio miró la señal de tráfico de la carretera de Conéctica a medio kilómetro de distancia.

—¿A qué distancia está de Waterbury?

—Ah... creo que más o menos una hora si tomas la I-84 hacia el oeste. —Gideon se detuvo un momento—. ¿Qué pasa? ¿Tienes alguna intuición sobre la represa?

—Algo así —contestó Rio.

Le agradeció a Gideon la información, luego cortó la llamada, aceleró y entró en el carril de salida.

Capítulo treinta y cinco

*R*io condujo como perseguido por el diablo.

Toda su energía mental estaba dirigida hacia Dylan, esforzándose por hacerle saber que iba a buscarla. Que la iba a encontrar, o moriría en el intento.

Voló por la Ruta 129, con la esperanza de estar ya cerca. Sentía en la sangre que no estaba lejos de Dylan. El vínculo lo estaba llamando, animándolo con la certidumbre de que no tardaría en encontrarla.

Y luego...

Cuando vio que un turismo se acercaba a gran velocidad desde la dirección contraria, las venas de Rio se encendieron como petardos.

Madre de Dios.

Dylan estaba en ese coche.

Giró con violencia el volante y patinó hacia un lado, bloqueando la carretera y preparado para luchar hasta la muerte por Dylan. Chirriaron los frenos del turismo y los neumáticos echaron humo. Se detuvo bruscamente, luego el conductor —un ser humano, a juzgar por el tamaño del hombre que estaba al volante— giró hacia la derecha y aceleró por una oscura vía de acceso que estaba bordeada por árboles.

Soltando una maldición, Rio puso en marcha su coche y lo siguió.

Delante, el turismo rompió la barricada temporal que bloqueaba la vía y frenó de golpe. Dos personas salieron de los asientos traseros: Dylan y el vampiro que la había capturado. Ese maldito cabrón sostenía una pistola bajo su mentón mientras la arrastraba hacia la oscuridad de la vía.

Rio también se detuvo y bajó del coche de un salto, sacando su propia arma de su funda y apuntándola a la cabeza del raptor. Pero no podía disparar. La posibilidad de alcanzar a Dylan era demasiado grande. No estaba dispuesto a arriesgarse.

Pero tampoco tenía mucho tiempo para pensarlo.

El enorme guardia que había estado conduciendo el turismo dio vuelta al coche y empezó a disparar contra Rio. Una bala le penetró el hombro y sintió una ráfaga de dolor ardiente. El guardia siguió disparando, intentando alejar a Rio con un granizo implacable de balas.

Rio logró evitar el ataque y atravesó la distancia que los separaba empleando todo el poder de la Estirpe que poseía. Asaltó al hombre... un secuaz, se percató, al contemplar sus ojos muertos. Rio lo agarró por la garganta y puso la otra mando sobre la frente del cabrón. Envió toda su furia a las yemas de sus dedos, vaciando al secuaz de vida con ese breve tacto.

Abandonó el cadáver en medio de la vía y siguió a pie en busca de Dylan.

Dylan avanzaba a tropezones junto a su raptor, sintiendo el duro y frío contacto de la boca de la pistola apretada contra su barbilla. Apenas podía ver dónde la llevaba, pero en algún lugar, no muy lejano, se oía el rugido de una corriente de agua, que sonaba como un trueno.

Y luego el sonido de disparos.

—¡No! —gritó, al oír los agudos estallidos detrás de ella en la oscuridad. Sintió un pinchazo de dolor y supo que Rio estaba herido. Pero que seguía respirando. Gracias a Dios, seguía vivo. Seguía buscándola a través del calor que fluía dentro de su sangre.

Dylan volvió a la realidad cuando le agarraron brutalmente la cabeza. El vampiro la obligó a correr junto a él, subiendo por una estrecha acera hasta llegar al agua.

Antes de que se diera cuenta, se dirigían hacia lo alto de un puente. De un lado se extendía el embalse, aparentemente por varios kilómetros. El agua oscura brillaba bajo la luz de la luna. Del otro lado había un abismo de unos sesenta o setenta metros de profundidad.

El vertedero debajo de ellos estaba blanco de la espuma del agua que corría sobre la inclinación y sobre las enormes rocas que bajaban hasta el río torrencial del fondo. Dylan miró por encima de la alta reja metálica del puente, presagiando una muerte segura en toda esa agua furiosa.

—Dragos.

La voz de Rio penetró la oscuridad desde la entrada del puente.

—Suéltala.

El raptor de Dylan la apretó con violencia y se mantuvo quieto en medio del puente. La hizo girar, sin dejar de sostener la pistola contra su mandíbula. Empezó a reír y Dylan sintió en su cuerpo la grave y maliciosa vibración de su risa.

—¿Que la suelte? No me parece una buena idea. Ven a buscarla. —Rio dio un paso adelante y vio que el frío morro de la pistola se apretaba aún más firme contra el cuello de Dylan—. Baja tu arma, guerrero. Ella va a morir aquí mismo.

Rio fulminó la oscuridad con rayos ámbar en los ojos.

—Te he dicho que la sueltes, maldita sea.

—Baja tu arma —dijo el vampiro—. Hazlo ahora mismo. ¿O prefieres ver cómo le arranco la garganta?

Rio contempló a Dylan, la tensión de su mandíbula visible aun en la oscuridad. Soltando una maldición, colocó lentamente su arma contra el suelo y se enderezó de nuevo.

—Muy bien —dijo, con voz pausada—. Terminemos esto ahora, tú y yo. Déjala a ella al margen, Dragos. ¿O debería llamarte Gerard Starkn? ¿O Gordon Fasso, quizá?

El vampiro volvió a reírse, divertido por lo que oía.

—Veo que mi pequeño subterfugio ha sido descubierto. Da lo mismo. Llegas con unos cincuenta años de retraso. He estado demasiado ocupado. Lo que empezó mi padre cuando escondió al Antiguo, lo estoy terminando yo. Mientras la Orden se ha ocupado en dar vueltas y vueltas, eliminando renegados como si realmente eso sirviera de algo, yo he estado sembrando las semillas del futuro. Muchas semillas. Hoy me conoces como Dragos; muy pronto el mundo me va a llamar Maestro.

Rio se adelantó ligeramente y el raptor de Dylan apartó la pistola de su cuello y la apuntó hacia Rio. Dylan sintió la flexión de los músculos del vampiro mientras se disponía a apretar el gatillo y aprovechó su única oportunidad. Con un brusco movimiento de la mano, golpeó su brazo y la bala salió disparada entre los árboles.

El vampiro respondió propinándole un violento puñetazo con el otro brazo, al tiempo que dejaba caer a Dylan con fuerza contra el suelo.

—¡No! —gritó Rio.

Con una velocidad y una agilidad que le costaba creer, Rio dio un salto por el aire. Dragos respondió al desafío y con un rugido de ultratumba los dos poderosos machos de la estirpe se colocaron frente a frente y emprendieron un feroz combate cuerpo a cuerpo.

Los dos vampiros lucharon furiosos, repartiendo golpes en el aire, tratando en todo momento de aprovechar cada oportunidad de matarse uno al otro. Lanzando un grito feroz, Dragos logró levantar a Rio y lo arrojó contra la reja metálica del puente. Rio respondió con un rugido, librándose de Dragos con una ágil maniobra y lanzando al cabrón hacia el lado contrario de la estrecha vía del puente.

Nadie supo cuánto duró la batalla. Ninguno de los dos estaba dispuesto a parar hasta dar muerte al contrario. Los dos vampiros estaban totalmente transformados, sus colmillos eran enormes y la noche se iluminaba con la luz de sus ojos de ámbar.

De algún modo, Dragos consiguió escapar de Rio y saltar encima de la barandilla del puente. Rio hizo lo mismo y obligó a su enemigo a caer de rodillas. Dragos titubeó, por un momento perdió el equilibrio y estuvo a punto de caer sobre el agua que rugía en el vertedero a sus pies. Luego arremetió, embistiendo contra el torso de Rio.

Rio sintió que resbalaba sobre la barandilla. Perdió completamente el equilibrio y luego cayó.

—¡Rio! —gritó Dylan desde el puente—. ¡Ay, Dios! ¡No!

Menos de medio segundo más tarde, Dragos cometió el mismo error. Pero al igual que Rio, también logró sujetarse a la estructura metálica del puente antes de precipitarse sobre las rocas y el torrente de agua.

La lucha continuó debajo del puente. Los dos se aferraban a las vigas de metal mientras se daban puñetazos y golpes, suspendidos en el abismo. A Rio le ardía el hombro por culpa del balazo que había recibido antes. El dolor estaba a punto de hacerlo desmayar, pero logró resistir, enfocando toda su rabia —todo su sufrimiento, y el miedo que sentía ante la posibilidad de perder a Dylan— en el objetivo de poner fin allí mismo a Dragos y todo su linaje.

Además, podía sentir la fuerza que le estaba transmitiendo Dylan.

Ella estaba en su mente y en su sangre, en su corazón y en su alma, y le entregaba toda su tenaz resolución. Él la absorbía toda, nutriéndose de lo que ofrecía su vínculo con Dylan, mientras ensayaba un nuevo golpe a Dragos. Los dos seguían atacando, rugiendo enfurecidos por la lucha.

Hasta que sonó un disparo por encima de sus cabezas.

Los dos levantaron la mirada y allí estaba Dylan, sobre el puente, sujetando en sus manos una de las pistolas. Bajó la boca del arma y la apuntó contra Dragos.

—Esto es por mi madre, maldito cabrón de mierda.

Disparó, pero Dragos era de la Estirpe, y por eso más rápido de lo que ella sospechaba. Dio un salto hacia un lado en el último segundo, encontrando un lugar más firme sobre las rejas del puente. Ella lo siguió, sin dejar de apuntarlo. Cuando estuvo a punto de disparar de nuevo, Dragos dio un salto y logró agarrar a Dylan por el tobillo a través de las rejas.

Dylan cayó el suelo, golpeándose violentamente contra el puente. Rio oyó su grito ahogado y luego vio con horror cómo Dragos la arrastró por el pie hasta el borde del puente.

De un solo movimiento, Rio se propulsó por encima de la reja y llegó hasta el puente. Con una mano cogió el brazo de Dylan, y con la otra agarró la pistola.

—Suéltala —dijo a Dragos, apuntando el arma contra la cabeza del vampiro. Era difícil matar a un miembro de la Estirpe, pero una bala en el cerebro solía bastar.

—¿Crees que esto se ha acabado, guerrero? —se burló Dragos, mostrando sus colmillos—. No ha hecho más que comenzar.

En aquel mismo instante, soltó a Dylan y él se dejó caer

como una piedra hacia el agua torrencial que corría bajo el puente. El vertedero lo envolvió, y más abajo, en la negritud del río, era imposible ver nada.

Dragos se había ido.

Rio se volvió hacia Dylan y la cogió entre sus brazos. La abrazó estrechamente, sintiéndose aliviado al volver a notar su calor contra su cuerpo. La besó y le limpió la cara de sangre y suciedad.

—Todo ha terminado —susurró, volviendo a besarla. Observó las aguas negras bajo el puente, pero no había rastro de Dragos en el torrente—. Conmigo estás a salvo, Dylan. Todo ha terminado.

Ella asintió con la cabeza y lo estrechó entre sus brazos.

—Llévame a casa, Rio.

Capítulo treinta y seis

$\mathcal{H}$abía transcurrido casi una semana desde que Rio llevara a Dylan al recinto de la Orden en Boston... de vuelta al hogar que quería preparar para los dos, con ella siempre a su lado.

Seguía recuperándose de la herida de bala en el hombro. Tess había intentado acelerar la curación de la piel después de que le hubieran sacado la bala, pero tal como ella temía, su capacidad de curar con el tacto había disminuido radicalmente por el bebé que crecía en su vientre. No podía ayudar a Rio, y tampoco habría podido ayudar a la madre de Dylan.

El funeral de Sharon Alexander había tenido lugar dos días antes, en Queens. Rio había regresado a Nueva York con Dylan la noche antes de la misa. Los habían acompañado los otros miembros de la Orden y sus compañeras de sangre, en una muestra de apoyo a la nueva pareja. A Rio le dolió el hecho de no poder estar junto a Dylan mientras se despedía de su madre en esa tarde soleada, pero le alegraba la compañía que Tess, Gabrielle, Savannah y Elise podían ofrecerle en su lugar.

Dylan había sido acogida en el grupo como si siempre hubiese pertenecido a él. Las demás compañeras de sangre la adoraban, y en cuanto a los guerreros, incluso Lucan estaba impresionado por la buena disposición que tenía Dylan para involucrarse y ofrecer su ayuda a la Orden. Había pasado la mayor parte del día en el laboratorio tecnológico con Gideon, revisando los archivos de identidad y los informes acerca de personas desaparecidas de los Refugios Oscuros, en un esfuerzo por identificar a las compañeras de sangre que se habían dirigido a ella desde el otro mundo.

Cuando ya se acercaba la noche y la Orden estaba a punto

de enviar sus patrullas, todos los residentes del recinto se congregaron en torno a la gran mesa del comedor en las habitaciones de Rio. Las mujeres compartían una cena y los guerreros se encargaban de los asuntos de la Orden, planificando las misiones para la noche. Nikolai tenía que salir para encontrarse con el miembro de la primera generación que conocía, con la esperanza de conseguir su ayuda para descubrir al culpable de los recientes asesinatos.

En cuanto a Gerard Starkn, la Orden no se sorprendió cuando encontró vacía su residencia de Nueva York, al allanarla unas noches antes. El cabrón se había esfumado por completo, sin dejar una sola pista sobre la doble vida que había llevado como Gordon Fasso, alias del hijo de Dragos, y ninguna información de a dónde podría haber huido después de su enfrentamiento con Rio en la represa de Croton. Los guerreros hicieron un registro de la zona cercana a la represa que resultó ser inútil, pero Rio y los demás no iban a rendirse.

La Orden tenía todavía mucho por hacer contra el mal que Dragos estaba sembrando, pero Rio no podía imaginarse aliados mejores que el grupo que estaba sentado a su lado. Echó un vistazo a los rostros de sus hermanos y sus compañeras —se trataba de su familia— y se sintió orgulloso, profunda y humildemente agradecido por formar parte de ellos otra vez. Para siempre.

Pero fue al volverse para mirar a Dylan cuando sintió encogerse su corazón como si estuviera atrapado en un cálido puño.

Había sido ella quien lo hizo recuperarse cuando estaba al borde del abismo. Lo había sacado de un pozo del que él creía que nunca iba a poder escapar. La sangre de Dylan lo alimentaba y le daba fuerza, pero era el don sin límites de su amor lo que realmente lo llenaba de plenitud.

Rio se acercó a Dylan y la tomó de la mano. Ella sonrió mientras él levantaba sus dedos para besarlos y sus miradas se encontraban. La amaba tan profundamente que apenas soportaba permanecer apartado de ella ahora que estaban juntos. Saber que ella lo esperaba en su cama cada noche, a su regreso de la patrulla, era un tormento y a la vez un consuelo.

—Ten cuidado —le susurró, mientras él y los demás guerreros se preparaban para salir a cumplir con sus misiones.

Rio asintió con la cabeza, luego la envolvió en sus brazos y la besó con fuerza.

—Dios mío —dijo Nikolai, con una risa irónica, mientras todos los demás se alejaban—. Buscaos una habitación para los dos.

—Ya la tenemos, sobras tú, que estás dentro —contestó Rio, sin dejar de abrazar a Dylan—. ¿Cuánto falta para que salgamos?

Nikolai se encogió de hombros.

—Unos veinte minutos, supongo.

—Tiempo suficiente —dijo Rio, mirando a la mujer con avidez.

Ella se rio y hasta se sonrojó un poco, pero había una clara chispa de interés en su mirada. Mientras Nikolai se apresuraba a salir y cerraba la puerta detrás de sí, Rio la tomó de la mano.

—Sólo veinte minutos —dijo, frunciendo el ceño—. No sé muy bien dónde empezar.

Dylan lo miró con curiosidad y empezó a dirigirse a la habitación.

—Oh, no creo que te cueste tanto.

Dylan quedó asombrada por la meticulosidad con la que Rio empleó esos veinte minutos.

Y cuando volvió de la patrulla esa noche, mucho más tarde, hizo todo lo posible para asombrarla aún más. Hicieron el amor durante horas, y luego él la envolvió en sus poderosos brazos mientras ella se quedaba dormida. Dylan no supo exactamente cuándo abandonó la cama Rio, pero fue su ausencia lo que la despertó más o menos una hora antes del alba. Se puso la gruesa bata de él y salió del apartamento, siguiendo el zumbido en sus venas que la llevaría a su compañero de sangre.

No lo encontró en el recinto ni en la mansión situada más arriba, al nivel del suelo. Estaba fuera, en el jardín que había detrás del complejo de edificios. Vestido únicamente con un jersey negro, estaba sentado sobre las anchas escaleras de mármol que conducían al pulcro césped, y observaba una pequeña hoguera improvisada sobre la hierba. Al lado suyo había una caja de fotografías enmarcadas y un par de cuadros abstractos de muchos colores que había sacado de las paredes de sus habitaciones.

Dylan miró la hoguera y vio cómo se consumían en las llamas las formas distorsionadas de otras de sus pertenencias.

—¿Qué tal? —dijo, totalmente consciente de que ella se acercaba por detrás. No la miró, simplemente le tendió un brazo y esperó a que ella le tomara la mano—. Perdóname si te desperté.

—No pasa nada. —Dylan envolvió la mano de Rio con sus dedos—. No me importa estar levantada. Eché de menos tu calor.

Mientras hablaba, Rio la envolvió en sus brazos con ternura. Rodeó sus muslos con un brazo y no hizo más que sujetarla allí, sin apartar los ojos de la hoguera. Dylan echó un vistazo a la caja que había sobre el suelo y vio las imágenes de Eva y otras de él con Eva, juntos en tiempos felices. Los cuadros de Eva estaban en el recipiente, junto con su ropa.

—Me desperté hace un rato y me di cuenta de que tenía que deshacerme de unas cuantas cosas que ya no forman parte de mi vida —dijo.

Su voz sonaba tranquila, ni enfadada ni amarga. Tan sólo llena de determinación.

Rio parecía estar envuelto en un estado de verdadera paz. Ella lo percibió en sus propias venas mientras él la abrazaba en silencio, sin dejar de contemplar el baile de las llamas sobre el césped.

—A lo largo del último año la he odiado —dijo—. Con todo el aliento de mi cuerpo, rezaba para que estuviese quemándose en el infierno por todo lo que me hizo. Creo que mi odio hacia Eva fue lo único que me mantuvo vivo. Durante mucho tiempo, fue lo único que sentía.

—Lo sé —dijo Dylan suavemente. Entrelazó sus dedos en el espeso pelo de Rio, acariciándole la cabeza mientras él recostaba su rostro sobre la cadera de ella—. Pero fue Eva quien me condujo hacia ti en esa montaña. Tú le importabas, Rio. Creo que, a su manera equivocada, te quería mucho. Durante su vida, cometió algunos errores espantosos en su intento de guardarte sólo para ella. Hizo algunas cosas terribles, pero creo que desde la muerte ella quiso corregirlas.

Rio se levantó despacio, sin dejar de abrazarla.

—Ya no puedo seguir odiándola, porque me llevó hacia ti. Y no sólo ese día allí arriba en la cueva. Eva estaba en mi coche la noche en que Dragos te capturó.

Dylan frunció el ceño.

—¿La viste?

—Estaba todavía a varias horas de Nueva York y sabía que estabas en manos de Dragos. Nunca habría podido encontrarte a tiempo. Dios, sentía tanto miedo en el cuerpo simplemente con pensar... —Se interrumpió y la estrechó aún con más fuerza entre sus brazos—. Estaba en la carretera, conduciendo a toda velocidad, rezando a Dios por un milagro. Cualquier cosa que me diese alguna esperanza de no perderte. Fue entonces cuando oí su voz a mi lado. Miré al asiento del copiloto y allí estaba... Eva, junto a mí en el coche. Me dijo dónde te había llevado Dragos. Mencionó la represa, me dijo que tenía que fiarme de ella. No sabía si era capaz, capaz de volver a confiar en ella, pero también sabía que podría ser mi única esperanza de encontrarte. Sin ella, te habría perdido. Si ella me hubiera dicho que te encontraría en medio de los fuegos del infierno yo habría entrado para buscarte. Podría haberme traicionado otra vez, haberme conducido a otra emboscada, y yo habría ido, por la simple esperanza de encontrarte viva.

—Pero no lo hizo —dijo Dylan—. Te dijo la verdad.

—Sí. Gracias a Dios.

—Oh, Rio. —Dylan apoyó la mejilla contra su pecho y sintió el fuerte latir de su corazón como si fuera el suyo propio. Sintió que el amor de Rio la envolvía, cálido como el sol, un amor que ella le devolvía multiplicado por diez—. Te quiero tanto.

—Y yo te quiero a ti —dijo él. Luego levantó su rostro con delicadeza y la besó, con un largo, lento y dulce beso—. Te voy a querer siempre, Dylan. Si me aceptas, no hay nada que desee con más fuerza que pasar todos los días y todas las noches de mi vida queriéndote.

—Por supuesto que te acepto —dijo ella levantando los dedos para acariciarle el rostro. Le sonrió con una mirada de lenta y seductora promesa—. Te aceptaré cada día y cada noche de mi vida... y de todas las maneras imaginables.

Rio rugió suavemente y un rayo ámbar iluminó su mirada.

—Me gusta como suena eso...

—Pensé que te gustaría. —Le sonrió contemplando su rostro, un rostro que jamás se cansaría de contemplar, sobre todo cuando la miraba con aquella adoración tan tierna que le robaba el aliento.

Dylan miró la caja de los objetos personales de Eva, luego miró la hoguera.

—Sabes que no tienes por qué hacer esto. No por mí.

—Lo estoy haciendo por los dos. Y quizá esté haciéndolo también por ella. Es hora de despedirme de todo mi pasado. Estoy preparado para hacerlo... gracias a ti. Gracias al futuro que espero tener contigo. He mirado demasiado al pasado.

Dylan asintió con la cabeza.

—Está bien.

Rio levantó la caja y le pidió que lo acompañara hasta la hoguera. Caminaron juntos, silenciosos mientras se aproximaban a las ondulaciones de las llamas.

Con un leve empujón, Rio dejó caer la caja de cuadros, arte y ropa en el centro de la hoguera. Las llamas se avivaron durante unos breves instantes, enviando una lluvia de chispas y humo hacia el cielo ceniciento.

Dylan y Rio contemplaron arder el fuego pensativos y en silencio, durante un rato, hasta que las llamas se volvieron menos fogosas, extinguiéndose poco a poco. Cuando sólo quedaban humo y cenizas, Rio se volvió hacia Dylan y la cogió en sus brazos. La apretó muy cerca de él, susurrándole suaves palabras de gratitud al oído.

Y más allá del humo que el fuego extinguido había dejado detrás de ellos, Dylan divisó una figura femenina y etérea que poco a poco adquiría forma entre la nube de cenizas flotantes.

Eva.

El espectro sonrió con cierta tristeza mientras los contemplaba a los dos abrazados. Pero luego hizo un gesto de asentimiento a Dylan y lentamente se extinguió.

Dylan cerró los ojos y abrazó con fuerza a Rio, enterrando su rostro en el sólido calor de su pecho. Después de un rato, oyó en su mejilla la vibración de su voz.

—En cuanto a esa promesa tuya de «aceptarme de todas las

maneras imaginables» —le dijo, aclarándose la garganta—, tendrás que explicarme qué es lo que tienes en mente exactamente.

Dylan alzó la vista y le sonrió, con el corazón rebosante de amor.

—¿Por qué no te lo muestro ahora mismo?

Él se rió, y las puntas de sus colmillos comenzaron a asomarse.

—Creí que nunca ibas a decirlo.

Rebelión a medianoche
SE ACABÓ DE IMPRIMIR
EN UN DÍA DE INVIERNO DE 2010, EN LOS
TALLERES DE BROSMAC, CARRETERA
VILLAVICIOSA DE ODÓN
(MADRID)